欲望都市

SEX AND THE CITY

[美]坎迪斯·布什奈尔 著 胡彬 译

文化发展出版社
Cultural Development Press

图书在版编目（CIP）数据

欲望都市/(美)坎迪斯·布什奈尔著；胡彬译.— 北京：文化发展出版社，2018.8

ISBN 978-7-5142-2362-0

Ⅰ.①欲… Ⅱ.①坎…②胡… Ⅲ.①长篇小说－美国－现代 Ⅳ.①I712.45

中国版本图书馆CIP数据核字(2018)第145515号

欲望都市

[美] 坎迪斯·布什奈尔 / 著

胡 彬 / 译

责任编辑：孙 烨　　封面设计：吴黛君

责任校对：岳智勇　　责任印制：杨 骏

特约监制：海 莲　　版式设计：朱明月

出版发行：文化发展出版社（北京市翠微路2号 邮编：100036）

网　　址：www.wenhuafazhan.com

经　　销：各地新华书店

印　　刷：天津旭丰源印刷有限公司

开　　本：620mm×889mm 1/16

字　　数：143千字

印　　张：18

印　　次：2019年1月第1版　2019年1月第1次印刷

定　　价：59.00元

I S B N：978-7-5142-2362-0

献给彼得·史蒂文森和斯基普

以及我的朋友们

目录

序 言
Preface

在《欲望都市》不是一本书也不是一部电视连续剧之前，它只是《纽约观察者》的一个专栏而已。那是 1994 年秋天，我永远都忘不了那个下午，主编问我是否想要开一个自己的专栏。我立刻回答：“好！”事后，我开心地走在派克大街[1]上，连蹦带跳的。我不知道该怎么完成这项事业，但是我坚信，专栏的内容应该关于我和我的朋友们——一群单身女性，不论谁似乎都和男人们（有时候是同一个男人）有着藕断丝连、异想天开或是惊为天人的经历。我们会花很长时间来讨论我们疯狂的恋爱关系，并且会得出一个结论：不嘲笑他们，我们也许会疯掉。

我认为那就是《欲望都市》能够成为客观检验男女关系和习惯的原因。尽管有些人会觉得这本书缺乏情感起伏和黑色幽默，我

[1] 派克大街：美国纽约市街名，街上多大公寓，常为奢华时髦阶层的同义语。——译者注（本书注释若无特殊说明，皆为译者查注）

想那可能是因为这本书包含了一些普遍真理。尽管这个专栏最初只和纽约有关（随后，像是《摩登人类》——关于两个天才男性成功约会18岁的模特儿，但最终却付出了代价），出乎我意料的是，我发现《欲望都市》里面的人物在全世界的大城市几乎都有变体。

但最重要的是，《欲望都市》的出现回答了一个热门话题——为什么我们还是单身呢？随着这几年对这个问题的观察，我可以自信地说：因为我们想要单身。

这一版的《欲望都市》新增了两个章节，是在前一版出版之后写的。所以，这本书有了最终结局，凯莉和比格先生分手了。一个有点儿悲伤的结局——不只是凯莉和比格先生分手，还有她梦想的破碎，她一直在找寻一个所谓的比格先生——一个根本不存在的男人。如果你读得很认真，你会发现， 甚至是比格先生自己都说过，他只是凯莉的一个幻想，人是不可能爱上自己的幻想的。所以，我们让凯莉步入一个新阶段，她会开始明白在找寻真爱之前，人必须要先找到真正的自己（不需要男人），而在这个找寻的过程中，才会逐渐找到真爱。

也许，我并非我自己所认为的那样理智。

坎迪斯·布什奈尔

2001年5月23日

第一章 残酷教育

让我先讲个情人节的浪漫故事吧。请大家做好心理准备哟！

一个英国女记者来到纽约。她有魅力又有脑子，迅速勾搭上了城里一个有钱有势的钻石王老五——蒂姆，四十二岁，投资银行家，一年入账五百万美元。他们牵手、热吻，整整两个星期都腻在一起。在一个美好的秋日里，蒂姆带她来到他在汉普顿斯[1]购置的豪华私宅。他们和设计师一起看着设计图，讨论房间的布局。“我想让设计师在二楼修上护栏，这样以后有了小孩儿就不会有掉下去的危险了。”女记者说，“我非常期待某一天，蒂姆会向我求婚。”那个周日晚上，蒂姆一如往常地把她送回公寓，还提醒她别忘了周二晚上的约会。但到了周二，他突然打电话说改天再见面。她等了两个星期之后再也按捺不住了，拿起电话怒气冲冲地质问他：

[1] 汉普顿斯（Hamptons）：位于纽约长岛东部，优美迷人的度假胜地，曼哈顿很多富豪和明星在此地置宅，以躲避城中的喧哗。

“你不是说改天吗？这也太久了吧！”他却只跟她说晚点儿会再打给她。

如你所料，他再也没给她打电话。好笑的是她竟然完全没理解这是什么状况。她解释说：“在英国，一起见设计师就意味着他是认真的，我们会结婚的。”然后我才想起来，这姑娘是从伦敦来的，从没听说过曼哈顿的游戏规则——她迟早会学会的，我暗想。

欢迎来到非纯真年代。曼哈顿的都市灯火曾经为伊迪丝·沃顿[1]营造出幽会的暧昧气氛——紧身的胸衣下，酥胸半露，性感诱人。华美的灯光让人更加目眩神迷。但那个时代早就过去了。没有人还会在蒂凡尼用早餐，更没人会互订《金玉盟》[2]。与之相反的是，我们早上七点爬起来吃早饭，把昨夜的风流韵事迅速抛在脑后——我们怎么会变成这个样子？

杜鲁门·卡波特[3]把爱情和交易的进退两难写得太透彻了。在《蒂凡尼的早餐》里，保罗·瓦杰克和霍莉·戈莱特丽本来一个是小白脸，另一个是应召女。结果这一对最后战胜了自我，放弃金钱，选择了爱情。但这种事可不会发生在如今的曼哈顿。在某种意义上，我们也和那两个电影主角一样在卖身——工作、公寓、莫蒂默俱乐部的贵宾席、美仑大酒店的 VIP 卡、汉普顿斯的海景

---

[1] 伊迪丝·沃顿（Edith Wharton，1862—1937）：纽约名流，美国作家。作者以她著名的长篇小说《纯真年代》作为双关语。

[2]《金玉盟》（*An Affair to Remember*）：美国著名的爱情电影，福克斯公司于 1957 年出品。美国电影学院将这部影片评价为史上最受欢迎的浪漫影片之一。

[3] 杜鲁门·卡波特（Truman Capote，1924—1984）：美国著名作家，《蒂凡尼的早餐》为其代表作。

别墅、麦迪逊广场花园[1]的前排票，无一不在控制着我们——而且我们还心甘情愿地被其奴役。自我保护和达到目的就是我们的最高宗旨，这儿可没丘比特什么事儿。

你是不是一听到有人说“我爱你”就自动替他加注“呃，其实只是对朋友的那种爱”？你是不是一看到情侣深情凝望对方就会不由自主地想“嘿，走着瞧吧”？你是不是一听到有人宣称爱谁爱得发疯就暗笑“等星期一你就全忘光了”？还有，圣诞节的时候哪一部电影最红？《桃色机密》[2]！蒂姆·艾伦的搞笑片再也不是圣诞强档了，一千五百万观众蜂拥进电影院，就为了在大屏幕上看两个色情狂毫无感情地交欢。这种激情场面和爱情毫无关联，在摩登曼哈顿，类似的情节每天都在真实地发生着。

曼哈顿无时无刻不在上演性爱戏码，但那只是朋友之间的游戏或者生意上的勾当，要是觉得那是出于爱情，你可就太天真了。这年头，人人都有可以上床的朋友和同事，而真正的爱侣却是稀有物种——要知道，在一起睡过可完全算不了什么。

让我们回到那个英国记者的故事：六个月过去了，她谈了几场“恋爱”，和一个男人有过短暂瓜葛——那个男人在外地的时候总是信誓旦旦地承诺一回来就给她打电话，但从来没打过。于是她终于学聪明了。“纽约人的恋爱守则就是别动感情，”她说，“但问题是，当你真的动了情的时候该怎么办呢？”

---

[1] 麦迪逊广场花园（Madison Square Garden）：纽约众多球队主场，音乐会圣地，被纽约人简称 MSG 或花园。

[2]《桃色机密》（*Disclosure*）：由迈克尔·道格拉斯和黛米·摩尔主演，又译作《叛逆性骚扰》。

亲爱的，那你就该离开纽约。

周五晚上的波威里酒吧，外面在下雪，室内却是一番人声鼎沸的热闹景象。从洛杉矶来的女艺人穿着廉价的人造革夹克和迷你短裙，身边的男伴戴着大金链子，肤色深得像“美黑”沙龙里的失败作品。穿绿羽绒服的那个是“派对狂”多诺万 · 里奇[1]，戴着毛茸茸的米色护耳帽子。坐在那边的是弗朗西斯 · 福特 · 科波拉[2]和他的老婆——他们那桌居然还有一个空位！人人都知道这个位置的分量。座位如此诱人又惹眼地空在那里，简直就是在挑逗和嘲讽着所有人。就在众人虎视眈眈盯着座位的时候，多诺万 · 里奇眼疾手快地跑过去一屁股坐下，和科波拉夫妇搭起话来。这一举动立刻引爆了室内。被激怒的人们心中妒火熊熊燃烧，为自己错过了机会而懊恼不已。这就是纽约的罗曼史。

“爱情意味着你不得不和另一个人合伙过日子，但结果你却发现这个人其实是个累赘怎么办？”一个朋友说道，他结婚十二年了，居然一直挺快乐的——这在已婚人士里绝对稀有。“你越是往前看，回顾的事情越多，就越能证明这一点。于是你越来越不愿意建立一段固定的两性关系，除非有什么重大事情逼你——比如你爸妈要死了之类的。”

“纽约人都躲在厚厚的面具下面，没有谁能深入别人的内心。”他接着补充道，“我可真幸运，很早就把结婚这件事解决了。现

[1] 多诺万 · 里奇：美国歌手、演员。

[2] 弗朗西斯 · 福特 · 科波拉：享有盛名的美国导演，奥斯卡奖获得者。代表作有《教父》三部曲、《现代启示录》等。

在这年头没人想认真——而且我们再也回不到过去了。”

一个已婚的闺密给我打电话。“我不知道纽约到底有没有婚姻美满的人。这也太难了吧！想想结婚之前，调情、派对、喝酒、嗑药，换玩伴就像走马灯似的……有那么多乐子！但结了婚能干吗？待在笼子一样的公寓里盯着彼此傻看？单身的时候要好玩多了！”她不满地嘟囔着，“想干吗就干吗，根本不用回家！”

几年前，我的朋友卡波特 · 邓肯还是纽约众人瞩目的黄金单身汉。他和所有曼哈顿的名媛都约会过。那时候，我们还单纯地打赌看他最终会被哪个姑娘降服。我们想，每个人都有动真情的时候，总有一天他也会真正爱上谁吧。当一个够美丽、够聪明的成功女人出现在他面前时，他肯定会坠入情网。但那些美丽、聪明又事业有成的姑娘们来了又去，他却从来没有陷进去过。

所以我们都错了。现在，卡波特就坐在可可帕索餐厅里享用晚餐，堂而皇之地宣称没人能把他套牢。他根本就不想要任何固定的关系，也对那些海誓山盟完全提不起半点儿兴趣——在他看来，那些都是精神病。他的每个女人都明白，他可以当她们的挚友或者炮友，但休想从他这儿得到别的。

他觉得这样很完美，并且他已经很久没有像以前那样为此伤感了。

让我们回到波威里酒吧。那天和我坐在一起的有三十二岁的小说家帕克——他的爱情小说无一例外都是悲剧的结局——帕克的同性男友罗杰，还有娱乐业律师斯基普 · 约翰逊。

斯基普二十五岁，是典型的X一代[1]的代表，旗帜鲜明地反对爱情。“我绝不相信我能遇到什么所谓的意中人，更别提结婚了。”他说，“恋爱让人透不过气。如果你相信爱情，那你就是自找失望。如今所有人都堕落了，没有任何人值得相信。”

“还是有一线希望的。”帕克反对说，“但愿感情能把你从这种玩世不恭的态度里拯救出来。”

斯基普完全不买账，“现在的世界比二十五年前操蛋多了。我怎么会生在这么一个时代啊，真是气死了，烂事全让我赶上了。金钱、艾滋病、感情，这些东西可都是息息相关的。我们这一代人很难再找到‘铁饭碗’了。而当你还得为工作和收入担惊受怕的时候，你根本没心思承诺什么。”

我完全理解他的愤世嫉俗。最近我发现自己也越来越不想要什么麻烦的恋爱了。因为走到最后也无非就是两种结局：步入围城，或者一无所获。

斯基普喝了一大口酒。“我根本就没有其他选择啊！”他嚷嚷着，“我又不想那么肤浅，所以干脆什么都不要。不做爱，也不恋爱。谁稀罕这些啊？谁想惹上性病和怀孕这些破事？这些麻烦可轮不到我的头上！我现在没病、没灾、没有精神负担，也没什么极品缠着我。老老实实坐下来和几个哥们儿喝酒、聊天就够开心的了。”

“你太偏激了吧，”帕克说，“这和钱没关系。也许经济上我们帮不了对方什么忙，但真有点儿什么其他事，还能互相扶持

[1] X一代：20世纪60年代到70年代初出生的美国人，这批人身上有着不同程度的不负责任、冷漠和物质主义等特点。这个词是在加拿大作家道格拉斯·库普朗1991年出版的名为《X一代》的书中出现之后流行起来的。

一把。真的感情不会花你任何钱，还能让你有个家可以回，有个人可以依靠。你不再是一个人，你的生命也将不再孤单。”他一边说一边望着他的男朋友。

我相信在纽约唯一能找到真爱的地方只有同性恋圈子了。那些率真的同志爱人依然充满激情，毫不保留他们的真情实感，全心全意地爱着；而异性恋者却将真爱束之高阁。最近闹得沸沸扬扬的那件事证实了我的理论——一个百万富翁为了一个年轻男人和他老婆离婚了，还公然护着他的小情郎出入曼哈顿的各大时髦餐厅，毫不避讳那些八卦的专栏作家们——这才是真爱啊!

罗杰是另一个好榜样。他和帕克刚开始约会的那阵子，帕克碰巧生病了。罗杰到他家给他煮饭，把他照顾得无微不至。这在“直男”[1]界可是闻所未闻的事。要是某个男的生病了，他约会的女人想去照顾他的话，他绝对会恐慌得不行——他肯定以为这女人是想趁机闯入他的生活——那可没门儿!

“爱情是不保险的。”斯基普说。

“正因为你知道它是不保险的，所以才会更珍惜，更努力去维持它、呵护它。”帕克回应道。

“但感情又不是你能左右的。”斯基普反驳说。

“你真是脑子坏掉了！”帕克懒得理他了。

罗杰也加入了说服斯基普的阵营，“那你怎么看以前那些浪漫主义者？”

我的朋友凯莉插嘴了，她实在是太了解这号人了。“每次有

---

[1] 直男：在一般常态情况下，性取向固定为只喜欢女性的男性，即为标准的异性恋男人。

男人声称他是浪漫主义者的时候，我都想大声尖叫。”她说，“这只代表那些男人对你有各种浪漫的期待。可是他一旦发现真实的你和他的幻想有出入的时候，他就彻底变了。这些浪漫主义者可真要命。还是省省吧，离我远一点儿。”

“而更要命的是……”她话音未落，一个所谓的浪漫主义者就走进了酒吧。

“避孕套扼杀了浪漫，不过这东西能让女人更轻易地张开双腿。”一个朋友说，“用了避孕套，女人们会自欺欺人地觉得这不算做爱——没有肌肤接触，怎么能算呢？所以找个女人上床，变得轻而易举。”

我们的浪漫主义者出场了——巴克利，二十五岁，艺术家。他曾经和凯莉交往过八天，那时真是浓情蜜意，他们热情亲吻，深情凝视，外出寻乐。那些三十五岁的老家伙们从头到脚都透着精明世故，凯莉觉得是时候试试巴克利这样的年轻男人了——他们还没被纽约同化太久。

巴克利对凯莉宣称他绝对是个浪漫的人。“因为我能感受到它。”他还告诉凯莉，他想把帕克的小说改编成电影剧本。凯莉打算把他引荐给帕克，所以即便已经这么晚了，巴克利还是赶到了波威里酒吧。

当巴克利出现在众人面前的时候，他和凯莉的目光交会了好一会儿，然而两个人都感觉——他们完全不来电！也许是预料到可能的冷场，巴克利很有先见之明地带了一个年轻的女伴——一个脸上搽着闪粉的陌生女孩儿。

巴克利听到了我们的谈话。他坐下来，插嘴道：“我绝对相信爱情。要不是爱情，我要比现在落魄得多。每个人都是不完整的，人们都需要另一半。爱情让一切都变得更有意义了。”

“要是谁把你的爱情抢走了，那你就是一个彻头彻尾的白痴。”斯基普说。

“可你却得到了属于自己的生活空间。”巴克利回应。

斯基普描绘了他的理想生活:“在蒙大拿[1]找个房子，有电视，有传真机，再有辆路虎，人生就完整了，而且绝对安全。”

“但也许到那时你会发现，这些东西根本就不是你真正想要的，”帕克说，“就算你得到了也不会觉得开心。”

“我的目标就是美女。我就喜欢和漂亮姑娘待在一起，没办法，”巴克利插嘴道，“所以我找的女人大部分都很愚蠢。”

一阵手机铃声响起，斯基普和巴克利同时掏出手机。“你的手机也太大了吧！”巴克利说。

晚些时候，凯莉和巴克利转移阵地到了塔诺[2]，抽着烟，灌着酒，看着那些俊男靓女。没过多久，巴克利就带着那个搽着闪粉的女孩儿溜了，凯莉则挽着巴克利的哥们儿杰克到处晃悠。他们跳舞跳到很晚，然后像疯子一样在雪地上踉踉跄跄地走着试图拦辆出租车。凯莉甚至都看不清她的表到底几点了。

第二天下午，巴克利给她打了电话。“嘿，怎么样啊？”他问。

“什么怎么样，是你给我打的电话。”

“我告诉过你我不想找女朋友，那只会自找麻烦。你很清楚我是什么样的人。”

“对，对，我当然知道。”凯莉本来想说，“我知道你是一

[1] 蒙大拿（Montana）：美国西北部的一个州。

[2] 塔诺（Tunnel）：曼哈顿人气很旺的夜店。因舞厅像隧道形状而得名。

个肤浅下贱的花花公子，所以我才和你在一块儿。”不过她忍住了。

“我又没和她上过床。我甚至都没有亲过她，”巴克利解释道，“我根本没有当真。你要是不想让我见她，我就不见了。”

“我根本就不在乎这些。”而可怕的是，她的确一点儿也不在乎。

接下来的四个小时，他们一直在讨论他的画作。“我可以每天一直不停地画，”巴克利说，“比起做爱，画画可有意思多了。”

“除了工作还是工作。”说话的是四十二岁的罗伯特——一个编辑，“有这么多事要处理，谁有时间玩什么浪漫？”

罗伯特告诉我，他之前一直在和一个女人约会。他确实真心喜欢她。但一个半月后，他清楚地意识到他们不可能有结果。“她总拿那些条条框框的规矩来考察我，比如我应该在星期三打电话约她星期五出去之类的。但问题是星期三我可能正烦得想自杀，鬼才知道我星期五会是什么心情。她希望男人为她疯狂，这我当然懂。但我根本就没那么爱她，我装不出来。”

“当然，我们还是朋友，”他补充道，“我们还是会经常见面的，区别就是不上床而已。”

星期天晚上，我到四季酒店参加一个慈善晚宴，主题是“爱的颂歌”。每张桌子都以著名爱侣的名字来命名，比如塔米 · 费伊和吉姆 · 巴克[1]、那喀索斯[2]和他自己、叶卡捷琳娜大帝和她的

[1] 塔米 · 费伊（Tammy Faye）和吉姆 · 巴克（Jim Bakker）：传教士，因后者的性丑闻而结束婚姻。

[2] 那喀索斯（Narcissus）：希腊神话中自恋的美少年，因爱慕自己水中的倒影致相思而死。

马[1]、迈克尔 · 杰克逊和朋友们。阿尔德 · 阿马托[2]坐在了克林顿和希拉里的那桌。餐桌上的摆饰都是精心挑选的相关物品，比如塔米 · 费伊和巴克的那桌放着假睫毛、蓝色眼影和口红蜡烛[3]；迈克尔 · 杰克逊的桌上有一只毛绒大猩猩，还有波瑟兰纳牌淡斑面霜。

我拿着烟，正想躲在一株植物后面偷偷抽一口的时候，鲍伯 · 皮特曼[4]走了过来。“爱情还没过气，但抽烟已经过时了。”他冲我咧嘴一笑，他老婆桑迪就站在他旁边。桑迪说她准备去新几内亚爬山，估计会在那儿住几周。

那天晚上我自己回的家。不过在我离开之前，有人送给我一块马的颌骨——叶卡捷琳娜大帝桌上的那个。

多诺万 · 里奇终于离开科波拉夫妇那桌，朝我们走来。“不是吧，”他接茬儿说，“我可坚信爱情能战胜一切。有些时候你只是需要给彼此留点儿余地。”但曼哈顿可没有这种奢侈的余地。

顺便说一句，鲍伯和桑迪正闹离婚呢。

---

[1] 叶卡捷琳娜大帝（Catherine the Great）：俄罗斯帝国著名女沙皇，风流成性，传说对良驹有特殊的爱恋之情。

[2] 阿尔德 · 阿马托（Al D’Amato）：纽约政客，和妻子分居 13 年后离婚，约会过多个名媛。

[3] 塔米 · 费伊在有关巴克的性丑闻的新闻发布会上曾哭至脱妆。

[4] 鲍伯 · 皮特曼（Bob Pittman）：美国企业家、MTV 创始人。曾任美国在线、时代华纳等知名企业首席执行官。

第二章　俱乐部

任何故事总是开始于“过分的天真”。有一天，我正待在公寓里享用饼干和沙丁鱼大餐，突然接到一个熟人的电话。他的一个朋友刚去了梯吧[1]——一个只允许情侣进入的性爱俱乐部。他在那里大开眼界，玩得爽翻了。SM俱乐部和这里比，简直是小巫见大巫——在前者，你可绝对见不到真枪实战的性爱场面。这家伙的女朋友都有点儿被吓傻了——不过当另外一个一丝不挂的女人故意和她贴身而过的时候，她“好像挺有感觉的”。反正他是这么说的。

打电话的这个男人对那地方实在太感兴趣了，但他并不希望我把俱乐部的名字写在这儿。他怕这地方也跟纽约其他体面的去处一样，被流行彻底毁了。

我忍不住开始浮想联翩——身材完美的俊男美女，试探性地挑逗爱抚；只戴葡萄叶花环的金发女孩，长发像波浪一样披在肩上；

[1] 梯吧（Le Trapeze）：曼哈顿成人性爱俱乐部，位于麦迪逊和第五大道之间。

年轻男孩在腰上象征性地围着葡萄叶，笑起来牙齿洁白；我也穿着葡萄叶制成的超短草裙，香肩半露。我们衣着光鲜、忐忑不安地走进去，然后笑容满面、一身轻松地走出来。

俱乐部答录机的声响把我猛地拽回现实。

“在梯吧没有陌生人，只有你未曾认识的朋友。”说话的声音性别不明，而这一走神，我只听到了最后一句，“供应果汁吧台、冷餐和热餐自助。”——这声音怎么听也不会和性爱或裸体沾上任何关系啊！这让我想起感恩节庆典的时候，就在十一月十九日那天，有个狂欢的主题叫作“东方之夜”。听上去挺有趣吧，但结果“东方”指的是食物，异国情调的东方帅哥连个影子都没有，完全就是个“东方美食之夜”。

我当时就应该把这个念头扼杀在摇篮里。我真不该听信萨莉·蒂斯德尔那些可怕又饥渴的话。她在那本《和我谈性》——一本雅痞色情书——中说道：“这是语言里真正意义上的禁忌……如果性爱俱乐部随心所欲地发展，堕落的地狱之路必将开启……是的，正如人们所害怕的那样，道德的界限必将崩塌……无法控制。”我本该问问我自己，这句话到底是什么意思。

我必须亲眼见识一下。于是，星期三晚上，我的日程表上写下了：“晚上九点，时装设计师卡尔·拉格菲尔德[1]的晚宴，波威里酒吧；晚上十一点半，梯吧性爱俱乐部，东二十七街。”

一聊到性事，人人都兴致勃勃，就连参加卡尔·拉格菲尔德晚宴的那些当红嫩模和举足轻重的时尚编辑们也毫无例外。事实

[1] 卡尔·拉格菲尔德（Karl Lagerfeld）：国际时装设计大师，香奈儿的艺术总监，人称“老佛爷”“时尚大帝”。

上，我们这桌末座的那几个人简直亢奋得像疯子一样。一个深色卷发的年轻美女声称自己是半裸夜店的常客，脸上一副“看破世事”的样子——实际上她才不过二十岁。但她看得上眼的夜店只有“比利”之类的，因为那儿的女孩都“货真价实”。

于是在场的所有人都附和说胸部小一点儿也无所谓，起码比隆胸强多了。“真心话”开始了：在座的各位男士，哪位和胸部都是硅胶假体的女人上过床？没有一个男人承认。不过一个三十多岁的艺术家否认得很牵强。“哈，你肯定有经验，”一个大圆脸的酒店大亨挑衅说，“而且你一定还觉得挺享受的！”

“我没有！”艺术家辩解道，“我只是不介意这个而已。”

第一道主菜把他从尴尬境地中解救出来。每个人都忙着倒酒，没有闲话的工夫。

第二轮现场调查开始了——邋遢的女人是不是床上功夫更厉害？酒店大亨提出了自己的理论：“如果一个女人家里没什么乱放的东西，你就能判断出她绝对不是那种一天到晚待在床上，会叫便宜的中国餐外卖在床上吃的女人。她早上非得把你弄起床，然后把你扔到厨房餐桌上吃吐司面包不可。”

听到这儿我心里有点儿五味杂陈。我绝对是世界上最邋遢的人了。我床底下估计还有几百年前叫的左宗棠鸡[1]外卖的盒子呢。更不幸的是，那些东西都是我孤零零一个人干掉的。算了，不想说这个。

牛排上桌了。“格子裙和中筒袜最能让我疯狂了。”那个艺术家说，“要是看见一个女人穿着那些玩意儿，我肯定完全没心

[1] 左宗棠鸡：美国中式快餐的流行菜，和橙皮鸡类似，深受美国人欢迎。

思工作了。”

“我可不这么想。”酒店大亨反对说，“我觉得最糟糕的事情莫过于你在街上看见前面走着一个陌生姑娘，当她转过头的时候你发现她和你想象中的一样漂亮。你知道这代表什么吗？这代表你这辈子都别想追到她！”

艺术家往前凑了凑，说：“我曾经为了一个女人茶饭不思，五年没去工作。”

一片沉默。没人比他狠。

巧克力慕斯上桌了，而陪我去梯吧的男伴也出现了。梯吧不允许客人单独进入，必须男女相携才可以，所以我邀请了我的上一任男友山姆，一个投资银行家。这可是个明智的选择。首先，他是唯一一个肯陪我去的人；其次，他对这种地方颇有经验——很多年前他去过柏拉图庄园[1]，那是他当时的女朋友提议的。结果刚一进门，一个陌生女人就径直地向他走来，把他的命根子掏出来摆弄。他的女朋友看到这番景象，吓得哇哇乱叫，夺门而出。

于是新一轮的讨论不可避免地开始了：热衷于性爱俱乐部的都是些什么人？我似乎是唯一一个毫无见解的人。尽管没人真的去过那种俱乐部，但在座的每一位都坚决声称只有“从新泽西来的乡巴佬”才会去那儿寻欢。有人说性爱俱乐部可不是那种说去就能去的地方，你得有个冠冕堂皇的借口——比如工作需要什么的。他们说的这些丝毫没让我感觉好受一些。我只好叫来服务生，又要了一杯龙舌兰酒壮胆。

---

[1] 柏拉图庄园（Plato' s Retreat）：纽约老牌换妻俱乐部，首度将换妻行为公开化。

山姆和我起身告辞。一个打着流行文化旗号的作家连忙发表最后的意见："那地方肯定糟透了！"他语带警告的意味。其实，他自己从来没去过，却说得跟真的似的。"除非你能主导、控制那种场面。在那种场合你必须得强硬。要把持住自己！"

梯吧坐落在一个白色石头建筑里，墙上画满了涂鸦。入口很隐蔽，还围着一圈弧形的金属围栏，看起来很像是山寨版的美仑大酒店。我们正要进去的时候，一对男女刚好从里面走出来。那个女人一看见我就立起大衣领把脸挡住了。

"里面好玩儿吗？"我问她。

她惊恐地看了我一眼，没作声，神色慌张地冲向了出租车。

大厅里，一个深色头发、穿着条纹橄榄球衬衫的年轻男子坐在狭小的前台里，完全不睬我们。他看起来顶多十八岁。

"是在这儿付钱吗？"

"每对八十五美元。"

"信用卡行吗？"

"只收现金。"

"能开收据吗？"

"不行。"

在安全声明上签字之后，我们拿到一张临时会员卡。会员卡上写着："俱乐部内禁止卖淫、禁止拍照，不得携带照相或摄像设备。"

我走进大门，正暗自期待能看到狂热的性爱场面，可迎接我的却只是一张热气腾腾的餐桌——就是答录机里提到的冷、热餐自助。餐桌前一个人都没有，只有一个孤零零的标语牌立在桌上，上面写着"用餐时请勿裸露下体"。然后我们看见了经理鲍勃，一个穿花格衬衫和牛仔裤的健壮男人，还留着小胡子，看起来活脱脱一个乡下宠物店的老板。他告诉我们，这家俱乐部能生存十五年之久的秘诀就是行事谨慎。“在我们这儿，”他补充道，“不行就是不行，没有商量的余地。”他还跟我们说当个偷窥狂没有什么可耻的，大部分人都是从偷窥开始的。

那我们都偷窥到了什么呢？好吧，房间里放着一个巨大的充气床；旁边孤零零地放着一张情趣椅，八爪的那种；按摩浴缸边上，一个裹着浴袍的胖女人在抽烟；有几对男女目光呆滞，不知道在干吗（难道今天的主题是扮演僵尸？）；还有好几个男人正没精打采地各自为战。看来看去，最火热的还是那些该死的自助餐桌（里面都有些什么玩意儿？迷你热狗）。

只有这些，太让人失望了。在法语里，梯吧的意思估计就是“骗你玩”[1]。

凌晨一点，人们各自散去。穿浴袍的那个女人告诉我们她是从拿骚郡[2]过来的，她建议我们周六晚上再来。“周六晚上可是饕餮大餐。”她神秘兮兮地说。

我估计她指的是自助餐，不是那些来这儿的男人。

几天之后，我和几个闺密在莫蒂默餐厅共进午餐。聊天的主题毫无例外地再次围绕性事展开——这当然离不开我在性爱俱乐部的所见所闻。

“你难道不喜欢那儿吗？”夏洛特问我，她就是那个伦敦来

---

[1] 这里的原文是：Le Trapeze was, as the French say, Le Rip–Off. 因为 Trapeze 和 Rip–Off 读音相近，所以作者开了一个玩笑。

[2] 拿骚郡（Nassau County）：纽约长岛一个富人区。

的记者，“我还挺想去那种地方的。看着那么多人在你面前做爱一定觉得欲火焚身吧？”

“完全不觉得。”我一边说一边把一个鲑鱼子玉米馅饼往嘴里塞。

“为什么呀？”

“根本就没看到什么啊！”我解释道。

“有帅哥吗？”

“最倒胃口的就是这个，”我说，“那儿一半以上的男人都长得像精神科医生。我下次再去做心理咨询肯定有心理阴影。你想象一下，那些又矮又肥、满脸胡楂儿的男人，光着身子躺在地上，呆滞得像僵尸似的。”

没错，我对夏洛特坦言，我们也全脱了——但身上还裹着毛巾。不，我们没有做爱。真的没有，因为我半点儿兴致都没有。中间一度有一个三十多岁、身材高挑、一头披肩黑发的迷人女郎走进来，在喧杂的房间里引发一阵骚动。她像猴子一样光着屁股，然后没几分钟就消失在一群赤裸的胳膊大腿中间了。这种场面本来应该是非常火爆香艳的，但我当时只想到国家地理纪录片里那些狒狒。

事实证明，不管那些媒体新闻再怎么渲染，露阴癖和窥阴狂永远不会成为主流，连 SM 也是少数人的边缘行为。性爱俱乐部的问题出自那些俱乐部里的人。来这里的都是些接不到戏的女艺人、找不到出路的歌剧演员、落魄的画家和作家，或是永远熬不出头的公司小主管之类的。这些人会在酒吧里缠着你，把你堵在角落里喋喋不休地抱怨——从他们的前妻、前夫一直数落到昨天的消化不良。他们无法适应社会的生存规则，不管是生活还是性事都只能扮演边缘角色。你永远也不会希望你的性幻想里有这种人出现。

不过公平来讲，梯吧里也不全是矮胖、苍白，只会机械运动的“僵尸”。离开的时候，山姆和我在更衣室里再次遇到了那个窈窕的黑发女郎，还有她的男伴。这个男人是标准的美国帅哥，面庞洁净，轮廓鲜明。他跟我们侃侃而谈，说他是曼哈顿人，最近刚创立自己的事业，和那个女人以前是同事。他看了看自己的女伴——她正在匆忙套上鹅黄色的职业套装，然后微笑着补充说：“她今天晚上可算是圆梦了。”她瞪了他一眼，转身走出更衣室。

几天之后，山姆打电话来，我歇斯底里地向他抱怨。他无奈地问我：“难道整件事不全是你的馊主意吗？”

然后他问我有没有从中得到什么经验教训。我说有啊，我学会了一件事——要做爱的话，哪儿都比不上家里。

但这一点你从一开始就心知肚明，是不是，山姆？是不是？

第三章　连环约会

某个下午，七个女人聚在曼哈顿，有好烟，有红酒，有奶酪。我们为了一个共同的话题而来——一个男人——确切地说，是一个曼哈顿的钻石王老五，我们叫他“汤姆 · 佩里”。

汤姆 · 佩里，四十三岁，身高五英尺十英寸[1]，棕色直发。他的相貌乏善可陈，可穿着倒是“出类拔萃”——几年前，他用纯黑色的阿玛尼西装配了一条诡异的吊袜带，这直到现在还被传为笑谈。他家从事制造业，富可敌国，第五大道和贝德福德[2]简直就是他的家。他现在就住在第五大道的一幢高层建筑里。

在过去的十五年里，佩里成了纽约的传奇，一提到“佩里”这个姓氏，每个人都会立刻想到他。他并不是那种“乱花丛中过，片叶不沾身”的花花公子。相反，他想结婚想疯了。佩里绝对是

[1] 约 1.8 米。

[2] 贝德福德（Bedford）：纽约州第二大富庶区，仅次于曼哈顿。

纽约最名副其实的“连环约会狂”，他平均每年有十二段恋情，但是每次都撑不过两个月，最短的一次只持续了两天。恋爱一出现状况，他就跳出来宣称“我又被甩了”。

对于那种三十岁左右，野心勃勃又有社会地位的女人来说，被佩里看上就像成人仪式一样，是一件既骄傲又纠结的人生大事。那种矛盾的心情有点儿像第一次坐豪华轿车并且第一次被抢劫的结合。

佩里的战绩绝对不输给纽约城里那些臭名昭著的花花公子。但是平心而论，他的资本可少多了——既没有康特 · 埃里克 · 沃奇梅斯特[1]那么帅，也不像莫特 · 朱克曼[2]似的挥金如土。

我真想知道，他到底有什么本事?

在座的每个女人都和佩里有过瓜葛——不管是上过床还是暧昧过——每个人都声称是她甩了佩里。当我提议大家聚在一起聊聊佩里时，没人拒绝。似乎每个人都对他有些余情未了——或是想复合，或是想复仇。

我们在萨拉家聚会，现在身为电影人的萨拉以前是个模特儿——“直到我厌倦了那些狗屎，并且胖了二十磅[3]。”萨拉是这么说的。今天她穿着一件深色细条纹套装。“当你回顾你约会过的男人们时，佩里是最没意思的一个，”她说道，“你们想想是不是?这到底是为什么？”

在我们开始各自爆料之前，我们发现了一件让人困惑的事——

[1] 康特 · 埃里克 · 沃奇梅斯特（Count Erik Watchmeister）：瑞典大使之子，aSmallWorld 公司的董事长。

[2] 莫特 · 朱克曼（Mortimer Zuckerman）：纽约出版商，亿万富翁。

[3] 约 9.1 千克。

就在这天早上，我们中的四个接到了佩里打来的电话，而这些女人早就和他没联络了。

“这只是巧合而已，我不觉得他听到了什么风声。”玛格达说。她是佩里多年的朋友。事实上，她所有的女性朋友几乎都曾与佩里有染，而且都是她介绍给佩里的。

“他对我们了如指掌，”一个女人说，“他就像《东镇女巫》里的达丽尔 · 凡 · 霍恩[1]一样。”

“呃，我看他更像凡 · 霍尼[2]吧。”另一个女人评价道。我们开了瓶红酒。

“佩里的撒手锏是，”萨拉说，“你刚开始和他约会的时候会觉得他既幽默又会说话，不用工作，还随叫随到。如果一个男人约你一起吃午餐，然后等你吃完饭回去工作的时候，又打来电话问你：‘晚上六点再出来喝杯鸡尾酒怎么样？’难道你们不会心动吗？现在还有哪个男人会一天约你三次啊？”

“‘鸡尾酒’可真是一语双关啊！”玛格达说，“像是凯瑟琳 · 赫本和加里 · 格兰特[3]一样。”

杂志编辑杰姬说：“我没认识他多久就开始频繁地和他约会，我们一周有五个晚上都黏在一起。他绝对不会让你觉得寂寞。”

“他很聪明，还超爱用打电话这一招，”萨拉说，“一天要给你打十个以上的电话呢。这会让女人觉得，他肯定是真的爱我，

---

[1] 达丽尔 · 凡 · 霍恩（Daryl Van Horne）：著名喜剧片《东镇女巫》（*The Witches of Eastwick*）的男主角，富有、英俊、优雅，但举止诡异。

[2] 凡 · 霍尼（Van Horney）：喜剧片 *Buford's Beach Bunnies* 里的滑稽角色。

[3] 凯瑟琳 · 赫本（Katharine Hepburn）和加里 · 格兰特（Cary Grant）：美国电影史上的经典搭档。

然后你就会忽略他是个长相滑稽的小矮子。”

“但当你突然看到他那些奇怪的吊袜带的时候，你才会突然醒悟过来，心想：‘我的天啊，我究竟在干什么！’” 玫芙说，她是个有爱尔兰血统的诗人。

“接下来你会发现他其实一点儿都不幽默。”萨拉接着说，“他确实攒了一大堆笑话，但问题是当你重复听了一千遍的时候就会觉得烦透了。他就像有自动循环功能似的。”

“他还跟我说我是唯一一个和他笑点一样的女孩，”玫芙说，“但其实我压根儿就没觉得好笑！”

“接着你会看到他的公寓，那儿居然有二十五个看门人——这是什么状况？”

“你会想，他为什么不把他的那些蠢家具都扔了，直接住在卖门的商店里算了。”

“他还和我显摆过他那些手铐形状的纸巾架。他就是这么挑逗女生的——用纸巾架？真见鬼！”

所以，这到底是如何开始的呢？

杰姬的经历很有代表性。“我正在蓝带餐厅等位的时候，他走过来和我搭讪。他表现得很风趣，于是我想，我的天啊，我和这个人挺来电的。但我又怕是自作多情，心想他肯定不会再联系我的。”女士们纷纷点头——我们不都是这么开始的吗？

“结果他第二天早上八点就给我打电话了。” 杰姬说，“他问我要不要一起吃午餐，然后约我第二天在 44 餐厅见。”

萨菲尔—— 一个金发碧眼的单身母亲——笑着说：“他可隔了一天才约我去 44 餐厅的。”

“吃饭的时候你会觉得他真是既聪明又幽默，而且他还会趁热打铁，约你和他共度周末。”杰姬说。

“大概在我们第十次约会的时候，他就让我嫁给他！”萨拉说，“就算是对一个像他那样的人来说，这进度也够快的。”

“他可是在第三次约会的时候就带我去见他父母了！” 布里塔回应道，她是个瘦高的深肤色女孩，一位摄影促销员，现在已经结婚了。“只有我、他的父母和管家。第二天，我记得我坐在床上，看他展示他小时候的录像。他向我求婚：‘瞧，我可是认真的。’紧接着他居然给我叫了廉价外卖！我心想——嫁给你？你嗑药了吧？”

雷蒙娜叹了口气，说：“不过话说回来，我当时刚和前男友分手，心情超低落，是他总陪在我的身边。”

于是我们总结出了规律。这些和佩里交往过的女人都是在刚跟男友或者丈夫分手之后，被佩里找上门来的——或者说，是她们主动勾搭佩里的。

“他就像个守在那儿的备胎似的。”萨拉说，“感觉像是你刚失恋，他就走过来问：‘请问你的心情不好吗？那我们约会吧！’”

“是啊，他就像是感情上的‘五月花号’[1]，”玫芙说，“把女人们从一个港湾载向另外一个港湾。你的心情就好像到了普利茅斯似的，感觉好多了。”

他摸透了女人们的心思。“他就像闺密似的。”这句话被大家提到了好多次，“他看的时尚杂志比女人都多。”萨菲尔补充道，“而且他对你的事比对他自己的事都上心。”

---

[1] 五月花号（May flower）：是英国移民驶往北美的一艘最为著名的船只。由英国普利茅斯出发，以运载一批分离派清教徒到北美建立普利茅斯殖民地和在该船上制定《五月花号公约》而闻名。

“他还超级自信。”玫芙接着说，“很多男人都会表现出他们白痴的一面，甚至有时候连自己的袜子都找不着——这可不会给女人留下什么好印象。但佩里却总是对你说：‘我会给你百分百的安全感。你可以放心地依靠我。’诸如此类的话。这总是能让你觉得很温馨。真的，这才是女人们想要的，大部分男人都不懂。佩里很聪明，不管他是真心的还是在装装样子而已。”

接着我们又聊到性事。“他的床上功夫绝对没得挑！”萨拉说。

“和他做简直爽翻了！”萨菲尔兴奋地附和道。

“你们真觉得他那么棒吗？”杰姬问，“我可觉得差劲儿透了。拜托，想想他的身高好不好！”

聊到这儿，我们发现佩里似乎满足了我们对男人的全部梦想——像闺密似的善解人意，体贴入微；在床上又生龙活虎，大展雄风。

那么他到底是哪儿不对劲儿呢?

“就好比是，”玫芙说，“当你多愁善感、神经兮兮的时候，他是最完美的情人；而当他帮你解决了所有麻烦的时候，他就成了一个最大的麻烦。”

“他变得难以置信地刻薄。”一个女人说道，大家都表示赞同。

“有一次，”杰姬说，“我说我穿小号的衣服，结果他居然说：‘你穿不了小号，至少也得是中号吧。我知道小号看起来是什么样的，相信我，你可不是。’”

“他一天到晚让我减肥，还要求我减十五磅[1]以上。”萨拉抱怨道，“我和他交往那会儿，绝对是我有史以来最瘦的时候。”

---

[1] 6.8 千克。

“这是种心理转移。男人只有对自己那个地方的尺寸不满意的时候，才会要求女人减肥。”一个女人干巴巴地加了一句。

玫芙爆料了他们去太阳谷滑雪的事。“刚开始很完美，佩里把一切都弄得妥妥当当。他买了票，订了酒店，我以为这会是一次很棒的旅行。”结果他们在去机场的路上就开始争执不休——他们都想坐在车里的同一个位置；上了飞机，他们还在吵，空姐不得不强行分开他们两个。（“我们那会儿在吵到底谁呼吸到的新鲜空气更多。”玫芙解释说。）一路上他们就没消停过。第二天，玫芙就开始收拾行李。结果佩里幸灾乐祸地说：“哈哈哈，外面有暴风雪，你哪儿都去不了！”玫芙反击道：“哈哈哈，我有脚，我坐公交车走！”

一个月后，玫芙回到了她老公的身边——这并不是个例，在座的女人中大多数都甩了佩里，重新投入前任的怀抱。

这并不代表佩里放弃了。“他给我发了好多传真和邮件，还有上千个未接来电……”萨菲尔说，“这种感觉挺不好的。其实他的内心很强大，我相信有一天他会成为好男人的。”

“我把他的信都留着呢，”萨拉说，“都写得好感人啊！你甚至能看见他眼泪的痕迹呢。”她走出房间，取了其中的一封，大声念给我们听：“感情上你并不欠我什么，但我希望你可以勇敢地向前踏一小步，拥抱我对你的爱。我没有送花给你，因为我不愿用非我所创的事物来分享或贬损你的感情。”

萨拉微微一笑。

在甩掉佩里之后，女人们都宣称自己过得很不错。杰姬在和她的私人教练约会；玛格达出版了她的第一部小说；雷蒙娜嫁了人，有了身孕；玫芙开了自己的咖啡馆；萨菲尔和她的一个老相好重温旧梦；萨拉和她包养的一个二十七岁的小白脸玩得正开心。

至于佩里，他最近搬家到了国外，仍然坚持不懈地寻觅新的结婚对象。有人听说他最近被一个一心想嫁给公爵的英国女人甩了。“他总是和不适合他的女人约会。”萨菲尔说。

六个月后，佩里回过一次纽约。他邀请萨拉共进晚餐。“他握住我的手，对他的朋友说：‘这是我唯一真心爱过的女人。’看在往日交情的分儿上，我跟他回了公寓，小酌了几杯。然后，他无比郑重地向我求婚，我简直不敢相信。我以为他是在开玩笑呢，于是我决定折磨折磨他。”

“他告诉我：‘我希望你不要再和别的男人约会了，我也不会再去见其他女人。’”

“于是我一边嘴上答应，一边心想这怎么可能，他住在欧洲，而我住在纽约啊！但第二天早上我就接到了他的电话，他说：‘记着，你现在已经是我的女朋友了。’”

“我说：‘好吧，佩里，就算是这样吧。’”

他回欧洲之后，萨拉立刻就把这件事忘得一干二净了。一个早上，她正和她的新男友缠绵的时候，电话响了。是佩里。萨拉接电话的时候，她的新男友问她：“要来点儿咖啡吗？”佩里立刻开始发火。

“那是谁？”他问。

“朋友。”萨拉说。

“朋友？早上十点？你是不是和别的男人睡了？我们要结婚了，而你却敢和别的男人睡？”他摔了电话。

结果他一个星期之后又打来了。“你准备好了吗？”他问。

“准备什么啊？”萨拉问。

“我们要结婚了，不是吗？你后来没再和别人上床了，对不对？”

“听着，佩里，我手上的戒指可还没影儿呢！”萨拉说，“你干吗不打电话给海瑞 · 温斯顿[1]预定点儿首饰，然后我们再来谈这件事。”

佩里没给海瑞 · 温斯顿打电话，他也几个月都没再和萨拉联系。萨拉说她有点儿想他。“我觉得他挺可怜的，”她说，“他总是把事情搞得一团糟。”

天色渐晚，但没人想要离开。大家都发着呆，回味这个男人在她们心中的影像——似乎是佩里，但又仿佛不是他。

[1] 海瑞 · 温斯顿（Harry Winston）：美国享誉全球超过百年的超高级珠宝品牌，伊丽莎白女王、温莎女公爵等王室贵族和一些好莱坞知名影星，都是海瑞 · 温斯顿珠宝的爱好者。

第四章　曼哈顿式婚姻

另一天的午餐时分，我正和一个刚认识的男人恶毒地八卦我们都认识的一对夫妻。他和那个丈夫很熟，而我则认识那个妻子。其实我已经好几年没和那个女人联络了，而且从未见过她老公，只是偶尔会在街上遇见她。不过任何人的任何状况都逃不过我的耳朵。

“他们的下场肯定会很惨。”我说，“他太天真了，乡巴佬一个。他从波士顿来的时候对她的过去根本就一无所知，她倒是急不可耐地利用了这个机会。她在纽约可是声名狼藉，没有一个纽约男人愿意把这样的女人娶回家！”

我狼吞虎咽地吃着我的炸鸡，为接下来的话题做热身。“纽约的女人心里可都清楚着呢。她们知道什么时候该结婚，而且说结就结。可能是在她们已经睡够男人的时候，可能是在她们知道前途无望的时候，也可能是在她们想要孩子的时候。在那之前，她们能躲多远就躲多远，而到了她们真正想结婚的那一刻，如果不立刻抓住眼前的机会……”我耸耸肩，“那就没戏了，很可能永远都只能当个剩女了。”

同桌的另外一个男人，一个住在韦斯特切斯特[1]的模范奶爸，被我们的话吓得够呛。“难道不是为了爱才结婚吗？”他插嘴问道。

我对他报以怜悯的眼神，“爱情？别扯了！”

说到找结婚对象，纽约可是有独一无二的配对法则，就像伊迪丝·沃顿小说里写的那样残酷而世故。每个人都深谙这些游戏规则，但没人愿意将它说破，大家心照不宣而已。结果就是纽约培育了一群典型的曼哈顿剩女——聪明绝顶、美丽迷人、事业有成……但却单身。这类女人三四十岁，并且我估计她们永远也嫁不出去。

这和统计数据或者个例无关。如果你既迷人又富有而且交际广阔，那就另当别论了。我们都知道某个声名显赫的剧作家娶了一个比他大好几岁的服装设计师。事实就是这样。

但是话说回来，想想看，如果你年届四十，相貌出众，是电视制作人或者有自己的公关公司，却还住在单身公寓里，睡在沙发床上——就是九十年代玛丽·泰勒·摩尔[2]的那种类型——你自己心里会有何感想？除非你深谙怎样把男人们哄得团团转，而不是像玛丽·泰勒·摩尔那样一过十二点就假装矜持把异性送出门——这类女人的结局又能好到哪里去？

事实上，这种女人在纽约城里有成千上万个。我们认识很多

[1] 韦斯特切斯特（Westchester）：美国纽约州的一个郡，在纽约市郊区。

[2] 玛丽·泰勒·摩尔（Mary Tyler Moore）：美国老牌演员，曾获得过奥斯卡提名和艾美奖。善于饰演性格独立、坚强的职业女性，但个人感情生活不顺。

这样的姑娘，她们都出色得挑不出任何毛病。她们自己旅行，经济独立又有品位，舍得花四百美元买一双莫罗 · 伯拉尼克设计的细带凉鞋。

“错不在她们身上。”杰里说。他三十九岁，是一家律师事务所的合伙人，娶了一个比他大三岁的聪明老婆。“她们一不疯，二不傻，也不像《致命吸引力》[1]的女主角那样蛇蝎心肠。”他停顿了一下，接着说，“为什么我认识那么多没结婚的好姑娘，却找不到一个单身的好男人？面对现实吧，纽约城里现在还单身的男人可都不是什么好东西！”

“明摆着的，”杰里说，“纽约女人结婚的最好时机是在二十六岁到三十五岁之间——三十六岁也勉强算吧。”我们都认为，如果一个女人结过一次婚，她就肯定还能再把自己嫁出去——她已经有经验了，知道怎样达到目的。

“但等她到了三十七八岁的时候，那可就一文不值了。”他说，“她们已经被经手太多次了，那些风流的过去会成为她们最大的包袱。如果我是个单身汉，发现自己的女人和‘M&M豆’——莫特 · 朱克曼或者马文[2]——约会过的话，那绝对没戏。谁愿意在自己女人的男友名单上排到二十几位啊？要是她再搞点儿什么其他名堂，比如有个私生子或者在康复中心里待过，那你可就吃不了兜着走了。”

杰里给我讲了一件事。去年夏天，他在汉普顿斯聚餐，宾客

---

[1]《致命吸引力》：由阿德里安 · 莱恩执导的剧情片。格伦 · 克洛斯扮演的女主角是一个邪恶、凶狠的偏执狂，恣意破坏男主角的家庭以及婚姻。

[2] 莫特 · 朱克曼和马文：纽约两个著名的钻石王老五，都从事出版业，姓氏的第一个字母都是M，故被作者戏称为“M&M豆”。

都是些影视圈里的人。他和他的妻子正试图撮合一个四十岁的前名模和一个刚离婚的男人。这两个人正眉来眼去，结果不知怎的那个老模特儿就聊到了莫特 · 朱克曼，紧接着又说到马文，于是杰瑞两口子看见那个男人的脸色刷地一下就变了。

“纽约有个‘毒男黑名单’，”杰瑞说，“沾上他们就绝对致命。”

这天的晚些时候，我把这个故事告诉了安娜。安娜三十六岁，习惯和男人唱反调。所有男人都想和她上床，她却觉得他们既肤浅又无知。不出所料，她也和“M&M 豆”约会过，而且她也认识杰里。安娜听了我的转述，嚷嚷着说：“杰里那是嫉妒！他也想像‘M&M 豆’一样，但他既不像他们那么有钱，又没有他们的权势。要我说，纽约所有男人都想变成莫特 · 朱克曼，不管他们表面伪装成什么样。”

乔治，三十七岁，投资银行家，和杰里一样对那些“毒男”颇有意见。“那个整形医生，那个《时代杂志》的编辑，还有那个开了好几家不孕不育诊所的变态——这些男的都和同一群女人厮混，今天跟我，明天跟他，在同一个圈子里排列组合。”他说，“要是我遇到和这些男人约会过的女人，是绝对不会和她们交往的。”

“如果你是黛安 · 索耶[1]，那你迟早都会嫁出去的。”乔治说，“但哪怕是很出色的女人，都有可能错失良机。这其中的问题就在于纽约人都太挑剔了，他们把自己的交际圈限制得越来越小。

[1] 黛安 · 索耶（Diane Sawyer）：ABC 新闻的女主播，集美貌、智慧、权力于一身。

每天打交道的都是精英中的精英，而他们的择偶标准比你还要严苛。”

“第二个问题就是你的闺密们——看看你自己，”乔治说，“其实和你约会的男人都挺不错的，但你周围的朋友却嫌这个嫌那个，哪个都入不了她们的法眼。”

这倒是事实。公平地说，我交往过的男人都是他们各自领域里的翘楚，但我的朋友们却能在每个人的身上都挑出一大堆毛病，还毫不留情地指责我的门槛太低。那些在我眼里完全不值得一提的小事，在她们看来就是不可原谅的滔天大罪。而结果就是我现在仍是孤家寡人，我的朋友们却都逍遥得要命。

两天后，我在一个派对上再次遇到了乔治。“结婚就是为了要孩子，”他说，“而且必须得找个小于三十五岁的人，要不然你结婚之后就得立刻开始造人计划，一秒钟都不能耽误——从此你便陷入了家庭生活的深渊。”

于是我去找彼得求证。他四十二岁，是个作家，曾经和我约会过两次。他完全同意乔治的言论。“没错，这就是年龄和生理的事情，”他说，“你不知道，一个正当生育年龄的女人对男人的性吸引力有多强烈，而对四十多岁的老女人就很难有这种感觉了。你不会那么迫不及待地想和她们上床，除非有什么别的东西驱使。”

我暗想：“别的东西？你是指性感内衣，还是……”

“大龄剩女绝对是纽约城的最大问题。”彼得考虑了一下，又补充道，“很多女人都在为此痛苦，但很少有人愿意承认这一点。”

彼得告诉我，他有个女性朋友，四十一岁，只喜欢和性感热辣的帅哥寻欢作乐。结果有一天，她和一个二十岁的小男孩出去的时候，被无情地奚落了一番。紧接着她又被一个和她年纪差不多的性感男人甩了。她好像突然间就钓不到任何男人了。身心都受到极大打击的她，整个人都垮了，连工作都干不下去了，只能搬回爱荷华投奔她的老母亲。

这种故事绝对会让所有女人毛骨悚然——但男人们听了却只会付之一笑。

罗杰在上东区的一家餐厅里品着红酒。他三十九岁，有自己的基金公司，住在派克大街的豪华公寓里。他也在思考为什么男人到中年时会变得意气风发。

他解释说："当你还是个二三十岁的毛头小子的时候，女人在感情关系中占据主导地位。但当你步入不惑之年，而且还未婚的时候，你会发现女人们会如饥似渴地向你扑过来。"

简言之，就是一夜之间，改朝换代。在你还没反应过来的时候，就已经风云突变了。

罗杰说他刚从一个鸡尾酒派对回来。一进门的时候，他就看到几个三四十岁的单身女人，都是上东区的金发美人，穿着黑色小礼服裙，一个比一个有心机。"这种感觉很不对劲儿，但你却说不出来她们做错了什么。"罗杰说，"那些女人的内心，一半是无边的绝望，一半是对性高潮的饥渴，这简直就是一种疯狂的结合。你应该看看她们的眼神——那种不惜一切代价都要得到的劲头，夹杂着赤裸裸的金钱崇拜。只要你一离开这里，她们就会立刻上网把你的底细查得一清二楚。有趣的是，这些女人并不甘心为了结婚而结婚——可是哪个男人看见她们这种眼神还会心动啊？”

我们再来看看彼得，他正为了女人们的“亚历克 · 鲍德温[1]热”而愤愤不平。“其实，最大的问题在于这些女人的‘期望值’。剩女们不甘心嫁给那些还肯要她们的人，又钓不到年轻气盛的小伙子，于是她们才说‘去他妈的，自己一个人也挺好’。我可一点儿也不同情这些眼高手低的家伙，那些她们看不上的追求者倒是挺可怜的。每个纽约女人都拒绝过十个以上的好男人，嫌他们胖、没权、没钱或者没个性。她们非要找个像亚历克 · 鲍德温那样的不可——但性感帅哥们只对二十岁的年轻姑娘感兴趣！”

说到这儿，彼得几乎咆哮起来：“她们凭什么看不上胖子？但愿她们都嫁给又肥又胖的猪头！”

我把彼得的问题转述给夏洛特。“我告诉你为什么吧，”她说，“我和这种人交往过——就是他说的那种五短三粗的男人——结果根本没差别。他们和帅哥一样自以为是又忘恩负义，唯一的差别就是他们长得丑。”

“等到了三十多岁还依然单身的时候，你会问自己，我为什么非结婚不可？”夏洛特说。她前不久拒绝了一个四十一岁的银行家。那个男人刚刚离婚，既帅又多金，但夏洛特觉得他的那东西尺寸太小了。“像食指那么细。”她叹了口气。

萨拉叽叽喳喳地进来了。她刚为她的第一部独立电影筹到钱，正处于亢奋状态。“谁说女人嫁不出去？真是小人之心！如果你打算嫁给说这种话的人，那你最好闭嘴。你得老老实实地坐在那儿，管好你的嘴巴，不管他说什么都要点头赞同。我

[1] 亚历克 · 鲍德温（Alec Baldwin）：纽约长岛人，英俊潇洒的美国影星。

可做不来这些！”

我的朋友爱玛丽塔刚好打电话来，她也向我解释了为什么优秀的女人通常都单身——她们并不以此为荣，但也决不因此绝望。“哦，亲爱的。”电话里她的声音很温柔。她前一天晚上和一个二十四岁的法学院学生上了床，所以心情很不错。“每个人都知道纽约的男人是最好的蓝颜知己，但当伴侣就糟透了。我是从南美来的，我们那儿的人经常说，与其凑合着过，还不如单身呢。”

第五章 模特儿狂

上周五的晚上，当格里高利 · 洛克踱进波威里酒吧的时候，引起了一阵小得几乎可以忽略的骚动。他是个电影人，导演了一些颇有争议的电影，比如《G.R.F[1]》和《门基乐队[2]》。洛克先生穿着一件破破烂烂的花呢夹克，低着头，被六个年轻女郎簇拥着。这些女孩都是知名模特儿公司的新人，都还不到二十一岁，其中两个甚至只有十六岁。没有一个姑娘看过洛克先生的电影——她们压根儿就没打算看。

像左右护法一样守在这帮人旁边的是两个模特儿狂——杰克和本。他们都三十岁出头，做私人投资。一位长着大龅牙，另一位的头发跟刺猬似的，除此之外毫无亮点可言。

看起来这些人相处得似乎其乐融融。女孩们都得体地微笑着，

[1] G.R.F 指杰拉德 · 鲁道夫 · 福特（Gerald Rudolph Ford）：美国第38届总统。

[2] 门基乐队（The Monkees）：美国 20 世纪 60 年代的本土乐队。

洛克先生坐在皮质长椅上，左拥右抱着几个姑娘。另外两个年轻男人则坐在靠近走廊的椅子上，像是要时刻防备那些试图和洛克先生攀谈的愣小子，或是垂涎于模特儿的好色之徒——后者可讨厌多了。

洛克先生向前倾着身子，试图加入姑娘们的谈话。两个年轻男人也表现得非常活跃。不过真实情况可能并没有表面上看起来那么融洽。你要是仔细观察这些姑娘，就会发现她们像大妈一样拉长了脸，看起来非常厌烦。她们和洛克找不到任何共同话题，更懒得搭理他。但在座的每个人都是带着目的而来，所以都在竭力装着样子。她们百无聊赖地坐着，摆出一副迷人的姿态。又过了一会儿，她们坐着洛克先生的加长豪华车去了塔诺。洛克先生没精打采地和女孩们跳了一会儿舞，觉得实在无聊透顶，于是自己回家去了。女孩们在夜店里又待了一会儿，刺猬头杰克抓住其中一个女孩儿说："你这个小骚货。"她跟他回了家。

纽约城的每一夜都上演着这样的场景。在餐厅和夜店里，你总能找到像候鸟一样迁徙到纽约的漂亮模特儿，以及像杰克和本一样绕着她们转的男人们。这些男人可都是老手了，他们驾轻就熟地找到她们，带她们吃饭、约会，然后不同程度地享用她们。这些模特儿狂。

模特儿狂可是一个独特的人群。他们距离色情狂仅有一步之遥——后者会和所有穿裙子的生物上床。模特儿狂对一般女人没什么兴趣，他们只对模特儿上瘾。他们迷恋她们的美貌，但却蔑视美貌之外的一切。"她们既笨又肤浅，毫无价值观，都是一些放荡的贱人。"杰克评价道。模特儿狂有另一个世界。他们有自己的"星球"（诺布餐厅、波威里酒吧、花都、烟草酒吧、塔诺夜店、博览会和大都会）、“卫星”（联合广场附近那些经纪公司给模特儿们租用的公寓）和他们的“缪斯”（琳达、内奥米、克里斯蒂、艾丽、布丽吉特等模特儿小姐）。

欢迎来到他们的世界。这可不是什么圣地。

不是任何男人都能成为模特儿狂的。“想钓到模特儿，你得既帅又有钱，或者是搞艺术的。”巴克利说。他是个当红的艺术家，金色短发修成时髦的波波头，长得和波提切利[1]画中的天使一样精致。他住在SOHO区的一个阁楼里，他父母为他支付房租和其他日常开销。他的父亲是明尼阿波利斯市大名鼎鼎的商业巨头，所以巴克利可算是沾了光。要知道，成为模特儿狂是需要资本的——夜店的酒水、晚餐、从一个俱乐部到另一个俱乐部的打车钱，还有毒品——通常是大麻，偶尔还要买点儿海洛因和可卡因。当然，还需要大量的时间。巴克利的父母以为他在专心创作，其实他的日程表上从早到晚排满了和模特儿的约会。

“老实说，我真有点儿搞不懂这些模特儿。”巴克利说。他的上半身赤裸着，下半身穿着皮裤，在他的房间里走来走去。他刚洗过头发，胸膛上似乎有几根胸毛。模特儿们爱死他了。她们觉得他长相帅气而且人又好。“你得像追普通女孩那样追她们，”他一边说一边点了支烟，“不管什么场合，你都要有勇气直奔最辣的那个姑娘而去——否则你就完了。就和被狗包围的时候你不能表现出害怕的道理一样。”

电话响了，是汉娜。她正在阿姆斯特丹拍写真。巴克利打

[1] 波提切利（Botticelli）：欧洲文艺复兴早期的佛罗伦萨画派艺术家。代表作有《维纳斯的诞生》等。

开免提。她的声音很落寞，像是喝醉了。“我想你，宝贝，”她呻吟着，听上去就像是蜕皮的蛇在蠕动，“要是你现在在这儿，我就把你的那东西吞到我喉咙里去。嗯……啊……我爱死它了，宝贝。”

“看见没？”巴克利一边捋着头发，一边点了支大麻烟卷，“我在和你一起爽呢，宝贝儿。”

“模特儿狂有两种——一种是已经得手的，另一种是即将得手的。”《浅薄的男人》的作者科尔特 · 费尔斯克说。这本小说的主角就是热衷于逐猎模特儿的男人们。

最有本事的是那些超模狂——他们只看得上最顶尖的模特儿，像是艾尔 · 麦克珀森、布丽吉特 · 霍尔，或者内奥米 · 坎贝尔。“只要是模特儿聚集的地方都能看到他们的身影，不管是巴黎、米兰，还是罗马。”费尔斯克先生说，“这些男人在模特儿界可都是有头有脸的人物，他们挑逗她们，折磨她们，一句话就能捧红谁或者封杀谁。”

但并不是所有的模特儿狂都能这样呼风唤雨。在曼哈顿，只要你有钱，就能获得年轻模特儿的青睐。乔治和他的搭档查理就是一个好例子。每天晚上，他们俩都会带一群模特儿吃饭，最多的一次带了十二个。

乔治和查理看起来像是中欧人或者中东人，其实他们来自新泽西。他们做进出口贸易，还不到三十岁身价就已经上千万了。

“查理从来不跟模特儿上床。”乔治大笑着，坐在他的皮质老板椅上转来转去，面前是一张巨大的红木写字桌。他的办公室里铺着华丽的东方地毯，墙上挂着名家真迹。乔治并不介意和模特儿做爱。“这只是一种运动嘛。”他说。

“对这类人来说，模特儿不过是战利品而已。”费尔斯克先生言之凿凿，“他们要么是为了弥补自卑，要么就是盲目自大。”

一年前，乔治把一个十九岁的模特儿肚子搞大了。那时他才认识她不到五个星期。现在他们有个九个月大的儿子。他从来不见她，而她向他索要每个月四千五百美元的抚养费，一份五十万的人寿保险，还有价值五万的大学基金。“这可有点儿过分了吧，你不觉得吗？”乔治笑着问，牙龈上都是灰色的牙垢。

所以要怎么样才能像乔治那样玩转模特儿界呢？“这些姑娘都是一起来的，都挤在模特儿公寓里。”巴克利解释说，“她们就是一个小团体，出门都成群结队的，单独行动会让她们没有安全感。这对男人来说，可能会吓得不敢去搭讪。”

“不过从另一个角度来看，这对你也有好处。如果有二十个模特儿出现在同一个地方，那么你想追的女孩不过是许多美女中的一个而已，你的胜算会更大。想想看，如果只有一个模特儿的话，她一定是人群中最惹眼的，她肯定会因此自视甚高，那就不容易得手了。但你要是在一群美女里选了一个出来，被选的那个肯定沾沾自喜，甚至会感激你，因为你让她觉得自己比别人都强。”

所以，诀窍就是先认识其中一个，而最好的方法是从共同的朋友入手。“一旦找到机会搭上一个模特儿，”费尔斯克先生说，“那你的春天马上就来了。”

三年前，乔治在夜店碰见了一个中学时代的旧相识。她当时正和一个模特儿经纪公司的猎头在一起。于是他顺理成章地见到了一些模特儿。他带了大麻，于是模特儿们带他去了她们的公寓。他们一直玩到凌晨七点，他还和其中一个发生了关系。第二天，她同意再和他见面，条件是她要带上其他的姑娘。于是乔治带她们一起吃了晚餐。接下来的进展如鱼得水。“我就是这么上道的。”乔治说。

新人模特儿每个月要交五百美元才能和其他五个女孩分享拥挤的两室一厅，睡简陋的上下铺。现在，乔治对所有这种模特儿公寓的状况都了如指掌。不过他得时不时地更新一下情报，因为这些姑娘来来往往，过一阵就换一拨儿，他必须和她们中的至少一个保持联系。

供给总是源源不断的。“容易得很。”乔治说。他拿起电话听筒，驾轻就熟地按下一串号码。

“嗨，苏珊在吗？”他问。

“她在巴黎呢。”

“啊……”他装作一副大失所望的样子，“我是她的一个老朋友（实际他才认识她两个月），刚一个人回到城里。该死的，太不巧了。请问你是？”

“赛博利亚。”

“嘿，赛博利亚，我叫乔治。”聊了十几分钟后，乔治问，“我们正打算晚上去波威里酒吧，找一群朋友玩玩，你愿意来吗？”

“嗯，当然，干吗不呢？”赛博利亚说。你能清晰地听到她的拇指在啪啪作响。

“你那边还有谁？”乔治问，“她们要不要一起过来？”

乔治挂掉电话。“出去玩儿的时候最好男的比女的多，”他说，“否则女人们会在暗地里较劲，瞒着彼此。要是一个女孩坦诚地告诉其他姑娘自己在和谁交往，那她可就大错特错了。她觉得那些住在同一个屋檐下的姑娘都是她的朋友，其实她们根本就不是。她们不过是恰巧住在一块儿的同类而已，随时准备把别人的男人抢到自己的手里。”

“小鹿斑比那样天真幼稚的姑娘到处都是。”费尔斯克先生说。

乔治很有自己的一套，说起来头头是道。“你可以按上床的难易程度划分那些模特儿公寓。”他说，“威廉敏娜公司的模特儿简直没有任何难度。威利偏爱那些在房车里或是伦敦东区[1]长大的女孩。精英公司则有两套公寓，一套在上城八十六街，另一套在下城十六大街。他们把好女孩养在上城公寓里，而下城住的那些姑娘更容易上手。和艾琳 · 福特[2]住在一起的女孩你可摸不着，因为艾琳的女仆一听见是男人打的电话就会马上挂掉。”

“大部分模特儿都住在二十八街和联合广场中间。十五街上有扎克塔公寓[3]，在二十二街和南派克大街交界处也有一个模特儿公寓。而那些资历老一些、工作量大一些的模特儿们大部分都住在东区。”

花瓶 = 模特儿

普通人 = 模特儿行业之外的女人

[1] 伦敦东区（East End of London）：伦敦东部港口附近地区，曾经是拥挤的贫民区。

[2] 艾琳 · 福特（Eileen Ford）：美国著名的模特儿经纪人，是福特模特儿经纪公司的创始人。

[3] 扎克塔公寓（Zechkendorf Tower）：位于纽约曼哈顿繁华地带。

“我们经常聊到这个，就是在普通人里找个女朋友的可能性有多大。”乔治说，“其实根本不可能吧，或者压根儿没人想这么干。”

“睡模特儿比睡白领容易多了。”桑迪说。他是一个演员，拥有一双迷人的、绿宝石般的眼睛。“那些所谓的普通女人总想从男人身上得到一些东西。”

周四晚上的巴罗洛酒吧，马克 · 贝克正在举办一个特殊的派对。他是餐馆老板，也是赞助商。赞助商和经纪人可谓是一丘之貉：经纪人认为赞助商都很“安全”——他们都会殷勤地照顾模特儿，哄她们开心；而相应地，赞助商需要模特儿狂约这些模特儿出来。总得有人给这些模特儿点儿甜头——赞助商可不愿意总是负担她们的酒水开销，而模特儿狂们却乐得当饭票。模特儿狂们又想要格里高利 · 洛克这样的大人物来撑门面——洛克先生需要女人，模特儿狂们需要女人和洛克先生。大家都在一个生物圈里，每个人的需求都得到了满足。

周四的夜晚，门外一片嘈杂。人们相互推搡着，试图引起一个男人的注意。这个男人的脸上一片漠然，他似乎有一半的东方血统、一半的意大利血统。门里的舞厅也同样混乱不堪，挤满了身材惹火的帅哥靓女，每个人都在疯狂地扭着屁股。

如果你是个模特儿狂，让我来告诉你在这里该怎么做吧！

你可以先同一个装着蹩脚欧洲腔的女孩搭讪，然后还可以和一个刚从家乡田纳西州回来的女孩聊得火热。“我当时穿着喇叭裤和松糕鞋，我的前男友问我：‘卡罗尔，你身上穿的都是什么破玩意儿啊？’我回答他说：‘拜托别那么土好不好，宝贝儿，这可是纽约风！’”

杰克凑过来，开始滔滔不绝。

“虽然模特儿的智商普遍都很低，但有时候还是挺有心机的。你可以把她们分成三类。第一类是刚进城的新人，一般来说，她们年纪都很小，也就十六七岁。她们是最爱出去玩的，因为平时基本上没什么活儿干，特想找点儿事情打发时间，多认识些人，比如摄影师什么的，所以一叫就出来。第二类是接活儿特多的模特儿，她们稍大一点儿，二十一岁以上吧，大部分入行都超过四五年。她们总出差，简直就是空中飞人，你几乎见不着她们，她们也不会和你出去。第三类就是超模了。她们的目标是事业有成的老男人，能给她们物质保障的那种。这些姑娘想钱想疯了，可能是因为模特儿这行让人太没有安全感了吧。那些身价不到两三百万的男人她们看都懒得看。对了，她们的架子还特别大，看不起那些刚入行的，喜欢故意挑她们的刺儿。她们觉得只有同是超模级别的才有资格和她们一起出去。”

然后，你可以和杰克一起下楼，在男厕所里继续交流心得。“一过二十一岁，这些模特儿们的心理包袱就大多了。”杰克说，“那个年纪的肯定都有一长串情史：孩子、上过床的男人、不感兴趣的男人……她们中的大多数都来自破碎家庭，或者有不堪回首的黑暗经历。她们确实漂亮，可是到头来，她们什么都给不了你。她们太年轻，没受过教育，毫无价值观……你懂的。相比较而言，我还是喜欢年龄大一点儿的。你得找个经历比较单纯的，但反正我是没找过。”

“诀窍就是搞上一个有名的——比如亨特 · 里诺或者詹娜 ·

罗兹[1]那样的，”乔治说，“就是上过欧洲杂志封面的那些。只要你钓到一个，保证其他的都会束手就擒。在夜店里，你得多盯着那些年龄大点儿的模特儿。她们得早起工作，所以一般都想早点儿回家。你要做的就是绅士地把她们送上出租车，然后就可以转身回去和小模特儿们鬼混了。”

“这些姑娘只想享乐。”费尔斯克先生说，“她们还太小。她们想用自己的方式在成人的世界里找到一席之地。她们还没发育成熟，却提早遇到了这些狡猾世故的老男人。这对她们来说到底是幸还是不幸？”

回到公寓里，巴克利坐在高脚椅上，开了一听可乐。“你想，谁会比模特儿还漂亮？但是模特儿们都没什么脑子。她们疯疯癫癫的，生活一塌糊涂——她们比你想象的还要放荡。约会一个模特儿比约会一个普通姑娘容易多了，因为上床对她们来说简直是家常便饭。普通人只有在度假的时候才会干出格的事儿，因为我们远离了日常熟悉的环境，所以想做点儿平时不会做的事情。但是这些模特儿的日常生活就是度假——因为她们总是在不同的城市之间跑来跑去，这就是她们的生活常态。”

巴克利喝了一口可乐，挠了挠肚子。一个小时前他才起床——现在是下午三点。“这些姑娘就跟候鸟似的，”他说，“在每个城市都有男人。她们在纽约的时候就会给我打电话。我总在想她们在巴黎、罗马或者米兰的时候，给别的男人打电话的样子。每次她们来找我都像热恋一样，每天见面，出门都牵着手。女孩子

[1] 亨特·里诺（Hunter Reno）、詹娜·罗兹（Janna Rhodes）：20世纪80年代末的美国名模。

都喜欢这一套。但紧接着她们又走了。”巴克利打了个哈欠，“我搞不懂的是，就算身边有再多美女，你最终还是想找一个和你笑点一样、在一起觉得舒服的姑娘。”

“为了得到这些模特儿，有时候你会干出一些连你自己都觉得匪夷所思的事情。”乔治说，“我以前居然陪一个模特儿和她的女儿一起去教堂。现在我只和成熟些的模特儿出去。我看我都快退休了。这些模特儿搞得我什么都干不好，把我的生活弄得一塌糊涂。”乔治耸耸肩，从他那位于三十四层的办公室望向曼哈顿中城。“瞧瞧我，”他说，“还没到二十九呢，都像个老头子似的了。”

第六章　你好，比格先生

萨曼莎·琼斯进了波威里酒吧。她是一个四十岁左右的电影制作人。和往常一样，我们都盯着看她这次带来的是什么人。萨曼莎身边通常至少跟着四个男伴，我们的游戏惯例就是赌谁能猜到她的正牌男友是哪个。其实这个赌打起来没什么意思，因为她的男友很容易被看出来——每次都是最年轻的一个，而且长相肯定不输给那个姓氏以“B”开头的好莱坞英俊小生。这个小男生要么会一脸傻笑地呆坐在那里（如果他刚和萨曼莎在一起没几天），要么就会一脸无聊地呆坐在那里（如果他和萨曼莎在一起已经有一段时间了）。要是后者的话，那他肯定明白在座的人都懒得理他——一个在两个星期内就将成为过去式的男人，谁还会愿意在他身上浪费时间呢?

但我们都非常崇拜萨曼莎。首先，没几个女人能在四十岁的时候还有本事把二十五岁的小男生迷得团团转；其次，萨曼莎为纽约女人开辟了一条新的生路。纽约城里事业有成的单身女性原本只有两个选择：要么每天晚上绝望地撞墙，绞尽脑汁想把自己嫁出去；要么假装不在意地丢下一句“去他妈的”，然后走出门，像男人一样只要性不要爱。除此以外，她们无路可走。但萨曼莎却让她们看到了另外一种可能。

现如今，所有纽约的女性都面临着这个问题。在曼哈顿历史上，首度出现了和男人一样有权、有钱的成年女性。她们还有着不需要男人也一样活得精彩的底气——当然，性需求另当别论。这一悖论一直都是我们的焦点话题。最近一次我们聚在梅费尔酒店喝下午茶的时候，我的朋友凯莉——一个三十五岁左右的记者——决定在现实中实践一回——只要权力，不碰爱情；丢掉顾虑，尽情享乐。她的实验结果看起来似乎还不错——或者说还凑合。

“我觉得我都快变成男人了。”凯莉边说边点着了她今天的第二十支烟。餐厅侍者走来让她把烟掐掉，她嘟囔着：“凭什么啊，我又没有影响别人。”但她还是把香烟扔在地毯上，狠狠地踩熄了。

“还记得我和那个叫杜路的上床的事情吧？”她问。我们忙不迭地一齐点头。我们对杜路的印象太深刻了。因为在那之前她已经好几个月没跟男人睡了，所以听说这事的时候，我们都很欣慰。“结果那个之后我什么感觉也没有。我说：‘宝贝儿，我上班去了，保持联系吧。’然后我一出门就把他抛在脑后了。”

“呃，不然你想有什么感觉？”玛格达问，“男人不会投入一丁点儿感情，我也从来没在做爱后有什么其他感觉。当然，我也希望有，但没有也不会怎么样啊！”

我们舒舒服服地靠在座位上，得意地饮着茶，好像我们是什么秘密俱乐部的成员一样，冷血、独立，还引以为傲。把男人当成性玩具，并且丝毫不动真感情，能做到这份儿上绝对不容易呢！要辛苦工作，要忍受孤单寂寞，无论发生了什么事都只能自己照顾自己，没有任何肩膀可以让你依靠。

“嗯，我觉得这是遭受过感情伤害的后遗症。”我说，“每个男人最终都只是让你失望、受伤而已。这样反复几次后，你就不敢再投入感情了。没有希望就没有失望，只要生活如常就谢天谢地了。”

“我倒是觉得这是荷尔蒙在作祟。”凯莉说，“前几天我去美发沙龙做深层护理——他们总说我头发分叉很厉害。我感觉很无聊，就拿了一本 *Cosmo* 杂志[1]看。有篇文章讲了女人身上的男性睾丸素。据说睾丸素含量高的女人更有闯劲儿，事业更成功，性伴侣更多，也不愿意结婚。这个消息太安慰人了——让你觉得自己不是个异类。”

“这只不过是让你和男人好好合作的谎言罢了。”夏洛特说。

“纽约的男人根本没法伺候。”玛格达说，“他们不想和你谈感情，但又不希望你和他们在一起就只是为了上床。他们全都跟你对着干，就没一个能顺着你的意思来。”

“是啊，你想想，如果你半夜给一个男的打电话，说‘我想去你那儿’，他会痛痛快快地答应你吗？”凯莉说。

“问题在于，并不仅仅是做了就算爱了——上床前、上床后都有一大堆麻烦事。”夏洛特说。她对理想情人的唯一评价标准就是性能力。但即使是像她这么洒脱的女人也会烦恼不断。她最近的战利品是个床上功夫十分了得的诗人，但他“每天都缠着我

[1] Cosmo 杂志：赫斯特出版集团旗下的著名时尚杂志。

一起吃饭、聊天，屁大点儿事也要和我说个没完”。最近他终于放弃给她打电话了，导火索是“他非要把他写的诗念给我听，我死活不让”。

“吸引和反感中间只有一线之隔，”夏洛特接着抱怨道，“只要男人开始希望你把他当成男朋友而不是性玩具，他们就会开始变得让人厌烦。”

我问她，女人到底要用什么方法才能真的像男人那样只要性不要爱。

“要么你得习惯当婊子，”夏洛特说，“要么就得装得无懈可击，就像那些贱货，二十四小时都表现得既甜美又得体。不过一般情况下，你撑不了多久就会露馅了，然后男人们就会被吓一大跳。”

“都这把年纪了还装什么甜美啊！”凯莉说。

“这么说就只剩下当婊子一条路可走了。”玛格达说，“但还有一种情况你没想到。”

“什么？”

“顺其自然，坠入爱河。”

“我可不会，”凯莉说。她穿着旧款圣罗兰的夹克和牛仔裤，懒洋洋地靠在椅背上，像男人一样叉着双腿。“我要坚定地踏上正确的道路，成为一个名副其实的婊子。”

我们都看着她狂笑起来。

“怎么了？”她问。

“……难道你现在不是吗？”

抱着学习的心态，凯莉下午三点去看了《最后的诱惑》。她听说这部电影讲的是一个只追求金钱、性爱以及权力的女人。她牢牢地掌控着所有她遇到的男人，利用他们，折磨他们，却没有半点儿愧疚。她不会像一般女人那样装出一副痛心疾首的样子，虚伪地问自己：“我的天，我都干了些什么？”

凯莉几乎从来不去电影院——她那个暴躁易怒的母亲标榜说，只有穷人才会把家里一大堆烦人的小孩丢到电影院里去——所以，下决心进电影院对她来说可是一件了不得的大事。她到那儿的时候已经迟了，服务生告诉她电影已经开场。她理直气壮地回应道：“去你的，我是来这儿学习的——你不会以为我只是来看电影的吧？”

走出电影院的时候，琳达·弗兰蒂诺高潮的样子在她脑海中挥之不去——她把一个刚在酒吧里勾搭上的男人拽到停车场，她的手紧紧地抓着铁丝网……哦，抓得那么紧……好像这就是电影的全部内容。

凯莉满脑子都是这件事，心不在焉地买了两双吊带凉鞋，顺便去美发沙龙剪了个短发。

周日晚上，凯莉参加了设计师乔普的鸡尾酒会。这里香车鬓影，觥筹交错，客人们热络地彼此寒暄着，迷人的同性恋帅哥们谈笑风生——完全就是你想象的设计师派对那样。尽管凯莉第二天还要早起工作，但她知道自己肯定会和往常一样不醉不归。她不想面对家里安静的房间和冰冷的墙壁，讨厌夜里孤零零地回家，更不想一个人寂寞地入睡。

酒会进行到一半时，乔普家的香槟“刚好”喝光了。不满的客人们砸着厨房门，求侍者给他们再拿杯酒喝。凯莉正在和一个男人聊天的时候，另一个男人叼着雪茄走过他们身旁。凯莉旁边的男人立刻被吸引了：“啊！这人是谁？看起来真像年轻版的罗恩·

佩雷曼[1]……不不，比罗恩年轻时还帅！”

“我知道他是谁。”凯莉说。

“谁啊？”

“比格先生。”

“啊，我知道，但我总是把他和佩雷曼弄混。”

“出个价吧，”凯莉说，“要是我过去跟他搭讪，你准备给我多少钱？”剪了短发之后，她好像变了一个人，开始热衷于尝试以前不感兴趣的事。男孩们盯着她大笑，说：“你可太疯狂了。”她毫不在乎地把头发抓得更蓬松。

凯莉以前见过一次比格先生，不过她知道他肯定对自己完全没有印象。她当时正在办公室里接受《新闻内幕》节目的采访，讨论她写的一篇关于吉娃娃的稿子。比格先生走进办公室，开始和摄影师谈论吉娃娃如何在巴黎风靡一时。而凯莉则弯下腰，系紧了自己的靴带。

回到酒会，比格先生正坐在客厅的暖气片旁边。“嗨！”凯莉走过去打了个招呼，“还记得我吗？”从他的眼神里，她断定他完全不知道自己是谁，于是等着看他会怎么化解尴尬的局面。

他不慌不忙地吸了口雪茄，低头弹掉烟灰，然后转过脸定定地看着她，说：“太他妈认识了。”

接下来的好几天，凯莉都没有再遇到比格先生。但与此同时，另外一些事情却在发生着。她偶然碰见一个两个月没见的作家朋友。

[1] 罗恩 · 佩雷曼（Ron Perelman）：纽约著名的钻石王老五。

他问："你最近怎么样？看起来变化相当大啊！"

"是吗？"

"看着像海瑟·洛克莱尔[1]。你整牙了？"

之后她去了依莲餐厅。一个大名鼎鼎的当红作家——一个大人物——向她竖起中指，然后一屁股坐到她的旁边——凯莉之前从来没有见过他。

他说："其实你的内心并不像外表看起来那么强悍。"

"你说什么？"

"你走进来的样子就好像是在说你的床上功夫是超一流的。"

她本来想问："是吗？"不过她还是哈哈一笑，说："可能我真的是那样。"

他帮她点了烟："要是我和你上床的话，我保证我们的关系会变成长期固定的。我可不是一夜情之后就跑的那种。"

"宝贝儿，"她说，"那你找错对象了。"

之后凯莉去了佩吉·西格尔主演的一部电影的首映式。她在那儿遇到了一个重量级的电影制片人——又是一个大人物。她搭他的车到波威里酒吧时，发现比格先生恰巧也在。

比格先生走过来，坐在她旁边，惬意地靠着沙发，几乎挨着她的身子。

比格先生问："最近都在干些什么？"

"你是指除了每天晚上出来玩儿之外？"

---

[1] 海瑟·洛克莱尔（Heather Locklear）：美国著名演员，曾出演《飞越情海》《政界小人物》等影片。

“对——你干什么工作的？”

“这就是我的工作。”她说，“我正在替我的朋友做一项研究，关于那些像男人一样只要性不要爱的女人——我是说不带一点儿感情也能和男人上床的女人。”

比格先生看了她一眼。“但你不是那种人。”他说。

“你也不是吗？”她问。

“不是。完全不是。”他说。

凯莉难以置信地盯着比格先生：“你有毛病吗？”

“我明白了，”比格先生说，“你从来没有真正爱过。”

“是吗？”

“没错。”

“那这么说你爱过了？”

“太他妈爱过了。”

他们一起回了他的公寓。比格先生开了一瓶水晶香槟，而凯莉一直在大笑。胡闹了一阵之后，她说：“我得回去了。”

“现在是凌晨四点，”他站起身，说，“我不会让你在这种时候一个人回去。”

他给她拿了一件T恤和一条短裤。她换衣服的时候他待在洗手间里。她爬上床，靠在柔软的枕头上，闭上了眼睛。他的床是那么舒服——简直是她这辈子躺过的最舒服的床。

他走出洗手间的时候，她已经进入了梦乡。

第七章　国际名媛

如果你足够幸运（也有人觉得是不幸），你会在纽约碰到这样一类女人。她们如同羽色绚丽、自由烂漫的鸟儿，永远在飞翔，而从不为谁驻足。这些女人随心所欲地在大都市间穿梭，俯视着俗世中那些笔记本上写满了待办事项、焦头烂额地拎着行李奔波在路上的人们。而当她们厌倦了伦敦的派对，玩够了阿斯彭[1]或格施塔德[2]的高级滑雪场，连南美洲的彻夜狂欢都提不起她们的兴趣时，她们也许会回到这个临时的窝巢——纽约。

正值一月份，一个阴雨的下午，爱玛丽塔 · 阿玛菲从伦敦飞到肯尼迪国际机场。她穿着古驰的白色仿皮草外套、纽约皮草专卖店定制的黑色皮裤（“这是用这种料子做的最后一条裤子，我

[1] 阿斯彭（Aspen）：位于美国中西部的科罗拉多州（colorado），西临落基山脉，以滑雪场而著称，富人聚居区和度假胜地。

[2] 格施塔德（Gstaad）：瑞士阿尔卑斯山脉中最引人入胜的魅力小镇。

从艾尔 · 麦克珀森[1]手里抢到的。”她说），还戴着太阳镜。拥有十只 T. 安东尼牌皮包的她，气场绝对不输给当红明星，唯一美中不足的就是少了辆加长林肯。不过她立刻瞄准了目标——一个看起来很有钱的商人。她开口请他帮忙拿行李，不出所料，那个男人立刻言听计从——没有男人能抵抗爱玛丽塔的魅力。而在他还没有反应过来到底是怎么回事之前，他已经和爱玛丽塔以及那十只 T. 安东尼的包一起进了他的那辆公费的豪华轿车。在开往曼哈顿的路上，他提议共进晚餐——当然是他请客。

“哦，亲爱的，我很乐意。”她用一种只能在瑞士女子学院或皇宫舞会上听到的优雅口音说，“但是我有点儿累了。我回纽约完全是为了休息，你能理解的，对不对？也许明天下午你愿意来四季酒店用下午茶。我们还可以一起逛街，我正好要去古驰取一些预订的东西。”

那个男人找不到任何拒绝她的理由。他把她载到比克曼区的一座公寓门口，记下了她的号码，说要打电话给她。

上了楼，爱玛丽塔立刻打电话给古驰。她用英国上流社会的口音装腔作势地说：“我是卡罗琳 · 贝沃斯女士，在你们那里预订了一件新款大衣。我刚回纽约，明天去取。”

“好的，贝沃斯女士，”店员恭敬地说。爱玛丽塔挂掉电话，得意地大笑起来。

第二天，凯莉和老相识罗伯特通电话的时候说：“爱玛丽塔

[1] 艾尔 · 麦克珀森（Elle Macpherson）：澳大利亚名模，曾多次登上体育杂志封面。

回来了。我一会儿去和她吃午饭。”

“爱玛丽塔？”电话里传来罗伯特激动的声音，“她还活着啊？我打赌她肯定比以前还迷人。她可真是个危险的女人。如果哪个男人和她睡过，那简直就像是一跃成为某个高级俱乐部的会员一样。你知道，和她上过床的都是明星和有钱人，像杰克和卡波特·邓肯之类的。男人们会沾沾自喜地想：‘我靠，杰克上过的女人我也上过。’这可绝对是炫耀的资本。”

“男人可真是荒谬。”凯莉说。

罗伯特完全不以为然，自顾自地接着说：“像爱玛丽塔这样的女人屈指可数，加布里埃尔算一个，还有玛丽特和桑德拉。爱玛丽塔长得太美了，而且既幽默又洒脱。她绝对是一个不可思议的女人。你只可能在巴黎碰到这样的女人，穿着那种让你血脉贲张的透视装；或是能在杂志《W》里看到她们的照片。她们性感得要命，那种致命的吸引力让你目眩神迷，即便做梦都想要得到，简直能改变你的人生……”

凯莉毫不犹豫地挂掉了电话。

下午两点整，凯莉坐在哈利·奇普里亚尼餐厅的吧台旁等爱玛丽塔。照惯例，她至少要等上半小时。吧台旁，一个老板正在见客户，带着他的女秘书。他们正聊到性事。“男人好像从来不会把刚认识就跟他们上床的女人当回事，”穿着深蓝色套装的女秘书说，“所以要想让男人对你认真，至少要等到第三次约会之后再跟他睡。”

“这取决于是什么女人。”客户接着说道。他看起来年近四十，长得像德国人，却有西班牙口音——应该是阿根廷人。

“我没听明白。”秘书说。

阿根廷人看着女秘书说："你们这些中产阶级的美国女人一门心思地想钓男人，但又谨小慎微、战战兢兢，遵循着各种规矩，一点儿也输不起。但是有一类女人和你们完全不一样。她们美丽迷人，而且来自特定的阶层，她们想干什么就干什么，一点儿顾虑也没有。"

就在这时，爱玛丽塔进来了。餐厅主管拥抱她的时候引起了一阵骚动。"你看你，"她说，"这么瘦！你现在还坚持每天跑五英里吗？"主管殷勤地拿走了她的外套和包包。她穿着吉尔·桑德[1]的花格呢套装（光那条裙子就价值上千美元）和绿色的开士米披肩。"这儿还挺热。"她用手套扇着风，把上衣也脱掉了。那一瞬间整个餐厅里的人都呆呆地望着她，就差吹口哨和欢呼了。"亲爱的！"她向吧台旁的凯莉打招呼。

"您的餐台已经准备好了。"主管毕恭毕敬地说。

"我有好多事情要和你说，"爱玛丽塔说，"我差一点儿就回不来了！"

四月的时候，爱玛丽塔到伦敦去参加了一个婚礼，在那里碰到了"讨厌屎爵士"（当然是假名）。"但他真的是一个贵族，亲爱的，"她说，"是皇室的亲戚呢，他有一座城堡，还有好几只猎狐犬。这个白痴说他在教堂里对我一见钟情。之后的招待宴会上，他说：'亲爱的，我太喜欢你了，但我最喜欢的还是你的帽子。'其实这句话已经让他原形毕露了，可我当时根本没有细想。那会儿我正住在凯瑟琳·约翰逊·贝茨那儿，可是她一天到晚都在

[1] 吉尔·桑德（Jill Sander）：著名服装设计师，以节俭的美学和简洁的线条而闻名。

抱怨说她的公寓里到处是我的东西，快把我逼疯了。该死的！唉，她是处女座的，我还能怎样呢？不管怎么说，那个时候我满脑子想的都是怎么再找个住处，而且我还知道凯瑟琳爱这位‘讨厌屎爵士’爱得发狂——她常用她那些恐怖的精纺毛线给他织围巾，但他都看不上眼。所以，我当然没有拒绝他，何况我真的要找个地方落脚——一箭双雕嘛。”

婚礼的那天夜里，爱玛丽塔就搬到了伊顿广场的别墅里。起初的两个星期，一切都很完美。“我就像一个艺妓似的，”爱玛丽塔说，“每天给他做按摩，为他端茶，早上起来看看报纸，然后把有意思的内容念给他听。”有时候，爵士会带她出门购物。他们在城堡里举行了一次盛大的宴会，爱玛丽塔帮他拟宾客名单，请到了所有该请的人。从宾客到仆人，上上下下都喜欢她。他对她刮目相看。可当他们一回到伦敦，矛盾就开始接二连三地出现了。

“你知道的，这么多年来，我一直在收藏各式各样的内衣。”爱玛丽塔说。凯莉点点头。她太知道了，爱玛丽塔过去十五年里收藏了大量著名设计师的作品；而且她还用了整整三天时间帮爱玛丽塔把所有的收藏品都用薄纱包装好。“一天晚上，我正试穿内衣的时候，他走了进来，‘亲爱的，’他说，‘我一直想知道我穿上那些内衣会是个什么样子，你介不介意……让我试试看？这样我就更能感受当一个像你这样的女人是什么感觉了。’”

“行吧。但紧接着第二天，他就让我把报纸卷成一卷用力抽打他的屁股。‘亲爱的，’我问他，‘你不觉得报纸应该是用来读的吗？’‘不！我就喜欢你狠狠地鞭打我。’他说。所以我再一次妥协了——一错再错。最后的结果就是他一天到晚宅在家，早上一起来就穿上我的衣服，不干正事。几天之后，他又变本加厉地要戴我的香奈儿首饰。”

“他穿你的衣服时看起来怎么样？”凯莉问。

“还不错吧。”爱玛丽塔说，“他是那种长相标致的英国人，你知道的，就是那种光看长相你根本搞不清楚是异性恋还是同性恋的男人。但是这一切实在是太恐怖了——他双手撑着地爬来爬去，屁股还露在外面。想想吧，之前我还想过要嫁给他！”

“我受不了了！我和他说我要走，但他不让，还把我反锁在卧室里。我没有别的办法，只好从窗户里逃跑。我当时还穿着马诺洛 · 伯拉尼克[1]的细高跟——我真是白痴，我应该穿古驰的，还轻便些。但之前他拿走了我所有的鞋子，而这双马诺洛是他唯一不喜欢的——他嫌这双是去年的款式。从那之后，他就再也不准我回去了，他说要扣下我所有的衣物和鞋子，抵偿我欠的电话费——可那张电话账单也就才两千英镑[2]啊，很少的。我对他说：‘亲爱的，你也太不近人情了吧？我只是在给我的女儿和妈妈打电话呀！’”

“不过我也有我的撒手锏——我拿走了他的手机。我站在街上给他打电话：‘亲爱的，我现在要去和凯瑟琳喝下午茶。等我回来的时候，我希望看见我所有的箱子都能放在大门外，要收拾得好好的。我会仔细检查的，要是少了什么东西——就算是不见了一个小耳环、一条丁字裤或是鞋跟上的橡胶底——我都会立刻给奈杰尔 · 邓普斯特打电话。”

“他照办了？”凯莉带着些许敬畏的神色问。

“那当然！”爱玛丽塔说，“这些英国佬怕媒体怕得要死。

---

[1] 马诺洛 · 伯拉尼克 (Manolo Blahnik)：当代最成功以及最具影响力的时尚设计师之一，他开创了自己的同名品牌。该品牌的鞋是高跟鞋中的“贵族”。

[2] 现 1 英镑约 8.6 元人民币。

只要你威胁说要让他们的好事见报，他们就立刻乖乖就范了。”

这时候，那个阿根廷人走了过来。“爱玛丽塔。”他伸出手，微微地躬身行礼。

“啊，克里斯！”她用西班牙语向他问好，然后他们用西班牙语热闹地聊了好一阵儿，凯莉完全听不懂。最后克里斯说：“我会在纽约待一周，咱们应该好好聚聚。”

“当然，亲爱的。”爱玛丽塔微笑着抬头望着他，眼角微微皱起。这种标志性的笑容通常意味着“滚蛋”。

“嘿，有钱的阿根廷人，”她转过来解释说，“我以前在他的大牧场里住过一阵子。我们骑着小马跑遍整个草原，他当时是那么讨人喜欢，于是我就和他睡了。结果被他妻子发现了——那女人当时正怀着孕。她居然还敢发脾气。她难道不应该感激有人帮她摆脱那个烂男人吗？”

“爱玛丽塔 · 阿玛菲小姐？”侍者过来说，“有您的电话。”

几分钟后，她回到餐桌上，耀武扬威地宣称：“是莱提。”莱提是一个当红摇滚乐队的首席吉他手。“他想带我一起去巴西和新加坡巡演，我和他说我考虑考虑。这些家伙习惯让女人对他们俯首称臣，你得矜持一点儿才能让他们觉得你和别人不一样。”

这时门口突然又骚动起来。凯莉抬头看了一眼，又立刻埋下头假装在看自己的指甲。“别抬头，”她说，“瑞来了。”

“瑞？哦，我知道她。”爱玛丽塔的瞳孔突然收缩。

瑞听起来像是个男人的名字，但实际上是个女人，一个可以和爱玛丽塔平起平坐的风云人物。她也是一个国际美人，有着让男人神魂颠倒的魔力。不过她有点儿玩得太疯了。她在 70 年代当过模特儿，之后搬到洛杉矶。传说她进了演艺圈，但没见她接过什么角色。倒是经常听到她的绯闻，都是和当红的男影星传出的。而且她和爱玛丽塔一样，也有一个私生子，据说孩子的父亲还是一个超级巨星。

瑞的脸蛋和身材都无懈可击，但最迷人的是她的那双眼睛，又大又圆，虹膜是淡淡的蓝色。那双明眸扫视着整个餐厅，然后停在爱玛丽塔身上，她招招手，走了过来。

“你们在这儿干什么呢？”她看起来就像见到老朋友一样开心，但据说这两个人在洛杉矶可是你死我活的宿敌。

“我刚到，”爱玛丽塔说，“刚从伦敦回来。”

“你去参加了那个婚礼？”

“比阿特丽斯小姐的那个？”爱玛丽塔说，“是啊，婚礼办得很棒，全欧洲的名流都在那儿了。”

“哎呀！”瑞说话时有着一点儿南方口音，很可能是装出来的，因为她是爱荷华州来的。“我应该去的，不过我当时正和斯内克在一起。”她说出一个著名动作影星的名字——那人都快七十岁了，但还在坚持拍动作片——“你知道的，我脱不开身。”

“这样啊。”爱玛丽塔轻轻地皱了皱眉头。

瑞似乎没有注意到，继续滔滔不绝地说：“我打算去见我的一个好姐妹，但是我和斯内克说我三点就回酒店。他正在这边做宣传。不过现在都已经快两点一刻了。你知道，斯内克最恨别人迟到，但我可是一个迟到女王。”

“那就看你哄男人的本事了。”爱玛丽塔说，“不过我的确记得斯内克最讨厌等人。你得代我向他问声好，亲爱的。不过你要是忘了也没关系，反正我这个月会见到他。他请我去滑雪——当然，只是作为朋友而已。”

“那当然。”瑞说。随后是尴尬的冷场。瑞直直地盯着凯莉，搞得凯莉真想用餐巾把脸挡上。“拜托，”她暗想，“千万别问我叫什么。”

“也许我该去给我的朋友打个电话。”瑞说。

“是应该打一个，”爱玛丽塔说，“电话在那边。”

瑞走开了，但估计只是暂时的。“她和每个男人都上过床，”凯莉说，“包括比格先生。”

“拜托，亲爱的，我可不关心那些，”爱玛丽塔说，“她爱和哪个男人上床，那是她的事，跟我可没关系。不过她可不是什么好人。我听说她还想当亚历克斯夫人的干女儿，可就连亚历克斯夫人也觉得她太招摇了。”

“那她到底是怎么生存下来的啊？”

爱玛丽塔扬了扬眉毛，沉默了一会儿。毕竟她曾经是一个真正的名媛，在第五大道长大，举行过盛大的成人礼舞会，她是一个有涵养的女人。但凯莉迫不及待地想知道细节。“她收人家送的东西，宝格丽[1]的手表、海瑞 · 温斯顿的项链、衣服、车、房子，还有现金。她有个孩子，有一大堆有钱的男人怜惜她。有些身价百万的影星，随手就能开一张五万美元的支票给她——但有时只是想借此摆脱她。”

“拜托，别这么惊讶地看着我。”她望着凯莉，“你总是这么单纯，亲爱的。你不一样，你有自己的事业。就算你觉得不满足，至少可以自己养活自己。可像瑞和我这样的女人，我们根本就不

[1] 宝格丽（Bulgari）：意大利品牌，是继法国卡地亚和美国蒂芙尼之后的世界第三大珠宝品牌。

想工作。其实我想要的就只是活下去而已。”

“可就算你别无所求，活着也很艰难。”爱玛丽塔早就戒了烟，但她还是抽出一支凯莉的烟，等着侍者帮她点燃。“多少次我哭着打电话给你，身上没有半毛钱，我不知所措，无路可走。那些男人许下的诺言又不能兑现。如果我是一个应召女郎，可能生活会容易得多。令我困扰的不是和男人上床——反正要是我喜欢他的话，我迟早都会和他睡的——而是我要永远受制于他人，永远被人轻视。你虽然也只是给人打工，可至少你想辞职就能辞职，还会有一大笔钱入账。”

她耸了耸肩，扬起眉毛。“我根本看不到未来，却还得保持最好的状态，一刻也不能松懈。穿衣、打扮、健身美容、按摩，还有整形手术，哪样不要花上一大笔钱？你看看瑞，她的胸、嘴唇和屁股都整过。她不年轻了，亲爱的，她都四十多岁了，她只剩下这些了。以后不管她怎么努力，也只能走下坡路。”

她熄了烟，自言自语地说：“我怎么突然抽起烟来了？抽烟对皮肤可没半点儿好处。我希望你也戒了，亲爱的。你还记得吗？我怀着我女儿的时候，病了，还穷得要死，只能和一个学生合租一个卧室。老天爷，那个破平房可真恶心，每个月还要一百五十块钱——我那会儿只能拿出那么一点儿钱。我一个人坐公共汽车去郊区医院，还是靠福利津贴才能在医院生孩子。当我真正需要帮助的时候，亲爱的，男人们全都消失得无影无踪。我孤孤单单一个人，身边只有几个还肯帮我的女性朋友。”

这时，瑞咬着嘴唇回来了。“你们不介意吧？”她自顾自地坐下说，“我朋友很快就到。不过我需要先喝一杯鸡尾酒。服务生，给我来一杯伏特加马提尼，不加冰。”她看都没看凯莉。

“嘿，我想和你聊聊斯内克，”瑞对爱玛丽塔说，“他告诉我，他以前和你在一起过。”

“他这么说？”爱玛丽塔问，“斯内克和我，我们之间只是精神恋爱。”

“现在还是？我只觉得他的床上功夫很厉害，对我的孩子也挺好。”瑞说，“我一点儿也不介意，反正男人没一个靠得住。”

“我还以为他订婚了呢，”爱玛丽塔说，“听说是跟一个怀着他孩子的黑头发女人。”

“是啊，他妈的，那个女的好像是叫卡梅丽塔什么的，犹他乡下的汽车修理工。斯内克去滑雪场的时候车坏了，他开到修理厂，正好碰到那个骚货拿着扳手站在那儿。喏，他现在正发愁怎么摆脱她呢。”

“这太简单了，”爱玛丽塔说，“你可以找些人来监视他，我通常会派我的按摩师和女佣去，安插在他的身边，然后让她们随时向我汇报。”

“该死的！”瑞一边尖叫一边摇摇晃晃地靠在椅背上，张着大嘴歇斯底里地笑着。她的嘴唇艳红，金色的头发有些发白，柔顺地垂在肩上。她绝对是个疯子，却又无比性感。

“我就知道我喜欢你。”椅子“砰”的一声倒在地上，瑞差一点儿栽到餐桌上。餐厅里的人都朝这边看过来。爱玛丽塔笑得岔了气。“我们之前怎么不是好朋友呢？”瑞问，“我可真是想不明白。”

“哎呀，瑞，这我可不知道。”爱玛丽塔早就换回了得体的微笑，“也许和布鲁斯特有关。”

“那个该死的破演员，”瑞说，“你是指我在他面前故意编瞎话骂你的事？妈的，宝贝儿，这能怪我吗？全洛杉矶我就想独享他！”

瑞接着说：“你知道，我的床上技巧可没人能比，男人只要和我上过一次床，绝对会记一辈子。但事情总是有利有弊的，如果你也达到我这样的水准，一般的男人就很难满足你了。我当然不会拒绝跟他们上床，但我会实话告诉他们，我随时可以出门自己找乐子，我要满足我自己。”

瑞只喝了四分之三的马提尼，就似乎有些把持不住了。就像一辆前灯大开却无人驾驶的汽车。“天哪，”她说，“我就是喜欢那种被填满的感觉！”她开始晃动着身体，半举着右臂，双眼紧闭。长长地呻吟了一声，终于睁开眼睛。她直视着凯莉，似乎刚刚注意到她的存在。“宝贝儿，你叫什么？”凯莉这时突然想起有一次派对的时候，瑞和卡波特·邓肯当着众人的面在沙发上做爱的事——没错，就在众目睽睽之下。

“凯莉。”她回答。

“凯莉？”瑞问道，“我是不是在哪里见过你？”

“没有，”爱玛丽塔接话说道，“她是个好女孩，跟我们一样。不过人家可是知识分子——她是一个作家。”

“那你一定要写写我的故事。”瑞说，“我跟你说，我的故事绝对会成为畅销书的。那么多事情发生在我的身上，但我还是活下来了。”她把目光转向爱玛丽塔，寻求认同，“看看我们，我们两个都是幸存者。那些跟我们差不多的女人们，比如桑德拉……”

“她现在加入了戒酒互助会，整天忙于工作，再也不出来玩了。”爱玛丽塔说。

“还有加布里埃尔……”

“应召女郎一个。”

“玛丽特……”

“疯了，吸毒，然后进了银山戒毒所。”

“跟我说说她那段故事吧。”瑞说，“我听说她在你家崩溃了，然后你不得不把她送到精神病院。”

“她已经出来了，还找了份工作，做公共关系。”

“公共关系，我管那叫破烂关系，”瑞说，“他们想利用她的关系网，可她却经常目光呆滞地死盯着你看，搞得你都没办法和她交流。她就像个疯子一样坐在那里，任凭那些人从她以前的交际圈里捞好处。”

凯莉再也忍不住了大笑起来。

瑞转过来盯着她说：“我说，这可一点儿也不好笑！”

第八章 曼哈顿的七个男人

晚餐的时候，我和一个男人刚开了第二瓶一九八二年的“拉图[1]”。这好像是我们第三次约会——也可能是第十次。管他呢。反正“那个问题”很快就会浮出水面。

“呃……”看，他终于按捺不住了。

“什么？”我向前倾了倾身子。他顺势把手放在我的大腿上。估计他要问那个问题了，但看起来不太像啊！他到底在想什么呢？

他在组织语言：“你有没有……”

“什么？”

“你想不想……”

“什么啊？”

“你有没有想过……和另外一个女人上床？”他终于问了这

[1] 拉图（Latour）：法国国宝级酒庄拉图出产的红酒。

个问题。

这话让我恶心得想吐，但我还是努力保持微笑。我完全清楚他接下来要说什么。

“当然了，我指的是和我一起。”他说，“你知道的嘛。”

然后他终于说到了重点：“你可以叫你的朋友来。”

“我为什么要同意？”我问他。我甚至都懒得质问他，凭什么觉得我的朋友会对这种事感兴趣。

“因为我喜欢啊！”他说，“而且我觉得你也会喜欢的。”

我才不想!

人们为了各自的梦想来到纽约。他们幻想着在这里得到金钱、权力，或是“大卫·莱特曼脱口秀”[1]的一席之地。那么既然已经来到这里了，为什么不顺便和两个女人一起上床呢？（至少问一下也不会有什么损失）每个人都应该尝试一下。

“在所有你对纽约的幻想里，这个是唯一一个会超出你的期望的。”一个我熟识的摄影师说，“生活的本质其实就是接踵而来的失望。但同时和两个女人上床，不管发生什么事，你都绝对稳赚不赔啊！”

不久后，我意识到他的话并不完全正确。但相较于你的其他纽约梦来说，这确实不难实现。我的一个男性朋友说：“这不过是性行为的一种，又不是性变态。”在光怪陆离的纽约，这只是成千上万种选择中的一个普通选择而已。或者说，它源于欲望和求而不得的绝望，是二者矛盾的产物，象征着纽约的病态，代表

[1] 大卫·莱特曼（David Letterman）主持的访谈节目，曾两次获格莱美奖。

了曼哈顿的阴暗面。

不管怎么说，每个人都经历过这样的故事。有人真的做过，有人认识做过的朋友，也有人亲眼看到过暧昧的三人行——比如最近那两个超级名模干的事就被人看见了，据说她们把一个男模拉进了塔诺的男洗手间，强迫他吸光所有的毒品，然后把他架回了家。

然而，所有人际关系里最纠结的就是三角关系。不管你自认为有多成熟世故，你真的相信自己可以驾驭一切吗？你真的相信不会有人受到伤害吗？你真的相信三个人就比两个人好吗？

以免费饮料和大麻做诱饵，附赠蜜烤花生，我成功地将七个男人邀请到一起，共同探讨这个话题。这是周一的傍晚，在 SOHO 区一家艺术画廊的地下室。我们到的时候，彼得 · 伯德正在做抽象拼贴——他跪在地上，双手忙着在他的黑白动物摄影作品上涂抹各种形状。他就是我之前提到过的那个摄影师，也是一个少女杀手。他穿着 T 恤和牛仔裤，放在地上的照片上有锈色的脚印痕迹，然后我突然想起有人说过他用自己的血作画。

彼得就是那种所谓的“怪人”。他的故事很多，比如说他曾经和 70 年代当红的超模彻丽尔 · 提格丝结过婚（这是真的），还有他在非洲的时候差一点儿被人捆起手脚扔去喂动物（这估计是假的）。他说我们聊天的时候他宁愿去工作。“我无时无刻不在工作，”彼得说，“只要一停下来我就觉得无聊。”

我们自己调了鸡尾酒，点了第一卷大麻。除了彼得，所有人都要求我写文章的时候用假名。“用真名会对我们的客户产生不良影响。”其中一个这么向我解释。

我们终于进入了正题。

“这就像一场雪崩，拦也拦不住。”彼得说，“我认识的好些姑娘都这样，今晚我还见到了其中一个。她说百分之九十的闺密都跟她提过这样的要求。这绝对是一个新现象。”

彼得把画笔浸入红颜料里。“模特儿行业甚至是鼓励的。”他接着说，“经纪人和星探利用这些姑娘们拉生意。”他又补充道，“所有的模特儿都曾被人堵在洗手间里上下其手。”

泰德，一个四十一岁的天才建筑师，对彼得的话不置可否。“我认为只有官方统计机构才知道确切的数字。”不过他又接着说，“女人的身体充分展现了肉欲和美丽，很容易让男人幻想和两个女人一起上床的场景。如果幻想两个男人在一起的场景，那就乏味多了。”

正专注于创作的彼得抬起头来，加了一句：“但女人们可以睡在同一张床上，没人会多想什么。”

“我赞同这一点。”西蒙说。他四十八岁，拥有一家软件公司。

“在座的没有谁会想和另一个男的睡在一起吧？我就坚决不干。”乔纳西一边说一边看看周围。他同样四十八岁，是东海岸地区一家唱片公司的高管。

“你们不想这样是因为大部分男的都打鼾，”彼得说，“而且对神经系统也没什么好处。”

西蒙接着说道：“还会唤醒你内心深处的恐惧。”

整个房间都沉默了。大家面面相觑。

还是彼得打破了这种紧张的气氛。“这是有理论依据的。生物学家拿小白鼠做过实验，”他说，“测试密度、压力和空间的过度拥挤带来的影响。测试的结果表明，过度拥挤导致的第一个后果就是性缺失。特别是在这个城市，到处都是律师和挤满了人的密闭空间。每个人都面临着巨大的压力，把荷尔蒙都搞没了。荷尔蒙一没，同性恋就多；而同性恋现象其实就是大自然减少人口数量的一种方式。于是所有我们说到的这些反常现象都呈指数级增长。”

泰德干巴巴地说了句：“看起来我们都得完蛋了。”

“我们都在过着一种感官饱和的生活，”彼得接着说，“高密度、高强度、无数的约会和约定、无数次律师面谈。最简单的事情也无法提起我们的兴趣。现在你得找两个甚至三个姑娘一起，或者到纯铂[1]看外国脱衣舞娘才能有点儿兴致。”

“但是找多个性伴也许仅仅是出于好奇，”泰德说，“你分析得有点儿过了吧？”

可彼得正在兴头上。“那我们来谈谈伪善怎么样？”他咄咄逼人地说道，“现在这个世道，真实与真诚是越来越少了。要是你真的喜欢一个姑娘，你根本就不会对另外一个动心，可惜的是，这样的真感情太难得了。”

“这些话还算有些道理。”乔纳西谨慎地下结论。

“和纽约人在一块儿，除了吹牛以外，你学不到别的任何东西。”彼得喋喋不休，完全没注意到他的画笔都快干了，“他们在派对上和你高谈阔论，结果晚上吃饭的时候你听见的又是一模一样的屁话。除非你下决心再也不去凑热闹了，否则就要一直重复这种该死的循环。”

“所以大家都去得少了。”乔纳西表示同意。

“然后你在厕所里享受……”彼得说。大家怀着半讶异半钦

[1] 纯铂（Pure Platinum）：著名脱衣舞俱乐部。

佩的复杂心情陷入沉默。彼得又开口了："但这并不是真正的现实。没有交流，也并不真实。这只是压力重重的生活中的一个短暂瞬间。"

"我还是认为我只是想跟人上床而已。"泰德说。

泰德三年前就完全是这种心态。那个时候他刚经历了最初级的"三人行"。

他最近和交往五年的女朋友分手了。他很快就在派对上重新找回了自我，还遇见了一个刚满二十岁的迷人姑娘。他悄悄尾随她，看着她上了一辆出租车，于是立刻发动他的奔驰车跟了上去。当出租车在红灯前停下时，他也停下来搭讪，于是他成功约到那个姑娘第二天在夜店见面。

隔天晚上，女孩儿如约而至，还带了另一个叫安迪的姑娘。"幸运的是，安迪那天有些疯疯癫癫的。"泰德说。她刚从意大利回来，一下飞机就穿着她的狐皮大衣到处闲逛。这三个人都嗑了些药，然后一起回到泰德的公寓里，一边喝香槟，一边摔酒杯玩儿，紧接着就是相互爱抚。那个二十岁的女孩睡着了，于是泰德和安迪就在她的身边做爱。

彼得的话又把大家拽了回来："随着你的经验增长，你也变得更容易厌倦，于是你需要做得更多、更快才能得到刺激，然后还想要更多、更多……欲望永无止境。"他说，"其实这早就超出了你的承受范围，但你还是抱着侥幸心理不断地开疆辟土……"

"就像是有人拿了一盘饼干从你的身边经过，你顺手拿了两个。"三十岁的加里克说，他是一个在纽约玩乐队的吉他手。

泰德这次终于同意彼得的说法了。"问题的核心就在于人都是贪婪的，”泰德说，“两个丰满诱人的女人总是比一个强。”

谢天谢地，山姆这会儿终于到了。他是一个四十一岁的投资银行家，是那种一天到晚嚷嚷着想结婚过日子，却总是故意“忘记”给约会对象回电话的男人，所以他总是单身。他声称对3P很有经验。

“你当初开始的原因是什么？”我们问。

山姆耸耸肩：“这是新花样啊！不管跟谁在一起，过一段时间你总会觉得无聊的。”

山姆说，一般都开始于这三种情况：第一种，男的觉得无聊了，于是开始拐弯抹角地游说女朋友带另外一个女人上床；第二种，女的暗地里想和另外一个女人上床了，于是拿她的男朋友当借口；最后一种就是，两个女人看上了对方，于是密谋把另一个男的一起弄上床。

山姆说他以前和一个叫利比的女孩交往过半年，他那时候总觉得利比想和她的闺密阿曼达做爱。但现在他对我们承认，事实是他自己想上阿曼达。

山姆不断向利比施加压力，于是她终于同意了。她叫阿曼达晚上去他们家，然后一起坐在沙发上喝红酒。山姆让两个姑娘都把衣服脱掉。接下来呢？

“我那次完全是个失败例子。”山姆说。他带阿曼达进了卧室，而留利比一个人在沙发上百无聊赖地喝红酒。“我完全迷上她了。问题就出在这里，面对两个女人的时候你总会对其中一个更有好感，那另外一个就落单了。”之后利比一直都记恨这件事，很久都没跟阿曼达说话。两个月后，利比和山姆就分手了。

山姆承认他知道会有不良后果。“但为什么我们还是会奋不顾身？因为我们是男人。”

第一法则——“永远不要和女朋友做这事，”盖里克说，“否则就是一场灾难。”

第二法则——“即便你计划得再周全，也肯定会在某个地方出乱子的。”西蒙说，“你得让它自然而然地发生。”他已经是一个经验老到的高手了。

我们还没总结到第三法则，门铃就响了。是二十一岁的魔术师吉姆和二十五岁的电视制作人伊恩。吉姆迫不及待地宣布说他上周刚尝试了一次。“你总不能在事前就大张旗鼓地告诉全世界，得事后再告诉朋友。”他解释说。

“感觉不怎么样啊，”他说，“我们三个可都看过《三人行》[1]那部电影。”

他正要进一步解释，门铃又响了。我们面面相觑，不知道是谁。所有约好要来的男人们现在都已经到了。

专注于创作的彼得抬起头，平静地说：“是个姑娘。”

我上楼去开门。果然是个女人。我们惊讶地看着对方。“你在这儿干什么？”她问。

“我还想问你呢！”我说。然后我们敷衍地互吻了脸颊——这是纽约女人约定俗成的礼节，不管你的内心是否想这么做。

“嗨，克洛伊。”我跟她打了个招呼。

她穿着豹纹夹克，配了一条粉色围巾。她是纽约有名的美女，但没人知道她的心里在想什么——这类女人都这样。

男人们看着我们走下楼梯。吉姆躺在椅子里。“等着看好戏吧！”他说。

---

[1]《三人行》（*Threesome*）：讲述三角关系的校园性喜剧。

克洛伊和我瞟了彼此一眼。“没戏。”我们说。

克洛伊扫视着屋子。“怎么跟戒毒会似的。”她说，接着有人递给她一杯伏特加。我告诉她我们正在聊的话题。

“这是女孩们最不喜欢的事情了吧，”克洛伊漫不经心地说，就像在聊衣服和化妆品一样自然。“女孩只喜欢一对一，”她说。

她啜了一口伏特加，接着说：“像《三人行》里的男人我见过太多了。”

“男人们太希望这样了，”泰德说，你就是导演，不断挑逗这两个女人，让她们互相爱抚。”

乔纳西似乎并不这么想。他一直在用“婊子”这个词，但我们也不确定他指的是一个专长于此的妓女还是别的什么欺骗他感情的女人。

“出现这种状况是因为那婊子确实想跟女人上床，”乔纳西说，“那婊子肯定是同性恋，她是为了得到女人才跟男的睡。那个婊子用尽浑身解数取悦你，哄得你团团转，这样另外那个女人就不会觉得她被你卖了。但你别得意，那个婊子利用完你后就会把你一脚踢开，这样她就可以尽情享受另外那个女人了。”

“我不同意，”西蒙说，“乔纳西的经验太少了。”

“跟我玩的一个女孩儿，”吉姆说，“她跟我们圈子里的所有男人都睡过。”

“等一下，”克洛伊打断了他，“你怎么知道她和别人睡过？”

“因为伊恩和她上过床，”吉姆说，“然后伊恩说她和所有人都上过床。”

“那他又是怎么知道的？”克洛伊愤愤不平地说，“没准她其实只喜欢和他上床呢！是你们这些男人想歪了吧？”

“她的意思是她也想和男人一样。”伊恩连忙解释，“她的理念是，凭什么大家对男人和女人的标准不一样？男人能随便和女人上床也没人说什么，那她为什么就不能随便和男人上床呢？”

“快看西蒙的眼神，”乔纳西插嘴说，“他恨不得现在就要那姑娘的电话号码。”

吉姆接着说：“跟我玩的另外一个女孩和她完全相反。她只交过两个男朋友，像个处女似的。但你猜怎么着？这两个女孩搬到一起住了，然后那个风骚女彻底改变了那个挺纯洁的姑娘。不到一个星期，那个小姑娘也打算和所有男人上床了。”

“我和她们都是挺好的朋友。”吉姆说，“我以前和那个风骚女睡过，还花过一整年的时间追求那个纯洁的姑娘。那天我们三个人一起去看了场电影，之后买了一瓶酒去了她们的公寓。我们干掉了一整瓶葡萄酒。”

“一整瓶也不过三杯半而已。”克洛伊不以为然地说。

“有的时候三杯半就能让你醉得要命。你也一样，克洛伊。”泰德说。

“没错！”吉姆接着说，“反正我们三个人在公寓里喝了点儿小酒，然后我理所当然地和那个风骚女进了卧室——卧室里什么都没有，一张大床占据了整个房间。她想要另外那个女孩儿也加入进来——我他妈当然也想。我们一起看着她，当时她正不知所措地在房间里乱晃，想找个安静的地方干她自己的事情。结果她在厕所和厨房之间走来走去，找不到一个合适的地方。”

“她当时穿着什么？”西蒙问。

“这谁记得！”吉姆说，“不过我们最后还是把她拉到了床上。”

“然后你就强行上了她。”西蒙又插嘴道。

吉姆摇了摇头。“才不是。她坐在床上，我们开始爱抚她，抚摸她的后背，然后又把她推倒在床上。刚开始我还在参与，后来就只是坐在一旁看着了。那次之后，她们就开始主动出击，在纽约到处找人。”

伊恩也说了一件事。“有一次，我和一个女孩儿上床的时候，有另外一个女孩也在床上。”他说，“我目光瞟向她，结果发现她也在看我。接下来的五分钟，我们就一直四目相对，目不转睛地看着彼此。想想看，我身下可是另外一个女孩。那次简直是太棒了，太有感觉了！”

彼得 · 伯德一直都反常地没怎么说话，这会儿终于忍不住发言了：“谁要是说‘不’，那真是太愚蠢了！”他说。

“但男人不会想和自己真正在乎的女孩儿玩的。”泰德说。

“对，理想对象是朋友。”伊恩回应道。

“所以男人都想找你玩，”泰德挖苦克洛伊说，“你是一个称职的玩伴。”

克洛伊瞪了他一眼。

伊恩接下来说的话出乎所有人的意料。“其实我玩得更多的是两男一女。”然后他又飞快地补了一句，“当然，我可没跟那个男的怎么样。”

房间里一阵尴尬的沉默。大家都有点儿目瞪口呆，我甚至怀疑自己是不是听错了。

“这是最方便的方式啊！”伊恩耸耸肩说，“这不过是一种运动而已。你肯定不在乎那个女孩儿，不然你也不会和另一个男的跟她一起做。她对我来说就是一个无关紧要的人。”

“而且还便宜多了。”山姆插了一句。他是一个投资银行家。

我想起来，有好几个闺密都跟我说过她们经常幻想和两个男人一起。我看我还是劝她们止步于幻想就好了。

克洛伊对男人的话表示怀疑。“我从来没碰上过想玩‘两男一女’的男人。”她说，“再说了，男人在床上太好胜了，我不觉得他们喜欢这种事。”

“我对别人刚上过的女人没什么兴趣。”彼得说。

泰德持相反意见：“如果是我的好朋友的话，没什么不可以的。”

“就是啊！”伊恩说。

“但我可能会介意谁先来。”泰德说。

“这是两个人的合谋，”伊恩说，“也像是两个好朋友之间的一对一比赛。”

吉姆把头摇得像拨浪鼓一样：“我不同意！”

“吉姆，你怎么可能不同意？” 伊恩讶异地问。

“我知道了，”泰德说，“你们两个做过！”

“我指的是我不喜欢两男一女。”吉姆说。

伊恩指着吉姆：“可就是他把我推向那个姑娘的！”

加里克说话了：“我已经三十五岁了，我经历过的浑蛋事比你们要多得多！”他说他大概玩过十几次，有几次是两男一女。“都是和我的好哥们儿比尔一起。”他说。

比尔是一个男模。加里克是在市中心的一个健身房里认识比尔的，那会儿他问加里克能不能把做推举的器械让给他。“大部分在那儿锻炼的都是男同性恋。”加里克说，“所以在那之后，我们就想证明给对方看，我们不是同性恋。两男一女就像是一种验证的方法，你用这种方式向另外一个男人证明你的异性恋取向。”

加里克向前倾了倾身子，取了一支烟。“有一次比尔和另外一个男人一起玩的时候，居然对那个男人也有感觉。”他大笑着说，“我老拿这件事取笑他。其实我也想不明白是为什么。对我来说，这代表着一种潜意识里对同性的渴求。我是不是也在渴望这些？我不知道。也许比尔恰巧不是我爱的类型罢了，谁知道呢？”

在座的年轻男士们都沉默了。

彼得开口了：“我不反感同性恋。我也试过一次。尽管他是我最好的哥们儿，但在这种情形下他就是一个多余的人。那感觉太难受了。我只记得我把他那只发烫的手拿开了。感觉真恶心。”

我们都有点儿坐不住了。时间已经不早了，差不多该出去吃晚饭了。

“噢，我不知道，”加里克说，“不过我相信这对感情没有坏处。毕竟不是常规的经验，所以你会觉得这几乎不能算数，只要一结束就根本不会再想起来了。通常背着老婆偷情都会觉得内疚，但三人行不可能发展成什么固定或者长期的关系，不会威胁到感情。”

“更何况，”加里克继续说，“还让你和朋友的关系更铁了。还有什么能比这个更拉近感情的呢？”

“那之后会怎么样？比如第二天早上？”

“没事啊，我记得有一次我们三个一起去吃了早餐。”加里克说，“因为是我埋单，所以我记得很清楚。”

第九章 自行车族

几周前，我偶遇了一个自行车男孩。那时我正在参加一个签名售书会。活动在一个大理石装饰的宴会厅里举办，街道两旁有树荫环绕。我正在偷偷摸摸地往嘴里塞熏三文鱼的时候，一个作家朋友跑过来说："刚才和我说话的那个人，简直是世界上最有趣的人。"

"哦，是吗？哪儿呢？"我一边问，一边怀疑地扫视着大厅。

"那人以前是个考古学家，现在在写科普书……真是太有趣了。"

"先别说了。"我说。我的目光已经锁定了一个看起来很有问题的男人。他穿得就像城市版的科考队员似的——咔叽裤、淡黄色格子的衬衫，外加一件破破烂烂的花呢夹克。灰白的头发从额头梳到后脑勺，不过侧面看起来还是挺帅的。于是我踩着系带高跟凉鞋冲了过去。他正和一个中年男人聊得起劲儿，不过我立刻掌控了局面。"你，"我说，"刚才有人告诉我你很有趣，希望你不要让我失望。"

我不由分说把他拉到窗边，递给他香烟和廉价红酒。聊了二十分钟后，我就去和朋友吃晚饭了。

第二天一早我接到他的电话，那会儿我正因为宿醉而赖床不起。我们就叫他霍勒斯 · 埃克尔斯好了。他和我谈起了他的风流史。我觉得头疼的时候躺在床上听帅哥在电话里调情还不错，于是我决定和他共进晚餐。

没想到这就是一连串麻烦的开始。他先是打电话说他会早到一小时，然后又打过来说他早到不了了。过了一会儿，他又说会晚一个半小时。然后他又在电话里声称他已经走到附近了。最后他整整晚了四十五分钟才出现。

而问题的关键是，他竟然出现在一辆自行车上。

我一开始完全没意识到，只注意到他过于凌乱的头发和急促的呼吸——我还以为那是因为我呢，“你想去哪里吃饭？”他问。

“我已经定好了，”我说，“依莲家餐馆。”

他的表情立刻扭曲了：“我还以为我们要在附近的地方随便吃点儿东西。”

我一边给他脸色看一边说：“我从来不在附近的地方随便吃东西。”我们开始僵持不下，最后他脱口而出：“但你看，我是骑自行车来的。”

我转过身，盯着锁在路灯上的那个讨厌的东西。

“我可不这么想。”我最后说。

这可不是我第一次遇到这类曼哈顿的传奇物种——我把他们叫作“自行车族”。前段时间，我和其中一个有名的自行车族共进晚餐。他是《纽约客》[1]杂志的编辑，所以就让我们叫他“纽约客先生”好了。他看起来只有三十五岁（但实际年龄比这大得多），软塌塌的棕色头发，很有杀伤力的笑容。他总是带单身女性出去，当然，不仅仅是因为这些女人想靠他在《纽约客》上发文章。他有时有点儿不修边幅，但人很温和。聚会的时候他会在你的身边坐下，跟你聊聊政治，认真地倾听你的看法，这会让你飘飘然地觉得自己很聪明。但接着他就不知不觉地离开了，而你毫无察觉。“嘿，‘纽约客先生’上哪儿去了？”大家互相询问着，而这会儿才不到十一点。“他打了个电话，”一个女人说，“然后就去取他的自行车了，好像要赶着去见谁。”

我眼前立刻浮现出这样的画面：无边夜色中，“纽约客先生”的身影一闪而过。他穿着花呢夹克，发疯一样地狂蹬他的变速自行车（车上还细心地装了挡泥板，以免弄脏他的裤脚）。我猜他是要赶去上东区的一幢公寓，或者是SOHO区的一个阁楼。他按了一下门铃，然后喘着粗气把自行车抬上台阶。门开了，他的情人咯咯地笑着，帮他的爱车找到安放的地方。然后他们热烈地拥抱，一起倒在地毯上……

自行车族在纽约拥有悠久的传统。他们的教主是《巴黎评论》的王牌作家乔治 · 普林顿[2]和《纽约新闻日报》的人气专栏记者默里 · 肯普顿[3]。前者堂而皇之地把他的自行车倒挂在办公室里，就在雇员们的头顶上，简直就是单身族中的贵族。他们习惯骑行，

---

[1]《纽约客》（*The New York*）：美国一本内容覆盖新闻报道、文艺评论、散文、漫画、诗歌、小说，以及纽约文化生活动向的综合类杂志。

[2] 乔治 · 普林顿（George Plimpton）：美国著名作家、记者、编辑。

[3] 默里 · 肯普顿（Murray Kempton）：美国记者，普利策奖得主。

被新一代自行车族们奉为偶像。这种风潮在文艺圈里蔓延，影响了无数年轻的作家和编辑——当然也包括之前提到的纽约客先生。他们踩着踏板，孤独而骄傲地在曼哈顿的浪漫景色中穿行，认为自己拉风得要命。自行车族绝对是纽约单身汉中的一个独特品种——聪明、有趣、浪漫、瘦削，有一种与众不同的魅力。他们代表着某种在成人世界里不切实际的梦想。一个穿着花呢外套的男人在自行车上等你的时候，有种难以名状的吸引力——特别是当他戴着一副很呆萌的大眼镜的时候。

这类男人很容易点燃女人们的激情与怜爱。但凡事都有阴暗的一面——几乎所有的自行车族都是“单身族”。他们没有结婚，也根本不打算结婚——至少在他们对自行车失去兴趣之前。

“骑自行车可没什么杀伤力啊，”埃克尔斯先生说，“除非是像乔治 · 普林顿那种气场强大的人，否则你就得每天鬼鬼祟祟地把自行车藏在街角，然后偷偷摸摸地把塞在袜子里的裤角揪出来。”

他们骑自行车可不是为了运动——他们打死也不愿意和那种绕着公园一圈又一圈地骑车锻炼的傻瓜们归为一类。他们骑车当然有一半是为了方便——在交通拥堵的曼哈顿，自行车不失为出行的好选择。但对他们而言，最重要的理由是为了留住青春，留住青涩的少年时代。想象一下，日暮时分的牛津校园，你在鹅卵石路上悠然地骑着车，一个穿着长裙的少女在彻韦尔河畔等待着，优雅地捧着一本叶芝的诗集，裙角随风飘扬……自行车族们浮想联翩，以为自己就是浪漫画面的男主角——而现实是他们置身于拥挤的曼哈顿，躲闪着嘈杂的车辆和地上的坑洼。

小肯尼迪[1]是纽约最有名气的黄金单身汉之一，尽管他也酷爱自行车，但他的健美身材和惊人的能量使他和其他自行车族之间有着天壤之别——自行车族们宁愿穿着泡泡纱的衣服，骑车穿过整个城市，也不愿意穿着运动短裤和紧身T恤。他们更鄙视那种专门为自行车运动设计的紧身裤，那一大块护裆的泡沫海绵对他们来说可笑至极。自行车族们可不介意被自行车的硬座硌得生疼——他们觉得这种痛楚能够提升他们的文艺气质。“打死我也不会买那种弹力运动裤！”“纽约客先生”得意地声称，随后又迟疑地补充说，“冬天我会穿秋裤保暖。”

这可能也是自行车族们更容易受伤的原因之一——相对于真正的自行车运动员而言，自行车族很容易在街上被人袭击。另外一个原因就是他们的出行时间。虽然你在任何时间任何地点都有可能见到他们风雨无阻的身影，但他们最喜欢在深夜出行——他们觉得自己很浪漫。

“夜里你会听到街上到处都是酒鬼的咆哮声，真恐怖。”埃克尔斯先生说。当然，还有比这更糟的。

某年的万圣节，“纽约客先生”穿着英格兰警察式的斗篷，一群十几岁的小鬼把他从自行车上拽了下来。“我跟他们说：‘我一个人就能撂倒你们所有人，但我们得来一对一的。’于是他们中间最大的一个往前站了一步。我瞬间意识到我连他都打不过。”那群家伙一起扑上来开始痛殴“纽约客先生”，直到某个看热闹的人开始尖叫。“我还挺幸运的，”“纽约客先生”说，“他们没把我的自行车抢走。不过他们拿走了我车筐里的唱片。”（纽

[1] 小肯尼迪（John F. Kennedy Jr.）：美国总统肯尼迪的长子。

约客先生特意强调了他带的是“黑胶唱片”，而不是 CD——真正的自行车族怎么能听 CD 呢？）

埃克尔斯先生也遇到过类似的事。“前两天，大概晚上十点左右，我骑车经过中央公园，一群玩直排轮滑鞋的野蛮家伙把我围住了。他们从侧面包围过来想拦住我，还好我骑得快。”

而最大的危险总是跟性事脱不了干系，一个叫切斯特的记者的亲身经历证实了这一点。切斯特现在不怎么骑自行车了，一年前那场风流韵事的后果让他现在还有心理阴影。他在写一篇关于艳舞女郎的报道时认识了罗拉。估计罗拉以为自己是玛丽莲 · 梦露，遇见了她的亚瑟 · 米勒[1]。切斯特只记得某个晚上罗拉打电话说她正躺在特朗普大厦某个房间里的某张床上，问他愿不愿意过去陪她。切斯特立刻跳上自行车，风驰电掣地骑到那里——只用了十五分钟。他们整整做了三个小时。然后她突然说他必须得走了，因为给她提供这套公寓的那个男人随时都有可能回来。

切斯特落荒而逃。他跑出大厦，跳上自行车。但问题是刚才激烈的酣战让他的腿抖得厉害，骑到默里山下坡的时候，他的腿肚子开始抽筋。于是他从马路边上冲了出去，重重地摔在了人行道上。“那可真是太疼了！”他说，“胸口的皮肤都被刮伤了，简直就像一级烧伤。”——还好他的乳头后来长回来了。

在曼哈顿骑自行车绝对是一项危险的运动。如果这些男孩们

[1] 亚瑟 · 米勒（Arthur Miller）：美国著名剧作家，玛丽莲 · 梦露的第三任丈夫。

住在西部，他们肯定都带着枪——就像拉里 · 麦克默特里、托马斯 · 麦葛尼或考麦克 · 麦卡锡[1]的作品里的人物一样。但在纽约，这些自行车族更像是超人克拉克 · 肯特[2]——白天他们是文质彬彬的记者，疲于应付咄咄逼人的女编辑们，晚上则摇身一变成为社会捣乱分子。但谁又能指责他们呢？切斯特说："你可以闯红灯，可以骑着车乱跑，和飙车族一样帅。"一个不愿意透露名字的自行车族说："我感觉两腿间有一个巨大的铁家伙在悸动。""我现在就在摸我的自行车呢，"作家经纪人基普说，他正坐在他的办公室里，"在城市里，自行车带给你自由，感觉就像是飘浮在熙攘人群的上空。只要和我的自行车在一起，我就无所畏惧。骑在车上的时刻就是我生活中最美好的时刻，将我和整个城市完美地融合在一起。"

自行车族通常不骑那种高科技的变速山地车，变速器和弹性减震悬架都跟他们绝缘。"纽约客先生"的车就是一个典型——一辆貌不惊人的变速车，装着挡泥板，后面的车筐散发着复古的情怀。"你总得有个篮子用来装些杂物吧？""纽约客先生"说，"还有电脑和工作材料什么的。""我的自行车就像我的狗狗或者我的孩子一样，"基普说，"我打扮它，照顾它，宠爱它。"

每次听自行车族的人说到他们的爱车时，我都以为他们是在说女人。

"我爱死我的自行车了，你会对它产生依赖感。"一个自行

[1] 拉里 · 麦克默特里（Larry McMurtry）、托马斯 · 麦葛尼（Thomas McGuane）、考麦克 · 麦卡锡（Cormac McCarthy）：三人均为作家、编剧，都以西部题材作品闻名。

[2] 克拉克 · 肯特（Clark Kent）：美国漫画《超人》男主角。

车族说，“虽然自行车和自行车之间其实没多大差别。”

“我之前的那辆车简直让我爱得发疯。”基普说，“车架是用铝打造的，我亲手给它打的蜡，还仔仔细细地缠了车把。结果它被偷了。我伤心得要命，整个人就像被掏空了一样。后来我又弄了一辆新车，给它打扮得漂漂亮亮的，心里这才好过一些。”

在纽约，自行车就像女朋友一样很容易被人撬走。“哪怕你只是在书店里待十分钟，等你出来的时候，车一定不见了。”埃克尔斯说。

不过“纽约客先生”倒觉得这不是什么问题。“要是坐地铁的话，三个月的地铁票钱就足够买一辆新自行车了，”他说，“打车的话只要一个月。”

不仅如此，自行车还是追女孩的利器。“这可是一个找话题的好道具。”作家萨德说，“冷场的时候还可以转移一下注意力。”

当然，你也可以借着自行车试探你跟一个女人是否有戏。“有一次，我跟一个女人说我想骑车去她家，结果她大发脾气。”萨德说，“所以我觉得，如果一个女人能对我说：‘快把车弄进来！’这样的女人才是最性感的。”

“要想判断一个女人是否随和，就要看她愿不愿意你把自行车推进她的屋子里。”埃克尔斯说，“那种谨小慎微婆婆妈妈的女人绝对不会让你的自行车靠近她的东西。”

但有些时候自行车并不仅仅是自行车而已，而且女人们似乎都深谙这一点。“她们会借此评判你的个性，说你太过独立或者太多变之类的，”埃克尔斯说，“让你觉得特没面子。”

“有些人会觉得你像彼得·潘一样长不大，”基普说，“所以我现在不像以前一样到哪儿都骑自行车了。”

"她们觉得自行车还暗示了某种自私，"埃克尔斯同意说，"因为你不能像开车一样载人回家。而且骑自行车的人让人觉得太自由自在了。"埃克尔斯补充说，他有十多个理由说明他为什么五十多岁了还不结婚，"女人们的这些屁话没有一条是站得住脚的。"

在某种程度上，它还意味着廉价。一个男性杂志的女助理编辑想起她和一个自行车族约会的事情。在一次签名售书会上，这个男人向她搭讪，约她去上西区一家颇有情调的牛排餐厅。

她如约而至，站在餐厅外边等他，不耐烦地抽着烟。他迟到很久才出现——当然，和他的爱车一起。然后他们坐下，看着菜单。那个自行车族突然说："嘿，我说，我突然觉得特别想吃比萨……你不介意，对吧？"他边说边站了起来。

"但我们得……"她边说边看着旁边的服务生。他猛地拉住她的手臂把她拽出了餐厅，说："你不过喝了几口水而已，我连水都没喝——碰都没碰。他们怎么能要钱呢？"

他们去了她家，一起吃比萨，他对她动手动脚的。他们之后又见了几次，但每次他都要求去她家一起吃外卖，还总是晚上十点才姗姗来迟。她终于忍无可忍，把他给甩了，然后找了一个银行家。

自行车族的最大误区是，他们总是试图把女朋友也变成自行车族。乔安娜，一个把第五大道当成家的室内设计师，曾经嫁给过一个自行车族。"我们都骑车，"她说，"所以一开始我没觉得有什么问题。但当他送了我一个自行车座当生日礼物的时候，我就觉得不对劲儿了。好戏还在后头呢，我的圣诞礼物居然是个自行车架——就是能把自行车搁在轿车里的那种架子！我们离婚的时候，他居然还把那个架子要回去了！简直难以置信！"

“自行车族？我的妈呀，我再也不想提起他们了。”小说家玛格达说，“你不知道他们的那玩意儿有多恶心！我差点儿没被这些骑自行车的男人搞死……他们就跟神风特攻队一样横冲直撞的，完全不顾及你的感受！要是他们能像骑车那样认真做爱，那我就太谢谢他们了——但速度别那么快！”

“女人们觉得骑自行车一点儿都不性感。”萨德说，“她们觉得很幼稚。但你并不会为了取悦她们而改变真正的自己。”

第十章　都市宝贝与郊区姑娘

拜访那些搬到郊区的朋友是曼哈顿名媛们的例行公事之一，但没人真的喜欢这件事。每次从郊区回城，她们都身心疲累，濒临崩溃。下面的故事完全证明了这一点。

朱莉·伯纳德曾经是国际创新管理公司[1]的经纪人，负责摇滚乐队的业务。五年前，她的生活就是穿着牛仔靴在世界各地跑业务，和摇滚巨星们鬼混甚至上床。不用工作的时候，她就回到纽约的公寓，享受家里的黑色真皮沙发和豪华立体声音响。

她有一头金色长发，身材娇小却胸部傲人，电话的语音信箱里总有无数的留言。她那时候可是颇具人气的名流。

有些事真是命中注定。没人相信会发生这样的事情，但它确

[1] 国际创新管理公司（International Creative Management）：国际知名经纪公司，在纽约、洛杉矶、伦敦都设有办事处，帮助旗下明星开拓国际市场。

实发生了，让你永远也搞不明白生活到底是怎么一回事。她三十五岁的时候认识了所罗门兄弟公司的一个投资银行家，然后闪电结婚，闪电怀孕，又迅速地搬到了格林威治[1]。

“什么都没变，”她说，“我们还是可以经常聚啊，常来我家玩儿。夏天来我这儿烧烤吧。”

我们只能说：“好，好，好。”

然后两年过去了。我们听说她有了小孩，然后是第二个小孩。但我们谁都记不住孩子的名字，连是男是女都搞不清楚。

“嘿，朱莉最近怎么样了？”我总会问米兰达，她一度和朱莉最要好。

“谁知道呢。”米兰达肯定会这样说，“不管什么时候打电话给她，她都在忙。园艺工人要来了，保姆在洗衣房里抽大麻了，小孩又在嚷嚷了……老是这种事。”

“太可怕了。真难以想象。”我们总是这样评价着，立刻把她忘在脑后。

然后，一个月前，逃不掉的例行公事终于来了：装饰着紫色小花的白色请柬来到我们的面前，邀请我们四个城里的姐妹去朱莉家参加新娘送礼会。星期六下午一点——就像米兰达说的，选在了最恶心的时间。美妙的星期六下午干些什么不好呢，非得浪费在康涅狄格。

“朱莉打电话来求我了，”米兰达说，“她说想让几个城里的朋友去，不然怕无聊。”

---

[1] 格林威治：美国康涅狄格州西南部的城镇，位于长岛海峡上。在纽约州边境附近，被作为纽约市的住宅卫星城镇。

“真要命，死亡之吻啊。”我说。

最终，四个女人还是决定去一趟——米兰达，三十二岁，有线电视公司执行官；萨拉，三十八岁，自己开公关公司；凯莉，三十四岁，职业类似于记者；贝拉，三十四岁，银行家——四个人当中唯一结了婚的女人。

这个周六果然像是今年最美好的一天。阳光明媚，非常暖和。四个女人约定好在中央车站碰面。她们一见面就开始抱怨——这么美妙的日子为什么非要去朱莉家呢？她们好像都忘了，就像所有在城里住习惯了的人一样，自己总是懒得出门，更别提出城了。

麻烦从一上火车就开始了。凯莉昨晚又玩儿到凌晨四点才睡觉，严重的宿醉让她老想吐。贝拉和坐她前面的女人吵起来了，那女人的孩子一直趴在椅背上对贝拉吐舌头。

然后萨拉终于说了实话——朱莉已经戒酒三个月了，派对上可能连鸡尾酒都没有。

凯莉和米兰达当即决定下一站就下车回城里，但被贝拉和萨拉拦了下来。萨拉告诉凯莉她可能也要戒酒了。

火车到了老格林威治区。四个女郎挤进出租车后座——绿白相间的老式出租车提醒着她们这是郊外。[1]

“我们干吗非得来这儿？”萨拉问。

“我们没别的选择啊。”凯莉说。

“他们家可别有那些时髦的园艺工具，”米兰达说，“让我看见那种东西，我一定会抓狂的。”

[1] 纽约市区的出租车为黄色车身。

“只要让我看见小孩，我就会抓狂。”

“看那些草，那些树。刚割过的草地可真清香。”凯莉惊讶地发现自己没有刚才那么不舒服了。不过其他人都用一种难以置信的表情看着她。

出租车在一幢殖民地风格的白色别墅[1]前停下。石板砌成的尖角屋顶和二层的阳台看起来很高级。院子里绿草如茵，粉色的花朵环绕着精心修饰过的树木。

“啊，多可爱的小狗！”凯莉说着，一只金毛猎犬欢叫着跑过草坪。不过当它跑到院子边的时候，却又突然停住了，好像被一条看不见的绳子猛地拽住了。

米兰达点燃一支蓝登喜路。“隐形电篱，”她说，“他们都装这个。我打赌一会儿她们就得向我们炫耀了。”

小狗坐在院子中间，谄媚似的摆着尾巴。四个女人在门口站着，盯着狗发呆。

“拜托，我们还是回城里去吧？”萨拉问着。

房子里面已经有六个女人坐在客厅里，双腿优雅地交叉着，咖啡或者茶放在膝盖上。餐桌已经摆好了：黄瓜三明治和配上辣番茄酱的墨西哥玉米饼。桌子一角放着一大瓶白葡萄酒，没打开过，也没有人碰过，酒瓶上还有一层湿气。即将成为新娘的露西似乎因为四个城市女郎的到访而有点儿怯场。

于是大家开始寒暄和介绍。

一个从头到脚都穿着爱马仕的女人开口了。这个名叫布丽

[1] 美式殖民地风格建筑的典型特征为对称性的长方形或者方形结构，有百叶窗装饰，多为两层。

吉德 · 查默斯的女人小口啜着手中的饮料，看起来很像血腥玛丽[1]：“你们来得太晚了。朱莉还以为你们不来了呢。”语气中的冷嘲热讽只有女人才听得懂。

“没办法，火车是按时刻表走的。”萨拉耸了耸肩，就当是道歉了。

“嘿，我说，我们认识她吗？”米兰达对凯莉耳语。这意味着米兰达对布丽吉德宣战了。

“你喝的是血腥玛丽？”凯莉问她。

布丽吉德和另一个女人交换了一下眼神。“这是处女玛丽。”她瞟了一眼朱莉，“我以前也那样，喝酒，去派对。但后来我突然觉得厌倦了。你应该把时间花在更重要的事情上。”

“现在对我来说最重要的只有伏特加，”凯莉一边说一边指了指头，“我宿醉得厉害。如果不给我点儿伏特加的话……”

“雷利！”坐在沙发上的一个女人喊着，弯下腰探看其他的屋子，“雷利！去外边玩儿！”

米兰达俯下身子问凯莉：“她在叫她的狗还是她的孩子？”

米兰达转向布丽吉德。“布丽吉德，跟我说说，”她问，“你是做哪一行的？”

布丽吉德优雅地把一小片玉米脆角放入口中，说：“我在家工作。我有自己的咨询公司。”

“了解，”米兰达点点头，“具体是哪一方面的咨询？”

“计算机。”

---

[1] 血腥玛丽（Bloody Mary）：一种由伏特加、番茄酱、盐、胡椒粉和柠檬汁等调制的鸡尾酒。

“她就像我们中间的比尔 · 盖茨。”玛格丽特一边喝着红酒杯中的依云矿泉水，一边说，“不管我们有什么电脑方面的问题，只要打电话给她，她都能解决。”

“这对我们这些有电脑的人来说真是帮了大忙。”贝拉说，“电脑有时候太难搞了，特别是偶尔才用的时候。”她笑了笑，“那你呢，玛格丽特？有孩子了吗？”

玛格丽特有点儿脸红，目光转向别的地方。“有一个，”她犹疑地说，“一个美丽的小天使。当然，他现在已经不小了，已经八岁了，快成为真正的男子汉了。不过我们在努力要第二个。”

“玛丽在尝试人工受孕呢。”朱莉故意对着整间屋子里的人大声说，“我可真高兴我早就有两个小孩了。”

不幸的是，凯莉刚好在她说话的时候从厨房钻出来，喝着一大杯加冰块的伏特加。“说到小孩，”她说，“贝拉的老公想让她再怀孕，不过她自己不想，所以她去药房买了测排卵期的那种东西。药房的店员一副祝她‘好孕’的表情，但他们根本不知道，她买这个是为了避免在排卵期做爱——是不是很好笑？”

“我不想在夏天怀孕，”贝拉说，“我可不想穿泳衣的时候大着肚子。”

布丽吉德突兀地把话题拉了回来。“米兰达，你是做什么的？”她问，“你住在城里吧？”

“是啊，我是有线电视公司的总监。”

“啊，我喜欢有线电视。”丽塔说。她戴着三条很粗的金项链，炫耀着她手上那枚十二克拉的蓝宝石钻戒，无名指上是另一枚镶蓝宝石的婚戒。

“是呀，”贝拉甜美地一笑，“我们都觉得米兰达是我们当中的鲍勃·皮特曼呢。你们知道的，那个 MTV 的创始人。”

“对，我知道。”丽塔说，“我的丈夫在哥伦比亚广播公司工作。我得告诉他我遇到你了，米兰达。我敢肯定他认识你——实话告诉你们，我一直是他的助理！后来全世界都发现我们在约会——他那时候可是有老婆的！”她和其他来自康涅狄格的女人们交换着眼神。

凯莉在丽塔旁边重重地坐下，不小心溅了她几滴伏特加。

“真不好意思，”凯莉说，“我今天笨手笨脚的。要纸巾吗？”

“没关系。”丽塔说。

“这可真有意思，”凯莉说，“钓个已婚男人，我可干不出这种事。我估计我肯定是当他老婆闺密的那种类型。”

“所以习技公司[1]才开了那么多课，培养你的这种能力。”萨拉生硬地插话说道。

“是啊，但我可不想和一群失败者一起上课。”凯莉回应道。

“我认识好多在习技上课的人，他们人都不错。”布丽吉德说。

“咱们最喜欢什么课来着？”丽塔问，“性虐待那门——怎么当个施虐女王。”

“我丈夫只对鞭打还保有点儿兴趣。”布丽吉德说，“这就是婚后的性关系。”

露西不自然地笑起来。

凯莉带着醉意站起来，打着哈欠问：“有人知道洗手间在哪

[1] 习技公司（The Learning Annex）：开设在线课程的成人教育公司。

儿吗？”

凯莉其实一点儿也没醉。她也根本没去厕所。她蹑手蹑脚地走上楼，楼梯上铺着东方地毯。她暗自想道，如果她是朱莉，她肯定对这些东方地毯的来头如数家珍——假如你有本事绑住一个富可敌国的银行家，还能让他在郊区买这么大一栋房子，那这些知识可是必备技能之一。

她偷偷潜进朱莉的卧室。地上铺着厚重的白色地毯，卧室里随处可见银质相框，其中一些放着朱莉的泳装写真，她笑得很专业，金色的长发优雅地披在肩上。

凯莉盯着照片看了很久。她的生活是什么样子的？她怎么得到这些的？到底怎么才能钓到一个有钱的男人，让他爱你爱得发狂，然后给你所有这些奢华的东西？朱莉都已经三十四岁了，之前从来没有成功过，但这千载难逢的机会还是让她抓住了。

她从小就坚信她迟早有一天会过上朱莉的这种生活——因为她想要。然而她看得上的男人要么不想要这种生活，要么不想要她；而想要她的男人不是太无趣就是太平庸。她走进朱莉的浴室。从地板到屋顶都铺满了华贵的黑色大理石，还有一个不常见的坐浴盆。也许城郊的丈夫们都要求他们的老婆先把下体洗干净，然后才能做——不像城里的那些家伙们。凯莉暗暗想着，几乎为自己的念头叫出声来。

墙上有一张十四乘十七寸的巨幅彩照。照片中的朱莉像黛米·摩尔一样几近全裸，只穿着一件轻薄的睡衣，露出一对丰满的巨乳。她挺着大肚子，骄傲地望着镜头，手放在凸出的肚脐上面。凯莉飞快地冲了厕所，大气不出地跑下楼梯。

“我们已经开始拆礼物了。”布丽吉德责怪道。

凯莉在米兰达旁边坐下。“你怎么回事？”米拉达问。

“照片，在主卧的厕所里。快去看！”凯莉小声说。

“不好意思失陪一下。”米兰达迅速起身，离开了房间。

“你们在干什么？”朱莉问。

“没事。”凯莉说。那个即将成为新娘的姑娘刚拆开一个礼物，里面是一条红色丝绸的丁字裤，装饰着黑色的蕾丝。所有人都在狂笑。这就是新娘送礼会。

“那张照片简直难以置信！”米兰达说。她们正在回城的火车上，车厢有节奏地晃动着。

“要是我怀孕了，”贝利说，“我肯定在房间里躲上九个月，谁都不见。”

“换作是我，我也会像她那样。”萨拉一脸不快地望向窗外，“他们有别墅、有车、有保姆，什么都有。他们的生活简直太滋润了。我很嫉妒。”

“他们每天都干些什么？我真想知道。”米兰达说。

“他们几乎都不做爱了！”凯莉想到了她的新男友比格先生。现在他们之间的一切都堪称完美，但一两年后——如果他们能撑到那个时候的话——谁知道会是什么样子呢？

“你们不会相信我听到了什么，关于布丽吉德的。”贝利说，“你们在楼上的时候，朱莉把我拉进厨房，跟我说：‘对布丽吉德好点儿，她刚把她的老公泰德和另外一个女人捉奸在床。’”

另外那个女人是布丽吉德的邻居苏珊。她和泰德都在城里上班，所以从去年开始每天都一起上班。一天晚上十点左右，布丽吉德出门遛狗的时候，在一个巷子的尽头发现了泰德的车。泰德和苏珊正醉醺醺地在里面酣战。

布丽吉德猛地拉开车门，轻轻地拍了一下泰德赤裸的屁股。“惠顿感冒了，想和他的爸爸说声‘晚安’。”她说着，然后自顾自地走开了。

之后的一个星期，她依旧装作若无其事的样子，而泰德却越来越不安，一天给她打十个电话。每次他试图解释的时候，她都把话题转移到他们的两个孩子身上。终于，星期六的晚上，他们面对面坐在露台上。泰德喝得有点儿多了，当他正在调下一杯玛格丽特[1]的时候，布丽吉德开口了："我又怀孕了，已经三个月了，所以我们不用担心流产的问题了。开心吗，亲爱的？"她拿起那壶玛格丽特，对着他的头浇了过去。

“太经典了！”凯莉一边说，一边用火柴夹清理着她的指甲。

“真高兴我的老公是个值得信任的男人。”贝利说。

“我都起鸡皮疙瘩了。”米兰达说。列车在桥上行驶。窗外，纽约市在暗淡的褐色暮霭中若隐若现。“我要去喝一杯。你们来吗？”

在喝了三杯鸡尾酒之后，凯莉拨通了比格先生的电话。

“嘿，”他说，“过得怎么样？”

“糟糕透顶！”她咯咯地笑着，“她们聊的无非就是孩子或者私立学校，谁的朋友上了乡间俱乐部的黑名单，谁的保姆把他们新买的奔驰给撞坏了。你知道我有多烦这些事。”

她能听到比格先生深吸了一口雪茄的声音。“别担心，丫头。

[1] 玛格丽特：世界上知名度最高的传统鸡尾酒之一。

你会习惯这些的。”他说。

“我可不觉得。”她说。

她转过身看了看她们那桌。米兰达从另外一桌拐了两个男人过来，其中一个正跟萨拉聊得火热。

“我需要人罩着我——来波威里酒吧吧！”说完，她挂了电话。

第十一章　远离人妻

去探访奉子成婚的新娘可不是什么好主意。一从郊区回来，倒霉事就轮番拜访了这几个曼哈顿姑娘。

从格林威治回来的第二天一大早，姑娘们迫不及待地拨通了彼此的电话——凌晨四点，萨拉玩轮滑的时候崴了脚；米兰达和一个派对上刚认识的男人在壁橱里搞上了，而且没用安全套；凯莉干了件荒唐透顶的事，以至于她觉得她和比格先生要玩完了；还有，贝拉不见了。

米兰达根本没想到自己会在派对上玩得这么疯——疯狂到简直是“格伦·克劳斯[1]的翻版”——这是她的原话。

“我本来只是打算回家睡个好觉，然后星期日起来接着干活儿的。”——这就是单身并且没有小孩的潇洒之处。你甚至可以

[1] 格伦·克劳斯（Glenn Close）：美国著名演员、歌星。

在星期日把工作搞定。

但是萨拉把她拉去了一个派对。“在那儿能认识很多有用的人。”萨拉说。为了她的公关公司，萨拉不会放过任何机会猎取“有用的人”——当然，那些“有用的人”最后往往都转化成了“可以约会的人”。

派对在东六十四街一个很老的钻石王老五的别墅里。派对上，几个三十几岁的女人穿着黑色曳地长裙，头发的颜色一模一样——染成同一个色号的金色。这群黑裙女人小分队总是出现在各种有钱老男人的府上，在派对上物色男人，还故意装成像没那么回事一样。

萨拉在人群中一晃就不见了，剩下米兰达孤零零地站在吧台边上。她有一头深色卷发，紧身打底裤扎在靴子里，看起来很惹眼。

两个女孩从她的身边经过。可能酒精让她出现了幻觉——米兰达发誓其中的一个女人说了一句话:“这就是那个女的,米兰达·霍布斯，她绝对是个婊子。”

米兰达立刻大声回击，但根本没有人听见：“没错，我就是婊子——但我宁愿当婊子都不愿意当你，亲爱的！”这时候她突然莫名其妙地想起在郊区的这个漫长下午，铺满低脂奶酪的萝卜蛋糕，还有那个小巧的银质叉子——尖头锋利得好像随时都会刺破皮肤。

这时一个男人径直地走向她。他穿着剪裁考究的定制西装。哦，他还不算是真正的男人，因为他看上去还不到三十五岁——这个年纪比起派对里其他有权有势的老男人来说简直就是毛头小子，但是他在努力变得和他们一样。

当时米兰达正在让服务生给她来一杯双倍的伏特加汤力。他问她：“你渴了吗？”

“没。我现在只想吃牛排，可以吧？”

“那我就帮你弄一份。”男人用很重的法国口音说。

“我会让你搞清状况的！”她边说边要走开。她受够了格格不入的感觉，不想再和这个派对有任何牵扯了。但她也不想回家，因为她也受够了孤身一人的寂寞——更何况她现在还有点儿醉了。

“我叫盖伊，”他说，“七十九街上有间画廊是我的。”

她叹了口气说：“嗯，是你的。”

“也许你听说过呢。”

“听着，盖伊……”她说。

“嗯？”他热切地问。

“你的那玩意儿能够到你的屁股吗？”

“当然能。”盖伊神情闪烁地笑着，靠近米兰达，抬手揽过她的肩。

“那你干吗不回家干你自己呢？”

“喂，拜托！”盖伊说，米兰达正纳闷儿他是脑子进水了还是法国人都是这个蠢样子，他已经不由分说地拽着她的手径直地走向楼梯。她跟着上了楼，因为她想一个男人被侮辱成这样后还能如此镇定，那么他应该不是个坏人。他们来到主人的卧室，床上罩着红色的真丝被单。盖伊嗑了些药，然后他们莫名其妙地开始接吻。

陆续有客人来用洗手间，进进出出，于是他们钻进了大衣柜。古旧的松木嵌板，衣架上挂着外套和裤子，羊绒线衣和鞋子放在搁板上。米兰达看了看标签：萨维尔街[1]——真没劲。她转过身来，盖伊就在她的身后紧贴着她。他们在黑暗中爱抚，米兰达的打底裤被脱落到脚下。他疯狂而大胆地索要着她的身体。

“多大？”凯莉在电话里问她。

“巨大！还是法式的！”米兰达说。

结果完事之后，他说：“嘿，亲爱的，最好别让我的女朋友知道。”还没等她说什么，他就用舌头堵住了她的嘴。

于是真相浮出水面——盖伊早就和他的女朋友订婚了，已经同居了两年。他不确定他是不是想结婚，但他和她住在一起，能有什么办法呢?

就算是格伦 · 克劳斯也无计可施。

第二天，盖伊问到了米兰达的电话号码，打给她说还想见她。“那你必须做出选择了。”米兰达说。

中午的时候，贝拉的丈夫纽博尔特打给凯莉，问她有没有见到贝拉。

“要是她死了，我会知道的。”凯莉说。

然后就是萨拉了。据米兰达说，她在凌晨四点醉醺醺地跑到楼下滑旱冰。一个已经三十八岁高龄的老女人居然还在扮少女，还有什么比这更让人倒胃口的吗?

可萨拉还能怎么样呢？她三十八岁，未婚，想找个人在一起。

[1] 萨维尔街（Savile Row）：位于伦敦中心位置的上流住宅区里的购物街，以定制传统的男士服装而闻名。

然而就像你从这本书里学会的那样，男人只喜欢年轻的姑娘。甚至新娘送礼会上的那些女人，虽然她们现在比萨拉老得多，但她们在三十八岁之前就把自己嫁出去了。而现在，可能结婚这个选项已经不再属于她了。于是她深更半夜和一个二十五岁的男孩一起滑旱冰，而不是和他上床。他倒是想要她，可她怕他嫌弃自己的身体。

下午，凯莉打给萨拉。“嗨！嗨嗨嗨！”萨拉接起电话。她正直直地躺在沙发上。萨拉的公寓位于西二街的一幢高层里，一室一厅，房间虽小但很精致。“哦，我很……好。很难以置信是吧？”她那故作轻松的语气听起来颇不自然。“不就是脚踝骨折嘛，急诊室的医生可是迷死人了。卢克也一直都陪着我呢。”

“卢克？”

“其实是卢卡斯。他最可爱了，我的小朋友。”她哧哧地笑着，简直让人毛骨悚然。

“你从哪儿搞来的轮滑鞋啊？”

“哦，他滑着去的，去那个派对。是不是很可爱？”

这场闹剧在六个星期后终于结束了。在这期间，萨拉一瘸一拐地努力打理着她的公关公司。她没买意外保险，公司的经费也变得很吃紧。

和那些住在郊区的已婚贵妇们比起来，这到底是好是坏？

谁知道呢。

贝拉从卡莱尔打来电话，说起了迈阿密海豚队[1]的一个什么外

[1] 迈阿密海豚队（Miami Dolphins）：一支橄榄球队，曾两次获得美国超级碗冠军。

接手，也顺带着提到了她丈夫纽博尔特，还有意大利面酱之类的事情。“我做了超好吃的意大利面酱，”她说，“我真是一个贤妻。”凯莉表示赞同。

贝拉从新娘送礼会回来后和纽博尔特大吵了一架，气得离家出走，自己跑到了弗雷德里克夜店。那个外接手也在那儿。他一直和贝拉说她的老公不够爱她。“他是爱我的，你根本就不了解。”她解释着。“那我会比他更爱你。”他说。她只是笑了笑，离开了那里，自己在卡莱尔酒店订了一个豪华套间。她说：“把鸡尾酒送到我的房间，就现在。”

她说她觉得纽博尔特之所以心情不好，可能是因为他刚把他的小说寄出去，也可能是因为她说她不想要孩子——至少在他的小说卖出去之前不想要。等到她怀孕的时候，现在这种生活就得结束了。

所以为什么不趁现在好好地享受一把呢?

新娘送礼会之后，凯莉在电话里和比格先生报备了一下，就去了波威里酒吧。萨曼莎 · 琼斯正在那儿。她大约四十岁，是一个电影制片人，也是凯莉的闺密之一——有时候是。

巴克利，那个二十五岁的艺术家兼模特儿狂，不请自到地赖在萨曼莎那桌不走。

“你要是能来我的公寓里坐坐，我会很高兴的。”巴克利一边说一边捋了捋他的金发。

萨曼莎正在抽古巴雪茄。她弹了弹烟灰，直直地对着巴克利的脸吐了一大口烟雾。“你当然会很高兴，但问题是我为什么要对你的那些破画儿感兴趣呢？”

“你当然不必对我的画感兴趣，”巴克利说，“你只要对我感兴趣就足够了。”

萨曼莎坏笑着说：“我从来不碰三十五岁以下的男人。经验太不足了，不合我的口味。”

“试试看吧。”巴克利说，“或者至少请我喝一杯。”

“我们要走了，”萨曼莎说，“我们得找个新聚点了。”

她们的新据点就是曼哈顿下城的洋娃娃酒吧。她们说不过巴克利，只好让他跟着来了。那个酒吧里的大多数人都半裸着身子，有个男人跟着或许可能会好一些。

到酒吧门口的时候，萨曼莎突然拽住凯莉的手臂（她从来不会有这样的举动），说：“跟我说说比格先生吧。我想知道他是不是适合你。”

凯莉犹豫了一会儿要不要告诉她。因为她总是这样，每次凯莉高高兴兴地投入一个男人的怀抱时，她都会跳出来横插一杠，质疑她的选择。想了一会儿，她还是老实地回答说：“我不知道。他令我疯狂。”

萨曼莎又问：“但他知道你有多好吗？就像我这样，知道你的所有优点？”

凯莉想：“有一天，我可能会和她一起跟同一个男人上床，但绝对不是今晚。”

这儿的调酒师是个女人。“在这儿看见一个女人可真不容易。”她边说边给他们倒了一杯免费的酒。酒精每次都是导火索。巴克利一直在喋喋不休地抱怨他多么想当一个导演，而且所有的艺术家最后都跑去当导演了什么的——那他干吗不赶紧行动，还当什么艺术家呢？

两个女孩正在舞台上跳舞。确切地说，是女人——大屁股，乳房又小又下垂。巴克利已经克制不住地开始狂吼了：“至少我比大卫 · 萨利[1]强多了！我他妈的绝对是个天才！”

“哟，是吗？谁说的？”萨曼莎吼了回去。

“我们都他妈的是天才！”凯莉说，然后去了洗手间。

她穿过两个舞台中间的狭窄过道，然后下楼。洗手间的灰色木门关不上，地上的瓷砖又脏又破。她想起格林威治、婚姻，还有小孩。

“我还没有准备好面对这些。”她暗暗地想。

她回到楼上，脱掉衣服，跳上高台开始跳舞。萨曼莎盯着她大笑，但最后酒保走过来委婉地让凯莉下去的时候，她看见萨曼莎在沉默。

第二天早上八点，比格先生打来电话。他正要去打高尔夫。“你昨天几点到家的？”他听起来很严肃，“都干什么了？”

“没干什么，”她说，“去了波威里，然后又转场去了洋娃娃。”

“是吗？在那儿干什么特别的事了吗？”

“喝了很多、很多、很多酒。”她笑着说。

“没别的想告诉我？”

“没有啊，没什么特别的啊。”凯莉用小女孩的声音撒娇地说道，想要讨好他，“你呢？”

“早上有人给我打了个电话，”他说，“他说看到你在洋娃娃里疯狂地跳舞，连内衣都没有穿。”

“哦，是吗？”她说，“他们怎么知道那是我？”

---

[1] 大卫 · 萨利（David Salle）：美国当代画家，新表现主义。

“他们知道。”

“你生气了？”

“你为什么不自己告诉我呢？”他问。

“你生气了吗？”

“我确实很生气，因为你不告诉我。要是你连诚实都做不到，我们要怎么维系感情？”

“但我怎么知道你值得信任？”她问。

“相信我好吗？”他说，“我就是那个你可以依靠的人。”

说完他就挂掉了电话。

凯莉找出他们一起去牙买加的照片。那时候的他们看起来那么快乐，每时每刻都沉浸在了解彼此的喜悦之中。她小心翼翼地拣出所有比格先生抽雪茄的单人照。她控制不住地想起在他怀里睡着的情景。她习惯从后面抱着他，身体紧紧地贴着他的后背。

她想把这些照片全都贴在一张大纸上，写上“比格先生和他的雪茄”。在顶端写上“我想念你”，下面画上很多很多的亲吻。

她拿着那些照片看了很久很久，但她最终什么也没做。

第十二章 南安普顿之旅

可能是因为小麦色的肌肤看起来更有吸引力，也可能是因为性永远比名利更有诱惑力，即使是对势利的纽约客们也一样；不管怎么说，安普顿成为风流胜地是有原因的，虽然这种风流大部分都是空虚的一夜情或者早上起来的短暂“快餐”。相信我，你刚起床的时候可不会对这个有兴趣的。

总而言之，安普顿至少综合了这些元素：光滑的肌肤（迈迪亚海滩上的裸体美女），多样的地势（从南安普顿开到东安普顿要很长一段时间，特别是在凌晨四点的时候），以及有利的地形（树篱够高够隐蔽，野合的好地方）。

但是对男人来说，如何巧妙利用这些元素可是一个挑战。大部分时候，年轻不一定是优势。只有经验老到的男人才深谙其中的陷阱，懂得如何优雅地脱身，否则风流带来的就是灾难。

下面这个发生在安普顿的故事，足以让各位引以为戒了。

先来认识一下我们的选手吧。三个单身汉满怀希望地在独立日假期来到了安普顿。他们是：

一号选手：斯基普 · 约翰逊，二十五岁，法学预科生，娱乐法专业，青年才俊，计划有朝一日在纽约拥有自己的工作室。沙滩装备：奔驰小跑、布克兄弟[1]套装（他的原话是："布克兄弟的衣服就像是为我量身定做的！"），以及片刻不离手的手机（一个朋友抱怨说他待在海边的停车场里打了两个多小时的电话，就是为了一单生意）。"去海边就是浪费时间，"斯基普说，"何况我讨厌弄得一身沙子。"最近他正愁搞不到姑娘上床。"女人是不是觉得我很娘娘腔？"他认真地问我们。

二号选手：马维斯先生，六十五岁（他说他只有六十岁），方下巴，满头银发，湖蓝色的眼睛，体格健壮（每个部件都还能使用），结婚五次（都已经离了），有十二个孩子，和第二、第三、第四任前妻的关系相当融洽（大家都想问他的秘诀是什么）。沙滩装备：无。但他对帕克大街的高层公寓、贝福德的别墅、棕榈海滩的海景房都了如指掌，还考虑着再买一块地。现在，他正和朋友们在东安普顿的韦兹莱共度周末。

三号选手：斯坦福 · 布拉奇，三十七岁，是一个编剧，有希望成为下一个乔 · 艾泽特哈斯[2]。他是一个同性恋，但只喜欢异性恋的男性，而且也不排斥结婚生子。留着一头深色的长卷发，拒绝剪短或梳成马尾。他的祖母在南安普顿哈瑟内克街有一栋别墅，斯坦福现在就住在那里，而他的祖母到棕榈海滩度假去了。沙滩

[1] 布克兄弟（Brooks Brothers）：著名美国男性时装品牌，有"总统御衣"的美名。

[2] 乔 · 艾泽特哈斯（Joe Eszterhas）：美国编剧，艺术成就褒贬不一，曾导演《本能 2》。

装备：不会开车，但是家里的司机周末会给他开专车。最佳装备：从小就认识所有值得认识的人，不需要向谁证明什么。

周五晚上，斯基普 · 约翰逊正在去南安普顿的路上，他约了几个朋友在罗勒餐厅碰面——确切地说，是四个姑娘。她们都不到三十岁，在拉夫劳伦工作。乍看之下，这几个姑娘简直像从一个模子里刻出来似的，但斯基普就是喜欢这种乏味的漂亮，也喜欢约她们一起出来——这意味着他不必花整个晚上的时间去取悦其中的某一个。

她们在酒吧喝着安普顿斯松酒——当然是斯基普埋单。十一点左右，他们又去了 M–80 夜店。门口排着一大堆人，非常混乱，但是斯基普认识门童，不费吹灰之力就把他们几个弄进去了。他们用塑料杯喝着鸡尾酒。

斯基普碰见了几个朋友——模特儿狂乔治和查理。“这周末我搞到了十二个姑娘上我那儿去。”乔治吹嘘着。他知道斯基普肯定很想去，却故意闭口不提邀请他。两个模特儿狂开始互相泼鸡尾酒，笑得很放肆。

凌晨两点，一个姑娘喝醉了，在灌木林那儿吐了半天。斯基普殷勤地主动开车送她们回家。姑娘们住在南安普顿很好的一个区——旁边的小平房里。她们的冰箱里除了一打啤酒以外，什么也没有。斯基普走进卧室坐在床上，跟一个姑娘拼酒。他闭着眼睛躺下，手臂环绕着那个姑娘的腰。“啊，我喝醉了，没法开车回去了。”他像一只可怜兮兮的小狗说道。

“我要睡觉了。”姑娘说。

“拜托，你就让我待在这儿吧！就睡觉，不干别的，我发誓！”

斯基普说。

“好吧。但是你得睡在被子上面，不许脱衣服。”

斯基普只好妥协了。他一沾枕头就睡着了，鼾声四起。半夜，姑娘忍无可忍地把他踢下床，命令他去睡沙发。

周六早晨，斯基普开车回东安普顿的别墅，决定顺道去布里奇安普顿看看凯莉和比格先生。比格先生正光着膀子在后院的游泳池边，一边抽雪茄一边浇花。“我正在度假呢！”他说。

“你在干什么呢？干吗不请个花匠算了？”斯基普问。凯莉正一边抽烟一边看《纽约邮报》。“他就是花匠，还负责洗车。”

斯基普把衣服脱了，只剩下一条平角裤，两腿分开，膝盖弯成直角，扑向水中，姿势就像卡通片里的滑稽人物似的。他探出头喘气的时候，比格先生笑着说：“现在我知道你为什么总是泡不到美女了。”

“那我该怎么做？”斯基普问。

“抽根雪茄吧。”比格先生耸耸肩。

周六的哈瑟内克街，斯坦福 · 布拉奇坐在泳池旁，一边讲电话一边看着他兄弟的女朋友把手伸向他的《纽约观察家》。他烦透了这个女人，他希望她能知趣地走开，所以故意讲得很大声。“你必须出来！”他对着电话嚷嚷着，“太可笑了，难道你要整个周末都待在城里工作？开玩笑吧！赶紧坐水上飞机过来，钱算我的。”

“好吧，那就带上你的稿子吧。你们这些经纪人也太他妈拼命了。你来了当然有地方住，整个二楼都是我的。”

斯坦福挂断电话，向那个姑娘走过去。“你知道罗伯特 · 莫里斯金吗？”姑娘茫然地看着他。他说：“我估计你也不知道，他是现在最火的图书代理商，相当有前途。我爱死他了！”

“他是个作家？”姑娘一脸困惑地问。

星期六晚上，斯基普和朋友瑞帕波特一家去野外烧烤。瑞帕波特夫妇很年轻，但每天都在离婚的边缘上过日子。斯基普又喝得醉醺醺的，企图对一个叫辛迪的女孩再次使用他那招“喝点儿小酒，然后装醉躺在床上”的伎俩。本来他的小诡计快要奏效了，可他多嘴说起金 · 凯瑞[1]是个天才。结果辛迪立刻回敬道：“你知道的，我有男朋友了。”

星期天，马维斯先生打电话给他的朋友们，说他在贝福德待腻了，正开着他的法拉利过来。

斯坦福 · 布拉奇穿了一身阿玛尼的沙滩装坐在泳池边，身上是一件短袖的衬衫和一条紧身短裤。他又在给罗伯特 · 莫里斯金打电话。“今儿晚上不出来玩玩吗？这儿有个很棒的派对。现在这样的派对可不多了，你知道吧？你带个伴来吗？你要是想的话可以带个姑娘来。我不介意。”

星期天晚上，科尔特 · 费尔斯克正在泰德 · 菲尔兹的别墅里举行他的新书发布会。斯基普正生气没人邀请他。但他知道斯坦福 · 布拉奇是所有派对的座上宾，所以主动提出开车带斯坦福 · 布拉奇去——虽然他和斯坦福一点儿也不熟——然后借此混

---

[1] 金 · 凯瑞（Jim Carrey）：美国演员，好莱坞喜剧天才。

进去。

发布会在室外进行。斯基普注意到一个年轻姑娘一直在对他暗送秋波。她叫玛格丽特，是一个公关经理，深色头发，身材娇小，但乳房丰满，长得很标致——不过不是斯基普喜欢的类型。斯基普和玛格丽特说要一起去洗手间，但他们根本没去找移动洗手间，而是沿着被火把照亮的小径慢慢地走着，在树丛和夜色的掩护下接吻。劲爆的事情就是这个时候发生的：

“我真的很想这样做……”玛格丽特边说着边跪了下去，开始拉他的裤子拉链。斯基普完全惊呆了，结果两分钟不到就完事了。

“你会送我回家的，对不对？”玛格丽特发嗲地摇着他的胳膊。

“不行，”他说，“我答应斯坦福要送他回家，你和我们完全不同路。”

现在让我们把场景转移到弗泽街。从贝福德一路开过来的马维斯先生到得正是时候，刚好赶上晚餐。晚宴的主人是查理，离异五年了。他邀请的宾客都在三四十岁左右，男男女女聚集一堂。马维斯先生挨着一个名叫塞布丽娜的女人坐了下来。她三十二岁，穿着唐娜 · 凯伦[1]的黑色背心，一对豪乳呼之欲出。马维斯先生听她抱怨她的前夫，给她拿了杯饮料以示同情。大约十一点的时候，塞布丽娜说她要去阿曼甘塞特的斯蒂芬酒吧见几个朋友。马维斯

[1] 唐娜 · 凯伦（Donna Karan）：美国首屈一指的知名世界品牌，其服装商品出自名设计师唐娜 · 凯伦之手。

先生看她似乎有点儿醉了，主动提出要送她。结果最后他们凌晨三点才到塞布丽娜家。

他刚进门，和塞布丽娜一起住的室友就警告他说："你最好现在就给我打消那些变态的念头，休想图谋不轨。"她在沙发上躺下，关了灯。

马维斯先生辗转反侧了两小时，觉得自己简直快得幽闭恐惧症了。塞布丽娜的房间太小了，沙发就紧挨着卧室，他都能听见塞布丽娜的朋友打鼾的声音。"天哪，我都快疯了！"他暗自叹息道。

星期一早上，马维斯先生刚离开塞布丽娜的家不到一小时，就忍不住又给她打了电话。回答他的是答录机："你想去沙滩走走吗？"马维斯先生直奔迈迪亚海滩，先是遇见了凯莉和比格先生，紧接着又看见一个迷人的金发女郎带着小可卡犬沿海边走过来。他过去搭讪，然后逗她的小狗玩。马维斯先生正在沾沾自喜的时候，她的男朋友过来了——一个胸肌发达、臂长腿短的大块头。马维斯先生悻悻地躺回到他的浴巾上。萨曼莎·琼斯也在那儿，跟凯莉和比格先生坐在一起。

金发女郎和她的男友沿着沙滩漫步，还特意回头对马维斯先生招了招手。

"看见没有？我就说她对我有兴趣。真的有兴趣！"马维斯先生说。

"对你？"萨曼莎刻薄地大笑起来。

斯基普在打网球的时候手机响了。

"嗨，亲爱的，"玛格丽特说，"我就想问问你在干吗呢？"

“我正打网球呢。刚开始打。”斯基普说。

“打完球来我家吧？我给你做晚饭。”

“呃，我去不了。”

“为什么来不了？”

“我是说我还不确定晚上要干什么呢，我答应别人晚上去他们家吃饭了。”

“那我们一起去吧！”

斯基普故意降低音量说：“估计不行，我可能要谈一笔生意呢。你懂我的意思吧？”

“你可真是日理万机啊！”玛格丽特说。

罗伯特 · 莫里斯金终于还是坐着水上飞机过来了。斯坦福很生气他拖到现在才来，所以他让司机开了一辆破破烂烂的福特旅行车去接罗伯特——他本打算用奔驰的。

马维斯先生从海边回到家里，发现有一个塞布丽娜的未接来电。他东西也没放就立刻打了回去，结果接电话的又是她的答录机。

周一傍晚，凯莉、比格先生和马维斯先生正在去往鸡尾酒会的路上。马维斯先生开着奔驰，沿着麦考克斯道缓缓前行。夕阳西下，暮色宁静，道路两旁有一个马场，草地一片青葱。山路起伏，车开过一个高处时，前面竟然有一个姑娘在笨拙地滑旱冰。她穿着紧身的白色 T 恤和黑色短裤，露出诱人的长腿，黑色长发扎成马尾。

“我爱上她了！”马维斯先生说。姑娘在前面的岔路口转弯了，马维斯先生先是直行，紧接着又停了下来。他一边倒车一边说：“我得回去。"

凯莉对比格先生使了个眼色，但比格先生对此毫无意见，还大笑着赞同马维斯先生的决定。

马维斯先生加速追上了那个姑娘。"你看她，她还不会滑呢！她会受伤的！"开到她身边的时候，比格先生问："那是不是艾尔？看起来很像艾尔。"

凯莉在后座一边抽烟一边说："她比艾尔年轻多了。"

比格先生摇下车窗和女孩打招呼："嗨！"

女孩走近车子笑着回应："嗨！"接着疑惑地问，"我是不是认识你？"

"我不确定，"马维斯先生从驾驶座凑过来说，"我是'马维斯先生'。"

"我是奥德丽。"女孩说。她看着比格先生问，"你看起来很像我认识的一个人。"

马维斯先生走下奔驰，说道："你知道怎么停下来吗？如果你要滑旱冰，得先学会怎么停下来，不然很危险的。"

女孩笑了笑。马维斯先生接着说："你应该这样滑。"他半蹲着示范，伸出双臂，一只脚在前。

"谢谢你。"女孩礼貌地说，准备离开。"你是模特儿吗？"他赶紧问道。

"不是，"女孩回头说，"我是学生。"

马维斯先生回到车上，喋喋不休地说："她手上有戒指。她丈夫怎么会让她自己一个人滑冰呢？我真想娶她。她太美了！你们看见她了吧？她叫什么来着？奥德丽。她叫奥德丽。这名字有点儿过时了，你们说是吧？"

斯坦福在黛拉 · 费米娜餐厅为罗伯特预订了晚宴。之后，他们回到了哈尔西路街的别墅。凌晨两点的时候，罗伯特说要休息了，他必须早起看他的那堆文稿。斯坦福带罗伯特到他的房间，房间用南安普顿传统的蓝色印花装饰着。“这间屋子一直是我最喜欢的，现在你都找不到这种蓝色印花了。”斯坦福说，“我怕你觉得热所以没准备被子，我祖母装上空调之前我们都习惯裸睡，而且夏天不开空调会比较健康。”

罗伯特脱衣服的时候，斯坦福就坐在扶手椅上看着他。罗伯特看起来并不介意，斯坦福也特意一直和他闲聊试图转移话题。罗伯特上了床，闭上眼睛。“你累了吗？”斯坦福说。他走到床边，看到罗伯特一直闭着眼睛。“你睡着了吗？”

七月四日，星期二。斯基普的手机响了，是玛格丽特。“嗨，亲爱的！大家都想早点儿出发回家，但我不想这么早回去。你什么时候回去？我能搭你的车吗？”

“我明天早上才回去。”斯基普说。

“哦，那好，我也可以等到明天早上。我给公司打个电话请假。”

“好吧！”斯基普听起来一点儿也不高兴。

“你不觉得这种感觉很美好吗？大家都要回家了，只有我们还留在这儿。我们一起吃晚饭吧？”

“我恐怕不行。我答应了几个朋友要……”

“没事。”玛格丽特轻松地说，“下周也行。我们可以明天早上在车上计划一下。”

星期二傍晚，马维斯先生独自一人开着他的奔驰，来到他上次遇见奥德丽的地方。他走下车，打开后备箱，拿出旱冰鞋，费了大半天的劲儿才穿上。他来来回回地滑了几圈，然后靠在车上，默默地等待着。

第十三章　美女传说

最近某个下午，四个女人在上东区的餐厅里聚会，讨论身为一个年轻漂亮的纽约女子是一种怎样的感觉。就是那种有人追求，有人付账，有人嫉妒、纠缠、误解，但仍然完美得无懈可击的感觉——但一切都得在二十五岁之前。

卡米拉是第一个到的。她的身高将近一米八，苍白的肌肤，丰满的嘴唇，高高的颧骨，小巧的鼻子——她刚满二十五岁，但声称已经“觉得自己很老了”。她十六岁就进了模特儿这一行。我第一次见到她是几个月前在市中心，她正在工作——和著名电视制片人斯科特“约会”——她负责微笑，在有人注意到她的时候寒暄几句，偶尔给自己点烟，除此之外什么都不用做。

像卡米拉这样的女人基本不用付出什么就能得到许多——特别是男人。当其他女人为了和斯科特吃一次饭而搏命时，卡米拉却觉得这个工作无聊透顶。“他不是我喜欢的类型。”她说。她觉得斯科特太老了（其实刚四十岁出头），不够帅，不够有钱。

卡米拉最近刚和一个年轻的欧洲贵族去了圣莫里茨[1]度假。她觉得只有那种生活才够意思。哪怕是斯科特这种被公认为“纽约最受欢迎的黄金单身汉”的人中翘楚，她也完全无动于衷。俘虏斯科特对她来说毫无意义；但俘虏她对于男人来说可谓是意义重大——她才是最高荣誉的象征。

其他三个女人姗姗来迟，所以卡米拉继续说道：“不是我刻薄，”她看了一眼餐厅里的其他人，“但纽约的大部分女人都是白痴，脑袋里什么都没有。她们不懂怎么找话题，不知道该用哪个叉子，甚至连去别人家拜访的时候该给仆人多少小费都不知道。”

在纽约，像卡米拉这样的女人为数不多，但都知道彼此。她们就像是某个秘密俱乐部或是都市姐妹会的会员，而成为会员是有条件的：美艳夺目、年轻可人（十七岁至二十五岁之间，或者过了二十五岁也死不承认）、有头脑，而且要有坐在新开的餐厅里谈笑风生几个小时而不冷场的本事。

不过，“有头脑”的定义可能就要因人而异了。比如，卡米拉的朋友亚历克西斯就声称：“我精通文学，很爱读书——我能坐下来读完一整本杂志呢，从封面到封底！”

纽约的男女供求曲线对这些美女们完全不适用——她们得到的远远超出她们应得的。服饰、金钱、礼物、关注度、邀请函、坐私人飞机出行、在法国南部的游艇上吃晚餐……她们陪伴那些声名显赫的公子哥出席各种宴会，所有最潮的派对和最尊贵的慈善晚宴上都少不了她们。人人都在询问她们的名字，这让其他所有女人都黯然失色。她们在纽约城呼风唤雨，仿佛能摆平世间一切。

---

[1] 圣莫里茨（St.Moritz）：瑞士高级度假区，滑雪胜地。

但真的是这样吗?

卡米拉正说到自己“最近还算是单身，但正准备拿下派克大街某家族公子”的时候，其他的女人陆续到了。凯蒂，二十五岁，女演员，正和五十五岁的过气男明星休伯特同居；夏伊洛，十七岁，三个月之前精神崩溃了一次，现在基本不出门；还有蒂西，二十二岁，刚搬来纽约的模特儿，她的经纪公司要求她对外宣称十九岁。

这些姑娘算是“朋友”，至少表面上是。她们在宴会场合上见过彼此，还“都和那几个人渣约会过”——凯蒂是这么说的。

“那我们来聊聊那些恶心的家伙吧！”某个姑娘说。

“有人认识S.P.吗？”凯蒂说。她留着红棕色的披肩长发，碧绿的眼眸，说话声音很嗲。“就是那个白头发的老男人，脸长得像南瓜似的，哪儿都能碰见他。我跟你们说，有一次，我在波威里酒吧的时候，他居然走过来对我说：‘你还太年轻了，不知道和我上床有多少好处；等你知道的时候，你对我来说就太老了。’”

“男人总想用好处来收买你。”卡米拉说，“有一个男人跟我说：‘和我去圣巴茨岛[1]过周末吧，我们不上床，我保证。我只想抱抱你。这就足够了。’结果他回来的时候又喋喋不休地说：‘你为什么不和我去呢？我跟你说了我们不上床。’我回击道：‘难道你还不明白吗，我怎么会和一个不想和我上床的男人出去？’”

“我以前的经纪公司想把我卖给一个大款。”蒂西说。她的五官精致，脖颈像天鹅般修长。“一个经纪人是那个大款的朋友，她居然跟那男人承诺说他绝对能拥有我！”蒂西表现得很愤慨，不过她立刻把怒火转向了侍者，“打扰一下，我的杯子上有一个黑点。”

[1] 圣巴茨岛（St.Barts）：加勒比海法属岛屿，以天体海滩闻名。

夏伊洛感觉到了那种暗中较劲的气氛，于是也吹起了牛皮：“有男人送我机票，还有男人让我随意使用他们的私人飞机，但我笑了笑就再也不理他们了。”

凯蒂往前凑了凑，说：“有个男人居然给我钱让我做隆胸，还附赠一套公寓。他说：‘就算分手了，我也会很关心我的女人。’那人就是个秃头的澳洲小矮子！”

“为什么这些癞蛤蟆总是想吃天鹅肉呢？”蒂西问。

“大部分男人都很自命不凡。”夏伊洛说。她有一双迷人的黑色眸子，肤色是恰到好处的烤杏仁色，黑色长发垂顺地披在肩上，身上穿着曳地长裙和无袖衫。“我可受不了这些。后来我终于遇见了一个没那么自以为是的男人，但他现在在印度呢！他从来不碰我或者试图非礼我，让我觉得很有安全感。”

“男人有两种，”卡米拉说，“要么是到处乱搞的混账，要么就见一个爱一个。真悲哀啊！”

“什么人会见一个爱一个？”凯蒂不解地问。

“哦，你知道的，”卡米拉说，“斯科特、卡波特 · 邓肯、达什 · 彼得斯之类的。”卡波特 · 邓肯是一个三十来岁的南方作家，一天到晚跟年轻、漂亮的姑娘鬼混。达什 · 彼得斯是著名的好莱坞经纪人，经常待在纽约，也是一个花花公子。好多三十岁上下的漂亮姑娘都在他们的身上栽过跟头。

“我也和达什 · 彼得斯约会过。”蒂西摸了摸深色的短发，解释说，“他一直想说服我和他去马克酒店。他整篮整篮地给我送花，全都是白色的。他求我过去陪他洗桑拿浴，还想让我和他一起去参加安普顿的什么破派对。我才不去呢！”

“我是在法国南部认识他的。”卡米拉说。她有时候说话会装出一种既奇怪又做作的欧洲口音——现在就是。

“他给你买什么东西了吗？”蒂西假装不经意地问道。

“也算不上什么好东西吧。”卡米拉边说边叫侍者，“重新给我换一杯冰玛格丽特，”她说，“这杯不够冰。”她转过来看着蒂西，说，“不过是一些香奈儿的包包罢了。”

“套装还是配饰啊？”

“套装。”卡米拉说，“我已经有太多香奈儿的包包了，多得烦死人了。”

一片沉默过后，夏伊洛打破了冷场。

“我现在都几乎不出门了。我快被那些人搞垮了！”她戴着一条牛皮项链，项坠是一小块水晶。把她搞垮的是一个三十多岁的电影巨星。他在杂志上看到了夏伊洛的照片，联系了她的经纪公司。她看过他的电影，觉得他很帅，于是就给他回了电话。他邀请她到洛杉矶的别墅度了两个星期的假。但等他跟她一起回到纽约的时候，举止就变得很诡异。他除了脱衣舞俱乐部外哪儿都不去，还试图让脱衣舞娘免费给他提供特殊服务——“就因为他觉得自己是个大明星！”夏伊洛说。

凯蒂把手臂放在桌子上，说：“几年前，我觉得我已经被伤透了，所以决定报复男人。我打算找一个处男，睡了他之后就抛弃他。我知道我够坏的，但那个男生都二十一岁了还没和女人上过床，也该是时候了吧。做那事情的时候，我对他要多温柔就有多温柔，然后就再也没理过他。其实你有多漂亮一点儿都不重要，只要你能满足男人对你的期待，你就能把他牢牢抓在手心里。”

“是，如果一个男人跟我说‘我要渔网袜和艳红的唇膏’，我就会把那些当日常饰品。”蒂西说。

“要是休伯特是女的，那他绝对是最放荡的女人。”凯蒂说，“你们看，就算我穿着超短裙，但我下面还是会穿着底裤！而他呢，却只会一直对我动手动脚，甚至还想让我跟他还有另外一个女人玩。我被烦得不行了，就找了一个同性恋朋友乔治。我有时也会和他接吻，不过就像和小朋友玩过家家一样。我和休伯特说：‘亲爱的，乔治今天晚上要待在这儿。’休伯特就问：‘那他睡哪儿？’我说：‘哦，我估计他会睡床上，和我们一起——你可以扮演他的爱人。’他完全被吓傻了。我说：‘亲爱的，你要是真的爱我，就按照我说的去做。我就想要这样，没得商量。’”凯蒂又要了一杯玛格丽特，说：“现在我俩扯平了。”

“老男人都太恶心了，”卡米拉说，“我再也不跟他们出去了。几年前我突然意识到，我凭什么非得跟这些又老又丑的大款出去？我什么时候才能遇到既年轻长得又帅的人？何况这些老男人根本不懂你在想什么。他们以为他们对女人的心思了如指掌——才不是那么回事呢！我们根本就不是同一个时代的！”

“我不觉得老男人有这么差劲啊！”凯蒂说，“当然，休伯特第一次打电话约我出去的时候，我的第一反应也是：‘你都多老了啊，也不看看你的脑袋上还剩几根头发！你要想追我那可得花上大力气了！’他第一次来接我出门的时候，我连妆都没化，头发还脏兮兮的。我的意思是你既然这么想要我，那就见识见识真正的我吧。但他好像完全没被吓到。然后第一次在他家过夜的时候，我早上一起床，就发现每间屋子里都放了一束我最爱的花。他还打听出我最喜欢的作家，把他所有的作品都买了下来。他还用剃须膏在镜子上写了一句：‘哈啰，凯蒂。’”

女人们纷纷尖叫起来。“太浪漫了！”蒂西说，“我爱这样的男人。”

“我也爱这样的男人，但有时候我需要休息一下。”夏伊洛说。

“休伯特就喜欢看我搞得一团糟。”凯蒂说，“我总是买一大堆衣服又付不起账单，但他喜欢看我这样。他就喜欢帮我搞定一切。”

“男人其实很黏人的，我们就是他们的女神。”凯蒂炫耀地说道，明显第二杯玛格丽特起作用了，“不过另一方面，男人也更……更大，让你觉得很舒服。”

“他们确实有一些女人缺少的特质。”夏伊洛点着头说，“男人就应该满足女朋友的各种需求。”

“休伯特让我很有安全感。他就像宠孩子似的宠着我。”凯蒂说，“我可不是什么女权主义者。男人霸道，喜欢占支配地位，那就让他们支配去吧。要懂得欣赏自己的女性特质。”

“男人有时候很复杂，不过这个不行的话还有那个呢，”蒂西插嘴说，“男人不难搞定。”

“没错，会给你制造麻烦的总是其他女人。”卡米拉说。

“我不想说大话，但是美貌绝对是武器，你可以得到所有你想要的。”凯蒂说，“其他女人都知道这一点，所以才讨厌你，特别是那些年老色衰的女人。她们觉得你在侵犯她们的领地。”

“大部分女人只要过了三十岁，就会开始很在意年龄了，”卡米拉说，“因为男人对你的态度会变得大大不同。当然，像克里斯蒂 · 布林克利[1]那样的女人就不会有任何困扰。”

---

[1] 克里斯蒂 · 布林克利（Christie Brinkley）：美国名模。

“女人们都很卑鄙，”凯蒂说，“喜欢到处散播谣言，说我是一个白痴、没脑子、什么都不懂的人，说我和休伯特在一起是为了他的钱。所以我就穿更短的裙子，打扮得更花枝招展，我一定要气死她们。”

“她们就是喜欢凭空给你扣各种帽子。她们才不想了解真正的你。”蒂西说。

“女人爱攀比，爱嫉妒，”夏伊洛说，“不管什么年龄都是这样。她们对漂亮的女孩有太多成见，太悲哀了。其实这恰恰表明了这些女人过着怎样的生活——她们活得既累又不开心，一点儿安全感也没有，总是不满足于现状，一旦发现有人活得比她们好，心理就严重不平衡。”

“所以我的大部分朋友都是男人。”在座的其他三个女人看了看彼此，纷纷点头。

“性事呢？”有个姑娘开口问。

“我跟每个男人都说他们的家伙是我见过的最大的。”凯蒂说。女人们心照不宣地大笑着。凯蒂用吸管喝掉了最后一口玛格丽特，淡定地说：“为了生存。”

第十四章　内衣模特儿

回旋上升的台阶尽头，一扇门开了。博恩——一个内衣模特儿兼影视新星——在他的公寓门口等着我们。他懒洋洋地斜倚在门边，一只手臂举过头顶搭在门框上，深棕色的头发挡住了半个脸庞。看着我们气喘吁吁地爬着台阶，他大笑起来。

“你们总是忙这忙那的。”他说，仿佛生活就应该是整天待在卧室里。你一见到他就会想起来编剧斯坦福 · 布拉奇对他的评价：“博恩每次出现都像是带着灯光师一样耀眼。”是啊，耀眼到你都不能直视他，生怕刺瞎了你的双眼。

“拿衣服做比喻的话，博恩绝对是黑貂皮大衣那个级别的。”斯坦福说。他最近就跟着了魔似的，话题从未离开过博恩。他会突然莫名其妙地打电话给你，问:“博恩和基努 · 里维斯[1]谁更性感？”

[1] 基努 · 里维斯（Keanu Reeves）：加拿大籍好莱坞著名男影星，曾主演《生死时速》《黑客帝国》等。

哪怕你根本不认识博恩，也不在乎谁是博恩，你还是会叹口气顺应他：“博恩吧。”

可能这种附和是出于愧疚的心理。你觉得自己应该知道他是谁——他那么出名，时代广场上的巨幅广告牌和城中的公交车上到处都是他代言的广告——只穿内衣，几近全裸，露出完美的肌肉轮廓。但问题是你几乎从来不去时代广场，也从来不注意公交车——除非它们要撞到你了。

但斯坦福一天到晚在你的耳边念叨。“那天博恩和我路过他的广告牌，”他说，“博恩居然想扯下来一块放到他的公寓里——比如他的鼻子那块。我跟他说他应该把内裤鼓起的那部分拿走。这样，再有女人问他那儿有多大的时候，他就可以堂而皇之地说十四英寸了。”

“今天博恩干了一件非常可爱的事情，”斯坦福说，“他居然想请我吃晚饭。他说：‘斯坦福，你为我做了那么多，我也想为你做点儿什么。’我说：‘你别傻了。’但你知道，他可是我这辈子遇上的第一个主动请我吃饭的人！你能相信吗？这么美丽的男人居然人这么好！”

你终于败给了斯坦福的喋喋不休，决定亲自看看博恩到底是何方神圣。

我第一次见到博恩是在波威里酒吧，他当时正和斯坦福在一起。我的直觉告诉我，我不会对他有任何好感——喜欢一个二十二岁的绣花枕头？别开玩笑了！我估计他也不会对我有什么好感。他看起来可真蠢。更何况，虽然性感偶像在杂志和电视上看起来叱咤风云，但本人绝对会让你大失所望。上次我碰见的那个看起来就像条恶心的蠕虫，跟性感完全不沾边。

但博恩似乎打破了这个常例，他并不像表面上看起来的那么肤浅。

“我见人说人话，见鬼说鬼话。”他笑着说。

然后他就在人群中消失了。

两个月之后，我在一个模特儿的生日派对上又见到了博恩。他站在房间的另一边，身体懒洋洋地靠着吧台，正微笑着看着我。他对我招招手，我走了过去。他一直拥抱着我，荧光灯对着我们闪个不停，然后我莫名其妙地和朋友吵了起来。

博恩坐在桌子对面，关切地靠过来问我是不是还好。我说是，心里想这人恐怕不知道我跟我的朋友一向是这么说话的。

斯坦福在好莱坞很吃得开。他带着博恩去洛杉矶参加各种试镜，争取在电影里露脸的机会。博恩给斯坦福的语音信箱里留言说："你真棒，这里的每个人都知道你。你绝对会成为巨星的。虽然我已经和你说了很多遍，但我还是要说：‘你是明星，你是明星，你是明星！’”

斯坦福边听边大笑。“他在学我呢！”他说。

我和博恩待在波威里酒吧喝酒聊天，一醉方休。

博恩住在一间狭小的公寓里。窗帘、床单、被子、沙发……放眼所及，全都是纯白色。我溜进洗手间，企图窥探他用什么牌子的化妆品，但架子上的都是很大众的开架货。

博恩在爱荷华的得梅因长大。他的父亲是教师，母亲是学校护士。念高中的时候，他没有和学校里的风云人物一起厮混，而是主动去辅导低年级的孩子。他门门功课都拿A，大家都很崇拜他。

虽然八年级的时候，他就被班上同学票选为最帅的男生，但他那时候从未想过要当模特儿。他暗自向往着如侦探之类神秘而且有趣的职业，但最后还是遵从父亲的期望，去爱荷华大学念了两年的文学。他有一门课的老师是一个年轻的帅哥。他把博恩叫到办公室，紧贴着博恩坐下，手放在博恩的大腿上。“你知道的，拿A很容易。”他一边说，手一边滑向博恩两腿间的鼓起处。在那之后，博恩再也没去上过课。三个月之后，他辍学了。

最近博恩总是收到电话留言，但内容都是歌。一开始他以为音乐结束之后就会有人说话，但始终没有。于是他反复地听那些歌，试图从中找出线索。“是个男人。”他肯定地说。

我和博恩像小孩子一样趴在床上，手托着脸，小腿交叉着跷起来。“给我讲个故事吧！”我说。“嗯，我最近总是会想起我的前女友的事。”他沉思着。

那是一九八六年的夏天，博恩只有十四岁。爱荷华的夏日总是天空蔚蓝，田野碧绿，仿佛能听见玉米生长的声音。男孩子们一整个暑假都和朋友们出门嬉闹，开着车在城里乱晃。

博恩跟着家里去了爱荷华州最大的集市。他和几个伙伴在畜牧展示区里漫无目的地溜达着，他的眼前突然一亮。他看到一个女孩正在专心地给一头小母牛洗澡。他激动地抓住他朋友的手臂，大声说：“那个女孩就是我未来的老婆！”

那之后很久，他都没有再遇见过她。一年之后的某个傍晚，他终于在镇上的舞会再次看到了她。他们约会，在圣诞夜里闲逛。“然后我就被莫名其妙地甩了，”他说，“那时真是痛苦了很久。”

又过了一年半，她回来找他。但他装出一副嘴硬的样子。“其实我想她想得发疯。”他说，“然后某天我终于妥协了。”

他们断断续续地交往了几年。女孩后来在爱荷华城当计算机编程师。他们现在还有联系。“也许你有一天会娶她吧？”我问。

他笑了，露出漂亮的牙齿，鼻子微微皱起。“也许会。”他说，“在我心里这始终是最美好的一段回忆，每次想到都觉得很宁静。”

“博恩总是嚷嚷着他总有一天要回到爱荷华，当个警察，生几个孩子。”斯坦福说。

“这个想法真可爱——只要他别真的这么干。”我回应道。但不知为什么，我突然为自己的刻薄有点儿后悔。

周六晚上，我和博恩去罗斯面包店买吃的。两个女警察躲在角落里抽烟。天气炎热，路上行人的短袖衫都被汗水浸湿了，看起来脏兮兮的。博恩和我分吃了一个奶酪火腿三明治。“我自己就能吃掉四个，”他说，“但我不能吃。现在哪怕吃一个汉堡我都会后悔半天。”

博恩很在意他的外表。“我一天换五套衣服。”他说，“谁出门前不照上百次镜子啊？我的公寓里有两面穿衣镜，我就在两面镜子之间走来走去，心里想着：‘嗯，在这面镜子里我看起来不错，但我还是要看看在另外一面镜子里看起来怎么样。’我知道其实没什么差别，但大家不都这样吗？”

“我经常走神，”博恩接着说，“脑子里乱糟糟的，思绪特别混乱。”

“那你现在想什么呢？”我问。

“你的鼻子。”

“谢谢夸奖。我恨死我的鼻子了。”

“我也讨厌我的鼻子，”他说，“太大了。不过我觉得这跟我的发型有关。斯坦福那天跟我说：‘我喜欢你今天的造型，头发很饱满，显得鼻子小。’”我们都大笑起来。

吃完饭，我们在街上走着。博恩突然用手肘碰了碰我。“他们把‘狗狗’拼错了。”他说。我朝他指的方向看过去，一个穿着工装的男人举着牌子站在一只巨大的灰色獒犬旁边，牌子上写着“狗狗出售”。

“什么？”那个男人问。他身后停着一辆红白相间的破旧卡车。

“‘狗狗’[1]，你拼错了。”博恩说。

男人看了看牌子，嘿嘿一笑。

“喂，我说，那边的街上在卖同样的狗，只要两百块，你怎么要两千块呢？”博恩问。男人只是笑了笑。

回到家，我坐在床边，手撑着脸，望着博恩。博恩躺在床上，一只手放在牛仔裤的腰带上。

“上一分钟我可能还在街上耍帅，下一分钟我就会毫无原因地感到难过。”他说，“我知道我很神经质——我能感觉到。我的自我意识很强，我喜欢分析自己，评判自己。我对自己说的每一句话都很小心。”

他接着说：“我说什么之前都会在脑子里过一遍，这样我就不会说错话了。”

“你不觉得这样很浪费时间吗？”我问。

“也用不了几秒钟啊！”他说。

他停顿了一下，继续说：“我在外面的时候，如果有陌生人过来问我是不是模特儿，我会说：‘不是，我是一个学生。’”

“然后呢？”

“然后他们对我就不感兴趣了。”博恩笑着看着你，眼神好

[1] 卖狗的人写成了“Puppys for sale”，应为“Puppies for sale”。

像在说："你连这都不知道？"

这时我又接到了斯坦福的电话。"博恩给我的电话留言真是全世界最可爱的！"他说，然后放给我听。博恩的声音响了起来："斯坦福，你是不是死了？死哪儿去了？你不接我电话，肯定就是死了！（一阵长长的大笑）记得赶紧给我回电话！"

我喜欢和博恩在他的公寓里消磨时光，这让我想起十六岁时的青涩感情。那时候我还在康涅狄格的小镇上，和一个远近闻名的帅哥约会。我们在他的房间里抽着大麻，腻在一起，而父母还以为我们去骑马了。他们永远也不会知道我那时都干了些什么。

我望向窗外，看阳光映在破旧的褐石建筑上，一片暖洋洋的金色。"我一直都想有个孩子，从小就想，"博恩说，"这是我的梦想。"

但那已经遥不可及了吧。这已经是过去的事情了，在那些事情发生之前，在今天之前。

几周之前，博恩得到了一个出演男二号的机会。电影里的其他演员全都是好莱坞的新星。博恩在一个派对上喝多了，带了一个超模回家，完事之后才知道她是剧组另外一个男演员的女朋友。那个演员威胁说要杀了他们，于是博恩只好带着那个姑娘躲了起来。只有斯坦福知道他们在哪里，负责当他们的传话筒。剧组愿意花大笔钱请博恩出来，但斯坦福回敬他们说："你们把他当什么了？伊凡娜 · 特朗普的男佣吗？"

博恩跟我说，"我不相信那些胡扯。我还是我，一点儿都没变。人们总是对我说，你千万不要改变——可我能变成什么样呢？变成无赖？蠢货？自大狂？我很清楚我自己是一个什么样的人。

他们为什么觉得我会变？”

“你笑什么呢？”他问。

“我没笑，”我说，“我在哭呢。”

后来，斯坦福问我：“你有没有觉得博恩最近对什么事情都不敏感了？”

第十五章　爱你不代表会娶你

这个故事讲的是约会守则中的一个阴暗的小秘密。几乎所有人都遭遇过这种状况，不管是作为其中的哪一方。

傍晚时分，两个男人正在普林斯顿俱乐部喝酒。他们是大学同学，毕业之后一起搬到了纽约。大学时代，他们也曾是风云一时的帅哥。但步入而立之年后，他们的风采渐渐不及当年，腰上的一圈肥肉怎么减也减不下去了。好在友谊尚存，他们仍是无话不谈的挚友，可以从减肥聊到女人——这种亲密关系在男人当中可不常见。

沃尔登刚在一个律师事务所里晋升为合伙人，并和一个皮肤科医生订了婚。斯蒂芬是一个电视台的制片人，和女朋友交往了三年，感情很稳定。

沃尔登很不习惯自己一个人住。他的未婚妻出差去参加一个关于胶原蛋白的行业会议，让他觉得很孤单。每当这种时候，他都会想起曾经度日如年、寂寞空虚的那段日子，想起那个曾经给他慰藉的女人。

沃尔登是在一个派对上遇到那个女人的。他还记得她当时穿了一件黑色的低胸小礼服，露出傲人的胸部。去玩的都是俊男美女，但她却相貌平平。不过黑色的长卷发很抢眼。“女人总是会有一点儿东西吸引你的。”沃尔登说着，啜了一口马提尼。

这个叫莉比的女孩独自坐在沙发上，似乎在自得其乐。另外一个姑娘走过来，在莉比的耳边说了些什么，让莉比哈哈大笑起来，但她并未起身。沃尔登当时正站在沙发边上喝着瓶装啤酒，观察在场的漂亮姑娘们，准备伺机而动。莉比碰上了他的目光，对他微微一笑。她看起来很友好。于是他坐了下来，把这儿当成暂时的港湾。

他本来打算坐一会儿就走，去和那些美女们搭讪，但他没有。莉比在哥伦比亚大学念的本科，在哈佛念的研究生。她和沃尔登谈论法律，给他讲她的童年——那时她还和四个姐姐住在北卡罗莱纳州。她只有二十四岁，但已经为她的纪录片筹集到了足够的资金。她向前坐了坐，拿掉沃尔登外套上的一根头发。“是我的。”她大笑着说。他们聊了很久。他喝光了第二瓶啤酒。

“你想来我家吗？”她问。

他当然想。他很清楚接下来会发生什么——上床，然后回家，把这件事忘得一干二净。就像其他纽约男人一样，沃尔登会把遇到的女生迅速分类——一夜情型、准女友型、多夜情型……那时候，他周旋于很多女人之间，他的客厅经常上演一哭二闹的戏码，有时候甚至会发展到“三上吊”。

而莉比立刻被他归于一夜情的那类。她不够漂亮，所以上不了厅堂。

“我说，这到底是什么意思？”斯蒂芬打断了他。

“我就是觉得她太丑，配不上我。”沃尔登解释道。

他们到了莉比的公寓，位于第三大街一栋高层建筑里的两室一厅，她和她的表妹一起住。她打开冰箱，拿出一罐啤酒。沃尔登看着她弯腰去开冰箱门，突然觉得她有点儿胖。她转过身来，打开瓶盖，把啤酒递给他。“我就是想让你知道，”她说，“我很想和你上床。”

漂亮女孩绝对不会说这种话，他一边想一边迫不及待地把酒瓶放在一边，开始脱她的衣服。他轻咬着她的脖颈，猛地拉下她的胸罩，连内衣扣都没解。他剥掉她的打底裤，发现她居然没穿内裤。然后他们就进了卧室。

“我发现我变得很肆无忌惮。”沃尔登说，“因为她不是美女，所以我可以胡来，不用顾忌任何事情。风险越低，情绪就越高，一点儿压力都没有。因为我知道我绝对不会跟她有进一步的发展，所以完全不用考虑后果。”完事之后，他抱着她睡着了。

“第二天早上我起床的时候觉得神清气爽，”沃尔登说，“非常放松。有时候一夜情让人觉得痛苦或者后悔，但是和莉比在一起，我的心里很宁静。但当我发现我居然对她产生了这种情感的时候，我觉得很恐慌。我已经很久没这样了。我不得不赶紧离开。”

他把手插在口袋里，慢慢地踱回了家。那时是冬天，他把他的手套落在了莉比家。

“这种事情总是发生在冬天。”斯蒂芬耸耸肩。

沃尔登几个月都没有再见到莉比。他越来越纠结，觉得如果她再好看点儿的话，他早就追她了。他一直在幻想和她在一起的场景。两个月后，他终于按捺不住了，他打电话约莉比共进午餐。他们闲聊了一个下午，然后去了她家，重温旧梦。之后他们开始频繁地见面。他们住在同一个区，经常一起出去吃晚饭，或者她下厨做饭给他吃。“我发现在她的面前，我可以很自然地聊到我内心深处的情绪，”沃尔登说，“我甚至能在她的面前哭出来。我告诉她我最隐秘的性幻想，然后她会帮我实现。我们甚至考虑过和她的一个朋友一起上床。”

“她也和我说她的幻想，那些想象绝对让人自叹不如。”沃尔登说，“她还让我打她的屁股。她也有秘密，但总的来说她非常实际。我总在想，如果她外表不是这么普通的话，她还会不会有这么丰富的内心世界。你知道的，如果你不能当美女，那至少你能当个有趣的人。”

那段时间，莉比也有一些追求者，但用沃尔登的话说：“那都是些蠢货。”沃尔登一点儿也没觉得受到威胁。

他认识了莉比所有的朋友，但却从未带她见过他的朋友。他也从不和她一起过周末，或者花一整天陪她。他们从来不一起出席派对。“我不想让她有任何错误的期待。”他说。

但是，莉比从不抱怨，也没对他提过任何要求。只有一次，她问他，是不是因为她不够漂亮，他才这样遮遮掩掩的。“我撒谎了，我和她说不是。”沃尔登说，“但你知道，如果我闭上眼睛不看她的话，她绝对就是我的理想对象。”

沃尔登又要了一杯酒，说：“我总是在想，是不是因为我的潜意识里很自卑，所以才觉得和她在一起这么舒服。”

“怎么说呢，所有男人的内心都忌恨漂亮姑娘，因为他们高中的时候都被那些姑娘拒绝过无数次。”斯蒂芬说。他也有一个类似的故事。

艾伦的外祖父是电视圈的泰斗级人物。斯蒂芬在一次工作聚会上认识了她。他们不约而同地跑到阳台上抽烟，然后就聊了起来。她既风趣又泼辣，像个小辣椒一样，还有些自作聪明。她当时正在和别人约会，但经常在工作场合遇到斯蒂芬。

“结果我们成了真正的知己。”斯蒂芬说，“这可真是一件稀罕事。我对她一点儿性冲动都没有。我和她一起出门时就像哥们儿一样骂骂咧咧地瞎聊。她了解电影，看莱特曼的节目[1]，还懂电视这一行——你要知道大多数女人根本就不懂得电视。你要想和一个漂亮姑娘探讨电视圈，她只会目光呆滞地看着你。”

他们也一起看电影，但“只是朋友而已”。就算她对他芳心暗许，斯蒂芬也完全不为所动——或者说根本没有注意到。他们也聊各自的感情经历和让他们失望的各种原因。斯蒂芬告诉艾伦他最近在追一个美女，但她去欧洲待了三个月，他不得不给她写了好几封干巴巴的情书。

一个下午，他们一起吃午饭的时候，艾伦绘声绘色地说到她怎么用手和凡士林满足她的男友。这时斯蒂芬突然发现了她的性感之处。“如果一个女孩算不上美女，那她就要敢于把性事放到台面上聊，不能扭扭捏捏、装腔作势。”他说。

后来艾伦和男友分手了，而斯蒂芬依然周旋于不同的女人之间。他会和艾伦讲所有这些女人的事儿。有一天晚上他们共进晚餐的时候，艾伦突然侧过身，深深地吻了他的耳郭。斯蒂芬感到

[1] 大卫 · 莱特曼（David Letterman）：美国 CBS 的深夜脱口秀主持人。

一股电流从耳朵迅速蔓延到脚跟。

他们去了她家。“美妙极了！”斯蒂芬说，“客观地说，我在床上的表现，比和其他任何女人上床时都要好。”在那之后，他们的关系突飞猛进。他们会一起躺在床上看电视，然后电视都不关就开始做爱。“漂亮姑娘就非要你把电视关上不可。”斯蒂芬说，“但有时候开着电视会让人感觉放松多了。你不再是焦点，不用每时每刻担心自己的表现。艾伦这样的女人能让你从容地做你自己。”

斯蒂芬也承认，从艾伦的角度来看，也许他们的关系并没有那么完美。“我们正式约会的那半年里，看的电影还不如做朋友的时候多。我们的约会变成了最糟糕的那种类型——整天赖在家里看电影，吃外卖。我觉得很内疚，更痛恨自己的肤浅。她并不看重外貌，但我总觉得她不够漂亮。无论如何，她是一个好女孩儿。”

在那之后，艾伦开始向斯蒂芬施加压力。“‘你到底打算什么时候去见我外公？’她总是这么问我，‘他很想见见你。’”

“我当然想见她的外公，”斯蒂芬说，“他在圈子里可是一言九鼎的大人物。但我不能见。如果真的去见了她的外公，那这段关系就算是定下来了。”

为了逃避这个问题，斯蒂芬开始给艾伦介绍男朋友。一天晚上，艾伦去派对见斯蒂芬的一个朋友。但那个男人对她一点儿也不感兴趣。艾伦很沮丧，跑到斯蒂芬的公寓和他上床发泄。

几周后，斯蒂芬在特里贝克地区的一个阁楼派对上认识了一个美女。他几乎第二天就把她带回家见了父母，尽管他和那个美女几乎没有任何共同话题。他还是和艾伦上床，然后把从艾伦这儿学到的用在新女朋友的身上。艾伦总缠着问他细节，比如他们干了什么、那个姑娘在床上的表现、她的感受，以及他们聊了什么。

最后，她终于受不了了。周日的下午，她冲进斯蒂芬的公寓，两个人大吵一架。她把斯蒂芬狠狠地揍了一顿。“拳头像雨点一般向我砸过来，一点儿也不夸张的。”斯蒂芬说。

两个星期后，她主动给他打了电话。“我们在电话里和好了。”斯蒂芬说，“于是我去了她家，就像平常那样。结果关键时刻她却一脚把我踹下了床。我不怪她，我只生自己的气。我还是很尊重她，所以我想，只要她觉得好就行了。”

沃尔登跷起脚说道：“和莉比分手半年多后，有一天，她给我打电话，说她要结婚了。”

“其实我真的爱过艾伦，只是我从未告诉过她。”斯蒂芬惆怅地说。

“我也真的爱过，”沃尔登说，“以一种太过世俗的方式。”

第十六章　曼哈顿的无解难题

这个世界上有很多比身为一个三十五岁的剩女还要悲哀的事情——比如，身为一个二十五岁的剩女。

相信我，没有女人愿意重复这段时光。二十五岁意味着你总是说错话、穿错衣服、交错朋友、和浑蛋上床、和婊子做室友、被忽视、被减薪、被炒鱿鱼——总而言之，没人把你当回事。但这都是必经之路。如果你还想知道三十五岁的剩女生活会是什么样子的话，那就读下去吧，年轻的姑娘们。

几周前，凯莉在LV的派对上遇到了茜茜，一个二十五岁的花卉设计助理。凯莉当时正在酝酿措辞，打算和五个人寒暄，结果茜茜突然从黑暗里冒了出来。“嗨嗨嗨！”她大叫着。凯莉瞥了她一眼，她又大叫了一遍，然后就傻傻地盯着凯莉不说话了。

凯莉本来正在和一个图书编辑谈业务，看见茜茜这样只好不情愿地转过身来。“怎么了，茜茜？”她问，“什么事？”

“没什么事啊。你最近怎么样？”

“我很好，好极了。”凯莉说。

“最近忙什么呢？”

“和平时一样。”凯莉看见那个图书编辑已经流露出不耐烦的表情了，赶忙说道，“茜茜，我得……”

“我已经很久没有见你了。”茜茜说，“我很想你。你知道的，我是你的忠实读者——其他人都说你是贱货，但我告诉她们：‘不是的，她是我最好的朋友，她不像你们说的那样。’你听，我在为你辩护呢！”

“谢了。”

茜茜又站在那儿不说话了。“那你最近怎么样？”凯莉敷衍地问。

“很好。”茜茜说，“每天晚上我都打扮得漂漂亮亮地出门，但没有一个人注意我。然后我就回家躺床上大哭。”

“哦，茜茜，”凯莉找着词儿，“别想太多，这只是暂时的。听着，我现在必须得去……”

“我知道，”茜茜打断了她，“你没时间和我说话。没关系，我不介意。我一会儿再找你聊。”还没等凯莉说话，她就自顾自地走开了。

茜茜·约克和她最好的朋友卡罗琳·埃弗哈特都是二十五岁。就像现在大部分三十五岁的女人一样，她们为了憧憬中的未来来到纽约闯荡。

卡罗琳·埃弗哈特是三年前从德克萨斯州搬到这里来的，现在给一家休闲杂志撰稿，专门写夜生活的好去处。她的脸蛋很漂亮，但身材有点儿过于丰满。不过她自己不太介意，毕竟还没到被人称作“胖子”的地步。

茜茜和卡罗琳恰好相反——金发，瘦骨伶仃，面庞精致但看上去有点儿古怪。人们十有八九都不会注意到她，就连她也对自己的外表一点儿信心都没有。茜茜给作风低调的著名花卉设计师约吉当助理。

两年半前，茜茜从费城来到纽约。“那会儿我就像小玛丽·泰勒·摩尔一样，”她说，“我甚至像她一样随时在包包里带着一双白手套。但是刚来这儿的那半年，我几乎从不出去玩，满脑子想的都是怎样才能保住工作。”

那现在呢？“我们可不是什么乖乖女，‘好女孩’这个词和我们绝缘。”茜茜慵懒地说，语调是东海岸特有的性感与冷淡。

“我们总在伤害别人。”卡罗琳说。

“谁都知道卡罗琳的火爆脾气。”茜茜加以佐证。

“茜茜根本就不会和别人说话，对谁都摆出一副臭脸。”

纽约女人的友谊大多是从对同一个男人的憎恨开始的，卡罗琳和茜茜也不例外。

在遇到茜茜之前，卡罗琳认识了山姆，一个四十二岁的投资银行家。卡罗琳每次出去玩的时候都会碰见他。山姆当时有个女朋友，一个想挤进电视圈的瑞士女孩。有天晚上，山姆和卡罗琳在丝柏酒吧再次相遇。他们都喝多了，畅谈了很久。后来的一天晚上，他们再次碰面，卡罗琳去了山姆家，和他上了床。这种状况发生了几次之后，那个瑞士姑娘理所当然地出局了。

不过他们的关系并没有因此升级。一切照旧——相遇，然后上床。一天晚上，卡罗琳在夜店的角落里帮山姆手淫，然后两个人意犹未尽地跑到小巷里，躲在垃圾箱后面疯狂地做爱。事后，山姆拉起裤子拉链，亲了亲她的脸颊，若无其事地说：“嗯，谢了。回头见。”卡罗琳从垃圾箱里抓起一堆杂物狠狠地丢向他，大声嚷道：“我们没完，山姆！”

几周后，茜茜在 Casa La Femme[1] 餐厅看见了两个她认识的小伙子，还有一个她没见过的男人和他们在一起。他看起来很害羞，肤色是健康的小麦色，穿着一件修身的白衬衫和咔叽裤，隐约透出完美的身材轮廓。茜茜开始主动勾引他。她刚剪了新发型，故意不停地拨弄着额前的刘海儿，一边啜着香槟，一边盯着他放电。男人们说他们正要去 SOHO 区参加一个女孩的生日派对，问茜茜要不要一起去。

一路上，茜茜都在咯咯地笑着，故意碰触那个男人的手臂。终于，那个男人搂过她问：“你多大了？”

“二十四岁。”

“正当好的年纪啊！”他说。

“正当好？对什么来说正当好？”茜茜问。

“对我来说。”他回答。

“那你多大了？”茜茜问。

“三十六岁。”他说。当然是在说谎。

生日派对上的人很多，到处都是啤酒桶和装满了伏特加或杜松子酒的塑料杯。茜茜正百无聊赖地喝着啤酒，突然看见一个桶状的妖怪向她移动过来——是一个大块头的女孩，深色长发，艳

[1] 一家浪漫、充满异域风情的餐厅，位于纽约市东部，其内部装修极为高档，是亲密约会和私人聚会的好去处。

红嘴唇，裹着一条花柄雪纺的“长裙”——茜茜暗想：“那也能叫裙子？明明就是一条大号围巾……今天的派对主题莫非是阿拉伯之夜？”

就在她快要撞到茜茜他们的时候，茜茜试图勾引的那个男人说话了。“嗨，卡罗琳！”他说，“爱死你的新裙子了！”

“谢谢，山姆。”卡罗琳说。

“这就是你和我提过的那个设计师做的吗？”山姆问，“就是说什么如果你能在杂志上报道他的话，他就给你免费做一大堆新裙子的那个？”他不怀好意地笑着。

“你给我闭嘴行吗？”卡罗琳大声嚷嚷着。她又把怒气转向茜茜，“你是谁？你来我的生日聚会干吗？”

“他带我来的。”茜茜说。

“所以你就跟着别人的男朋友来了，是吧？”

“卡罗琳，我不是你的男朋友，”山姆试图解释。

“哈，当然，你只不过是和我睡过几十次而已。在希斯特姆酒吧的那次如何？就是我帮你手淫的那次，感觉如何啊？”

茜茜忍不住插嘴问：“你居然在酒吧里帮他手淫？”

“听我说，卡罗琳。我有女朋友了！”山姆说。

“她早就出局了，所以你贪婪的小手才一次又一次地伸向我。你需要我，不是吗？”

“她回来了。”山姆说，“她现在就住在我家里。”

“你有女朋友了？”茜茜再一次惊讶地插嘴。

“你真是令我恶心！”卡罗琳对着山姆嚷嚷，“带着你的小贱人给我滚出去！”

“你有女朋友了？”茜茜不停地追问着山姆，从楼梯一直追到了大街上。

两周后，卡罗琳在一家夜店的洗手间里又遇到了茜茜。

“我只是想告诉你，山姆又来找我了。”卡罗琳一边涂着艳红的口红一边说，“他跪着求我，让我回到他的身边。他说我的能力超群。”

“什么能力？”茜茜一边假装补妆，一边问道。

“我问你，你是不是在和他鬼混？”卡罗琳恶狠狠地把口红盖子盖上。

“没有！”茜茜说，“我没有和任何人鬼混！”

这就够了。卡罗琳和茜茜理所当然地成了好朋友。

凯莉就是在去年的这个时候认识了茜茜。那天凯莉正百无聊赖地一个人待在波威里酒吧里，夜色已深，她也有点儿醉醺醺的。茜茜不知道从哪儿跳出来，冲到凯莉的面前不停地说着“你是我偶像”“你太美了”“我好喜欢你的鞋子，你从哪儿搞到这么漂亮的鞋子的”之类的奉承话。凯莉被夸得忘乎所以。“我想成为你最好的朋友。”茜茜用小猫般可怜又讨好的语气说着，“我可以当你的朋友吗？求你了！”

“听着，呃，你叫？”

“茜茜，我是茜茜。”

“听着，茜茜，”凯莉有点儿烦躁地说，“你这样是不行的！”

“为什么不行？”

“我已经来纽约十五年了。况且……”

“哦，好吧。”茜茜很低落地打断了她的话，“那我能给你打电话吗？我给你打电话吧！”紧接着她又跑回了她坐的那桌，转头对凯莉挥了挥手。

两周后，茜茜给凯莉打了电话。“你一定要和我们一起去迈阿密。”她说。

“我恨迈阿密。我一步也不想踏进那个地方！”凯莉说，“你如果再和我提一次迈阿密，我就立刻挂电话。”

“你真是太有趣了。”茜茜说。

卡罗琳和茜茜一起去了迈阿密。她们住在卡罗琳几个有钱的朋友家，都是一些德克萨斯大学的纨绔子弟。星期五晚上，他们一起出去喝酒、找乐子，茜茜和其中一个叫戴克斯特的男孩不停地眉来眼去。但第二天晚上，茜茜就厌倦他了——他总是搂着她，想吻她，就像热恋中的情侣似的。“咱们上楼缠绵一下吧。”他不停地在她耳边柔声说道。茜茜一点儿也不想这样，于是开始故意忽略他。戴克斯特生气地摔门而去，几个小时后，又带了个姑娘回来了。“嘿，大伙儿！”他大声地跟大家打招呼，带着那个姑娘径直上了楼，还耀武扬威地特意对茜茜招了招手。戴克斯特尽情地享用了那个女孩儿，然后他们下了楼，他又故意在所有人的面前要了那姑娘的电话号码。

茜茜大哭着跑出门，结果正好遇到开车回来的卡罗琳——同样大哭着。卡罗琳在迈阿密又遇见了山姆。山姆居然想和她以及一个金发、丰满的妓女一起上床。当卡罗琳大叫着让他“滚蛋”的时候，他一把将她推倒在沙滩上，冷漠地说：“我之前之所以和你在一起到处玩儿，只不过是希望我的照片出现在杂志上而已。”

两周后，卡罗琳上了《纽约邮报》的第六版八卦专栏。她去参加塔诺俱乐部的某个派对时，门童却不让她进去。她对着门童大喊大叫，又推又搡。门童也毫不客气，一个过肩摔就把她撂倒在地。第二天，卡罗琳让她杂志社的主编给塔诺俱乐部打电话，要求开除那个门童，然后还给《纽约邮报》第六版打了报料电话。报纸刊登出来的时候，她一口气买了二十份。

而茜茜被室友赶了出来。她本来和一个高中朋友的姐姐住在一起，是一个来自费城的律师。那个姑娘对茜茜说："茜茜，你变得太多了。我很担心你。你不再是以前那个纯真善良的女孩儿了，我也不知道该拿你怎么办。"茜茜嚷嚷着说她是在嫉妒，然后搬到了卡罗琳家，睡在客厅的沙发上。

与此同时，另外一个八卦专栏上刊登了凯莉的负面新闻。凯莉努力让自己视而不见，却在这个时候接到了茜茜的电话。

"我的天哪，你出名了！"茜茜兴奋地说，"你上报纸了！你读过新闻了没有？"然后茜茜就自顾自地念了起来，而凯莉在这篇报道中被描述得惨不忍睹。凯莉终于忍无可忍，她在电话中对茜茜大声咆哮："让我教你一点儿事——如果你想在这个城市里生存下去，就永远别干这种事！当某个人被刊登了负面新闻的时候，绝对不要给他打电话，还把报纸里诋毁的话念给他听！你要假装你从来没有看见过这些消息，知道吗？如果他们问你知不知道，你就装出一副不知道的样子说：'我从来不读那种垃圾报纸。'哪怕你天天读。明白了吗？"她说，"天哪，茜茜，我真不知道你是站在哪一边的。"听到茜茜的哭声，凯莉直接挂断了电话，之后她又觉得有点儿内疚。

"我要给你介绍一个男人。我知道你肯定会对他一见钟情，但是这次你一定要克制住！”卡罗琳对茜茜说。但茜茜果然还是坠入了情网。

卡罗琳把本介绍给了茜茜，一个四十岁的餐厅老板兼派对策划人。他结过两次婚，不过现任妻子已经回了佛罗里达的娘家。他是戒毒所和戒酒中心的常客，纽约人都知道他，而且都躲着他。尽管他长期酗酒和吸毒，但身上还隐约可见年轻时的风采——英俊潇洒、风趣迷人——而茜茜爱上的就是他年轻时的影子。他们在一起过了两个周末，但没有上床。之后的某一天，他们去酒吧的时候，他突然不见了。等茜茜找到他的时候，他正在调戏一个刚来纽约的十六岁模特儿。

“你太恶心了！”茜茜对他嚷嚷着。“喂，拜托，”他说，“你就让我满足一下吧。我一直都幻想和十六岁的女孩上床的情景。”他嬉皮笑脸地说，嘴巴咧得大大的，让你恨不得提醒他该去补牙了。

第二天早上，茜茜偷偷跑到了他的公寓，在那儿看见了他三岁的女儿。“我给你带了一个礼物哦。”她假装若无其事的样子，拿出一只小兔子。她把兔子放在沙发上，结果兔子尿了好几次。

与此同时，卡罗琳和山姆开始同居了。她并没有正式从自己的公寓里搬出去，但每次在山姆家过夜之后，她总会故意留下一点儿东西——鞋子、香水、首饰、衣服、六七种面霜……就这样持续了三个月。情人节前的一天，山姆终于爆发了。“你给我出去！”他吼道，“滚出去！”他喘着粗气咆哮着。

“我不明白……”卡罗琳说。

“别给我装傻！”山姆说，“我希望你和你的东西，现在就从我的面前消失！”他打开窗户，开始往外扔卡罗琳的东西。

卡罗琳说：“你实在是欠揍，浑蛋！”然后她狠狠地打了他的后脑勺一下。

山姆吃惊地转过身。“你打我……”他说。

“山姆……”她语气缓和下来。

“简直难以置信……你竟然打我……”他一边往后退，一边说道，“别过来！”他小心翼翼地抱起他的猫。

“山姆！”卡罗琳急切地走向他。

“站在那儿别动！”山姆喊。他拎着他的猫，就像是拿着一件武器，“我说，你别动！”

“山姆，山姆，”卡罗琳摇着头说，“可怜的小家伙。”

“我才不可怜呢！”山姆边说边快速地退到卧室里。他晃着小猫说：“她可真是个巫婆，是不是，小猫猫？她绝对是个巫婆！”

卡罗琳往床边走了几步：“我没想……”

“你打我了！”山姆用一种小孩的声音说，“别打我。不要再打山姆了！”

“好……”卡罗琳小心翼翼地说。

猫从山姆的怀里挣脱，跑向一边。“咪咪，过来，过来。”卡罗琳说，“到这儿来。要喝牛奶吗？”战争结束了，她听到卧室里响起电视的声音。

每次茜茜和卡罗琳邀请凯莉一起吃饭，凯莉总是敷衍过去。这次她终于妥协了，她们约在星期日的晚上见——那可是她最宝贵的时间。卡罗琳和茜茜坐在凯莉对面，小腿优雅地交叉着，搅着饮料，看上去很有型。卡罗琳正在讲电话。“我每天晚上都要出门，为了保住工作。”茜茜无精打采地说，“每天都觉得好累。”

卡罗琳挂了电话，对凯莉说：“我们晚上要去那个派对，就在市中心，会有很多模特儿去。你也应该一起去。”她说道，但语气听起来像是在阻止凯莉过去。

“呃，你最近怎么样？”凯莉问，“和山姆……”

“都挺好的。”卡罗琳说。

茜茜点了支烟，看着别的地方：“全纽约的人都知道他们在一起，但山姆还到处宣扬说他没有和卡罗琳上过床，所以我们开始报复他。”

“我们发现他最近在和一个女孩约会，那个女孩有点儿问题，所以我好心好意地打电话和他说：‘求你了，山姆，我以朋友的身份劝你别和那个女孩上床，对你没有好处的。’”卡罗琳说。

“结果我们发现他和那个女孩一起出来吃早餐。”

“我们那天都穿得很华丽，而他们都穿着运动裤。我们故意从他们的身边走过去，他们和我们搭话，问我们要烟。我就说：‘烟？拜托，你不会从服务员那儿要吗？’”

“然后我们又故意坐在他们旁边。他们一直想和我们说话，而卡罗琳却故意不理他们，一直打电话。然后我说：‘山姆，上周和你在一起的那个姑娘怎么样了？’”

“他非常尴尬。我们给他留了张纸条，上面写着‘十九型单纯疱疹’。”

“有十九型单纯疱疹吗？”凯莉问。

“当然没有！”茜茜说，“你还没明白吗？我真想看看那个姑娘当时的表情。”

“好吧。”凯莉沉闷地说。她点了支烟，沉默了好一会儿，然后她说：“你们到底是怎么回事啊？”

“没事。”茜茜说，“现在我除了我的事业以外，什么都不在乎，就像你一样。你是我的偶像。”

然后这两个姑娘看了看表，又看了看彼此。

“你不介意吧，”茜茜说，“我们要去参加派对了。”

第十七章　热浪中的纽约

人行道上的幻想、醉醺醺的莫里斯舞、空调房里的噩梦，以及卧室里的崩溃……这就是曼哈顿的招牌酷暑。

八月的纽约完全是另外一番景象，让人觉得自己仿佛身处南美的某个独裁国家——政治腐败、贩毒横行、物价飞涨、通货膨胀、阻塞的交通、尘土飞扬的街道……雨季永远不会到来，一切期待都是虚妄。

而纽约人的坚韧神经也在酷暑的考验中节节溃败。表面的平和再也掩饰不了内心糟糕的情绪和龌龊的想法，衣冠楚楚的伪装也被明目张胆的胡作非为所取代。劳燕分飞，沆瀣一气。

一个又一个三十五摄氏度炙烤着纽约，整个城市陷在暴躁的情绪中无法自拔。

而在不清醒的时刻，你连自己都无法相信。

早上八点，凯莉躺在比格先生的大床上。她知道事情一团糟——她很确定事情在变得越来越糟糕，该死的！她把脸埋在枕头里歇斯底里地大哭。

“你冷静点儿，凯莉，冷静点儿！”比格先生命令道。凯莉滚过来看着他，脸上都是泪痕。

“你会没事的。我得走了，已经晚了。你这样搞得我都不能去上班了。”

“你能帮帮我吗？”凯莉期待地问。

“不行。”他一边扣上金色的袖扣，一边回答她，“只有你才能帮自己。你得自己想办法。”

凯莉沮丧地把头埋在床单底下，断断续续地抽泣着。“过几个小时给我打个电话。”比格先生走出房间，“再见。”

结果没过两分钟他就回来了。“我忘带雪茄盒了。”他解释说，然后偷瞄了凯莉一眼。她已经安静下来了。

“一会儿见。”他说，“再见。”

空气湿热得让人透不过气来。纽约已经连续第十天高温了。

凯莉最近天天和比格先生腻在一起，因为他家的空调舒服得要命。她家本来也有，但后来坏掉了。于是他们两个之间有了一个心照不宣的小默契——他们称之为“盛夏的惯例”。每天晚上十一点的时候，如果他们没在一起，比格先生就会打来电话。

“你的房间怎么样？”他问。

“好热。”她答。

“你现在在干什么呢？”

“挥汗如雨呀！”

“那你愿不愿意来我家睡？”他建议道，听起来似乎还有点儿害羞。

“好啊，为什么不呢？”她打着呵欠说。

然后凯莉就飞快地收拾东西，跑出门（夜里值班的门童经常给她脸色看），跳进出租车。

“哦，嘿！”比格先生半裸着打开门。声音听上去懵懵懂懂的，好像看见她很意外似的。

他们躺在床上，一起看莱特曼或雷诺的深夜脱口秀，轮流戴比格先生仅有的那副眼镜。

“你有没有想过买个新的空调？”比格先生问。

“嗯。”凯莉说。

“新的也只要一百五十美元。”

“我知道，你和我说过了。”

“唉，我只是觉得这样不是办法。”

“别担心，”凯莉说，“我不怕热。”

“我可不会让你自己一个人待在没空调的公寓里。”比格先生说。

“你要是因为可怜我才让我过来睡的话，那还是省省吧！”凯莉说，“我还以为你是因为想我，或者没有我你睡不好觉呢！”

“我是想你啊，我当然想你。”比格先生说。过了几秒钟，他又问，“你的钱够吗？”

凯莉看着他。“多着呢！”她说。

炎热让人懈怠。人人都像喝醉酒一样，四肢无力，懒得动弹，但他们的精神却异常亢奋。住在上东区的纽博尔特却不一样，他的荷尔蒙就像夏天的气温一样一路飙升。他一直都想要个孩子。

春天的时候贝拉跟他说再等等，否则，夏天穿泳衣的时候会显得肚子很大；现在到了夏天，贝拉又说还是不行，因为这么热的天气加上孕吐简直是双重折磨。纽博尔特提醒她说，作为一个投资银行家，她每天都能舒舒服服地待在冷气充足的办公室里，俯瞰曼哈顿，天气根本折磨不了她——但贝拉全当耳旁风。

于是纽博尔特只好成天在他的公寓里转来转去，等着经纪人通知他新书的出版进展。他穿着平角内裤，一边看脱口秀，一边用生锈的指甲钳修剪指甲的倒刺，无所事事地打发时间。他现在一天给贝拉打二十个电话。“怎么了，宝贝？”贝拉接电话的时候总是很有耐心且声音甜美。

“你觉得露华浓的不锈钢小钳子怎么样？锥形的头。”他问。

“听起来很不错。”她回答。

一个炎热的傍晚，贝拉正要去赴约，见几个日本客户。没完没了地鞠躬、握手、寒暄之后，贝拉和这五位西装革履的日本人到了城市蟹堡王，一边用餐一边谈业务。晚宴过半，纽博尔特突然出现了。他看起来醉醺醺的，穿得就像刚从野外回来一样。他决定给大家表演莫里斯舞[1]。他把餐巾放到咔叽短裤的大口袋里，塞得鼓鼓囊囊的，然后一只手挥舞着一条餐巾，跳了起来。向前三步，左踢腿；向后三步，右踢腿；中间还夹杂着几个自创的侧踢腿——显然，这可算不上是莫里斯舞。

“啊，那是我丈夫。”贝拉淡定地向客户解释着，好像早就对这些习以为常了。她笑意盈盈地说：“他很喜欢搞笑。”

[1] 莫里斯舞（Morris Dance）：英国传统民间舞蹈。

此时，纽博尔特突然拿出了一个微型相机，对着日本客户一顿咔嚓乱拍。“嘿，大家一起说‘龙虾’！”他叫着。

凯莉正在和一大帮她不怎么熟的人在新开的餐厅里吃饭。和她一起吃饭的还有最近人气很旺的时尚偶像——莱。餐厅里的三个长桌台早被预订一空，还有很多人在门口等位。为了消暑，人们不断地进来买酒，然后站在门口喝，估计再过一会儿，外面就该闹翻天了。这会儿才刚刚进入夏季，人们尚未受到热浪的影响，还有心情相互寒暄。“是啊，我一直很想见到你！”“我们早就该合作了！”“我们改天好好聊聊！”凯莉热络地和每个人打着招呼。通常这种场合会让她觉得每个人都很讨厌她，但这次，至少她不讨厌任何人。

凯莉坐在莱和他的女经纪人旁边。《纽约时报》的某个记者不停地给大家拍照。莱基本不怎么说话，一直看着说话的人发呆，偶尔摸摸山羊胡，点头附和。晚餐过后，凯莉跟着女经纪人去她家抽烟聊天，莱也在。夏日的夜晚，和朋友一起抽烟、消磨时光似乎是再合适不过的事情了。天色渐晚，烟雾弥漫，他们送凯莉出来，陪她一起等出租车。

“他们把我家叫作‘圈子’。”经纪人看着凯莉说。

凯莉知道她指的是什么，也知道是什么让这些人聚在一起。

“为什么不进这个圈子，和我们住在一起呢？”莱邀请她。

“我非常乐意。”凯莉嘴上答应着，但她已经迫不及待想回家了。

出租车向上城驶去，但还没到家门口，凯莉就叫道：“停车。”她突然想下车走走。整座城市是如此燥热，让她感觉莫名亢奋，仿佛充满了力量，像个强悍的猎食者。一个女人在她前面走着，穿着宽松的白衬衫，在凯莉眼里那就像一面投降的白旗。凯莉脑海中幻想着杀掉那个女人，再把她的肉吃光。她自得其乐地沉浸在这种骇人的想象中，感觉自己就像是嗅到了血腥味的鲨鱼。

而前面的女人丝毫没有感觉到凯莉的杀气。她毫不知情地快步走着，而在凯莉的幻想中，她柔软白皙的肌肤早就被凯莉尖利的牙齿撕碎了。“都是她的错，谁让她长那么多肉。”凯莉为自己开脱着，收回九霄云外的思绪，走进公寓大门。

“晚上好，凯莉小姐。”门童愉快地打着招呼。

“晚上好，卡罗斯。”凯莉回应着。

“最近怎么样？”

“哦，挺好的。”

“那晚安了。”卡罗斯帮凯莉撑着电梯门，殷勤地微笑着。

“晚安。”凯莉龇牙咧嘴地做了个鬼脸，一排锋利的牙齿闪闪发亮。

热天出门虽然很难受，但一个人孤身在家的寂寞感觉更难下咽。

凯蒂正在第五大街的公寓里百无聊赖地走来走去。她的男朋友休伯特，就是那个已经五十五岁，但人老心不老的男明星，最近准备东山再起。他正在意大利给一个时下很红的年轻导演拍电影，之后还要去洛杉矶为一部电视剧试镜。凯蒂过几天会先去欧洲找他，然后再一起去洛杉矶。但此刻她却想：“这难道不是在浪费青春吗？我才只有二十五岁，我可受不了像个老太婆一样孤零零地一个人待着。”

五点钟，沉默了一天的电话终于响了。

“嗨，凯蒂！”是个男人的声音。

“你是谁？”

“休伯特在吗？”

“不在……”

“哦，我是达什。”

“达什？”凯蒂有点儿困惑。她知道他是休伯特的经纪人。“休伯特在意大利呀。”凯蒂说。

“是，我知道。”达什说，“是他让我给你打电话的，让我有空带你出去玩儿。估计他是怕你寂寞吧。”

“哦，这样啊。”凯蒂觉得他在说谎，所以隐隐地兴奋起来。

晚上十点，他们在波威里酒吧见面了。斯坦福 · 布拉奇也终于露面了。他和达什是哥们儿——当然，他跟每个人都是哥们儿。

“嘿，斯坦福！”达什懒洋洋地靠在椅子上叫他，“最近有没有发现什么好地方啊？我想让这个姑娘好好放松放松，她最近太无聊了。”

两个男人交换了一下眼色，然后斯坦福说：“我喜欢蓝色天使俱乐部。不过我得提醒你们，我的口味很重的。”

“那走吧，我们就去蓝色天使。”达什说。

那个地方在SOHO区。他们走进门，几块破破烂烂的三合板搭成的舞台上，一群姑娘在疯狂地跳舞。“这个夏天还真是放荡啊！”斯坦福说。

“拜托，我一直都很放荡。”达什说。

“我知道。你就是那种会对着车载电话大喊‘你能等会儿吗？我正在帕利塞德大道上开车呢，有个姑娘正在服侍我呢’的那种人，真是让人心神荡漾啊！”斯坦福笑着说。

“不，那次是在日落大道。”达什纠正他。

他们在一个舞台前坐下。没过一会儿，舞台上就走出一个女人。她全身赤裸，手里拿着一束雏菊，像是刚从路边随便摘下来的。她很瘦弱，但屁股和大腿上都是橘皮组织和妊娠纹。“这么瘦的姑娘皮肤居然是这样，绝对有问题。”凯蒂在达什的耳边小声地说。

达什看着她，放肆地笑着。“算了，我能处理好。”凯蒂暗自想道。

台上的女人拿出一条羽毛围巾，开始跳舞。她一面卖力表演，一面撕着雏菊的花瓣，跳得大汗淋漓。她躺下来，在舞台上翻滚着。当她再站起来的时候，她裸露的身体上沾满了脏兮兮的羽毛、烂花瓣和地上的灰尘。紧接着，她在凯蒂眼前张开双腿，开始抚摸自己。凯蒂觉得她都能闻到那个女人身上的气味。不过她暗想：“算了，我能挺得住。”

接下来出场表演的是一对女同性恋。一个女人呻吟着，而另一个女人开始用力掐着她的喉咙。凯蒂都能看见她脖子上暴突的青筋了。她快要窒息了！“我怎么会在一个这么变态的俱乐部啊！”凯蒂的五脏六腑在翻腾着。而斯坦福若无其事地又点了一杯白葡萄酒。

“演出到此为止，”达什说，“回家吧。”

门外依旧热浪袭人。“这都什么乱七八糟的，我们到底来这里干什么啊？”凯蒂问。

“你以为要干吗？”达什回答她。

“再见，凯蒂。”斯坦福窃笑着。

进入伏天的第十天，凯莉已经离不开比格先生了，整天黏着他。但终于有一天，她崩溃了。刚开始一切都很顺利，比格先生出门应酬，凯莉就去找米兰达玩。她们本来计划在家里一边喝点儿小酒，一边看《荒唐阿姨》[1]的，但喝着喝着就喝多了。米兰达叫她认识的人送了一些大麻过来，于是两个人越发不可收拾了。凯莉最近跟比格先生天天腻在一起，已经有一阵儿没见米兰达了，所以米兰达开始抱怨。

“我想见见他，你知道的。你怎么一直没让我见见他呢？别说他，我连你都见不着了！”然后她冷不丁地丢出了一颗重磅炸弹——她说，比格先生和凯莉在一起的第一个月，同时在和另外一个女人约会。

“他只和她出去过一次吧。”凯莉说。

“别傻了，他们见了好几次呢，好——几——次！所以，我这一整个月都在纠结要不要给你打电话。我不知道应不应该告诉你这些。”

“真是糟糕透了。”凯莉闷闷地说。

第二天早上，凯莉躺在比格先生的床上胡思乱想。经历了前一晚的崩溃，她开始认真思考她究竟想要什么。她觉得最近她的生活改变了很多。但真的变了吗？本质上，她依旧和以前一样，

[1]《荒唐阿姨》：1992 年英国广播公司播出的一部电视喜剧。

未婚未孕。一想到结婚生子，她依旧觉得遥不可及。“我真的会嫁人吗？什么时候呢？”

这是要事业还是要男人的问题。她想：“要圈子，还是要比格先生呢？”

下午，比格先生派人送来了一束花。卡片上写着：“一切都会好起来的。爱你的比格先生。”

“你干吗突然送花给我？”晚些时候，凯莉问他，“也太贴心了吧！”

“我想让你知道，有一个人在爱着你啊。”比格先生回答她。

几天之后，比格先生带凯莉到他在韦斯切斯特的别墅共度周末。每天清晨，比格先生都早早起来，去打高尔夫球。凯莉则起得很晚。她无所事事地煮咖啡，在花园里溜达，走到巷子的尽头又走回来。

“我现在该干些什么？”她回到屋子里，默默地坐下来。她想象着比格先生在高尔夫球场上帅气的样子。他举起手臂，挥杆一击，把球打到遥不可见的地方，很远，很远……

第十八章 如何嫁给曼哈顿男人

几个月前，《纽约时报》上刊登了一则公告——辛迪·莱昂（化名）结婚了。对一般人来说，这消息可能没什么新鲜的。但对于认识她的人来说，这绝对是个爆炸性新闻。辛迪把自己嫁出去了！在四十岁的时候！这也太励志了吧！

一年又一年，纽约的剩女们在通往婚姻的道路上不懈奋斗着，而辛迪就是其中一员。我们都认识这样的人。她们是新闻报道中的熟悉面孔，总是魅力四射（但不一定长得美），能力超群，世间的一切只要她们想要就能得到——除了婚姻。作为汽车杂志的广告代理商，辛迪比男人还能干。她爱好射击和旅游，喜欢各种音响设备。听说有一次她打车的时候，碰上了一个醉鬼司机。她把那男人扁了一顿之后扔到后座上，自己飙车到了机场。她绝不是那种娇滴滴的女人，但她也从不缺男人。

每当我在鸡尾酒聚会上遇到她的时候，她都在谈笑风生地给大家讲最近的风流韵事：某个大人物在上完床后就人间蒸发了；

某个男人最近买了一艘游艇；某个著名画家在前戏的时候必须用画笔挑逗他的屁股，不然就无法勃起；某个总裁在家的时候总是穿着小老鼠拖鞋……

你不由自主地对她所描绘的世界着迷，既羡慕她又反感她。你会暗想，这女人永远都嫁不出去的，也就是住在新泽西乡下的无聊银行家才愿意勉强娶她。而且，她真是越来越老了——都要老得掉牙了！

然而当你回家躺到床上的时候，她的事情却总是萦绕在你的脑海中，让你辗转反侧，睡不着觉。你忧心忡忡地琢磨着自己的未来，最后肯定会忍不住爬起来给好姐妹打电话，像个小贱人一样絮絮叨叨地说："亲爱的，要是我到头来沦落成她那样，你就一枪把我打死算了。你一定要记住啊！"

但谁都没想到，大家都错了。辛迪结婚了。对方并不是大家想象的那种人，而且她现在比以往的任何时候都要快乐。

所以是时候改变了。别再埋怨说世界上没有好男人；别再几分钟查一次手机看有没有男人给你发短信、打电话；别再拿玛莎·斯图尔特[1]混乱的感情生活当榜样，哪怕她是《人物》杂志的封面红人。

是的，是时候在曼哈顿找个男人嫁了，而且这并非遥不可及。放轻松，你还有大量的时间。玛莎，看我的吧！

初秋的一个周末，下着蒙蒙细雨。凯莉和比格先生正在布里

[1] 玛莎·斯图尔特（Martha Stuart）：美国传奇女性，身兼名模、华尔街精英、创业老板、女富豪等多重身份，但感情生活颇为波折。

奇安普顿的一间他们常去的餐厅里。今天人很多，他们熟识的侍者没在，没有人帮他们留位。于是他们只好坐在狭小的吧台，头抵头地吃着东西。他们本打算像吃中餐那样，一口气点四道主菜，分着吃——他们之前只有在比格先生生日的时候试过这种新鲜的吃法——但结果他们发现他们点的菜完全一样。

“你不介意吧？”比格先生问。

“没关系呀，我一点儿也不介意。”凯莉用一种拿腔拿调的娃娃音说。他们最近习惯了用一种奇怪的腔调和对方说话，还乐此不疲。“我太累了，管不了那么多了——”

“我也太累了——”比格先生也学凯莉拖长了尾音。他的手肘碰到了凯莉，于是他顺势捅了捅她，笑闹着说：“哔！哔！”

“嘿，”她说，“这是分界线，不许过来！”

比格先生猛地探过身来把叉子插在凯莉的意大利面上，低声喊：“得分！”

“我会让你死得很惨的！”凯莉也喊道。

“来呀，来打我呀！”比格先生得意扬扬地说。凯莉使劲地打了他的胳膊一下，他大笑起来。

“你们在这儿呢！”一个声音从他们背后突兀地响起。他们转过身，萨曼莎站在那里，穿得很臃肿，脖子上就像捆了三条开司米羊绒衫一样。“我算准了你们会在这儿。”她说。“啊哈。”比格先生不置可否地应了一声。萨曼莎和比格先生一直合不来。有一次，萨曼莎问凯莉这是为什么，凯莉说应该是因为比格觉得她说话太刻薄，怕凯莉也会受她影响。萨曼莎轻蔑地哼了一声，讽刺地说：“那你可要照顾好自己啊！”

萨曼莎开始大谈特谈她最近接触的电影，凯莉别无选择，只好也敷衍地和她聊了起来。但比格先生对这个话题完全不感兴趣。凯莉甚至开始暗暗希望萨曼莎赶快走，这样她就能和比格先生好好聊聊他们最近热衷的那个话题了——有朝一日在科罗拉多建个新家。凯莉很讨厌自己重色轻友的这个样子，但当你真的陷入爱河的时候，很多事情不是你能控制得了的。

“是戴维干的！”特鲁迪说。她是一本少女杂志的主编，已经四十一岁了，但有时候可爱得像个十六岁的小姑娘一样，扑闪着大大的蓝眼睛，抚摸着垂顺的黑发。

她靠在椅背上，指着一个放满了相册的书架说：“我管那个叫‘特鲁迪和某某某’。”她说，“里面有每一个我约会过的白痴家伙的照片。我喜欢把东西分类收藏。”

“我以前很擅长维系长期感情。为了把每段感情都撑到两年以上，我费了很大的劲。情侣咨询、彻夜长谈、吵架、打架——无所不用。但有一天我突然醒悟了。凭什么我要花这么多心思去拴住一个心猿意马的男人啊？而且根本就不是我的错！”

“后来我给自己设了一个期限。我对自己说，我只要在四十岁的时候把自己嫁出去就好了。那时候我在跟戴维约会。他五十岁了，很不老实。我和他说我想结婚，他一直找各种借口敷衍我，哄我待在他的身边。他说：‘我们先去中国玩玩吧，回来的时候我们再谈这件事。’后来我们去了威尼斯，住在格瑞提宫[1]，推开木百叶窗就是大运河。结果他跟我说：‘面对现实吧，你在曼哈

[1] 格瑞提宫（Gritti Palace）：威尼斯的著名五星级酒店，位于威尼斯大运河畔，前身为威尼斯总督的私府。曾出现在安吉丽娜·朱莉和约翰尼·德普的电影《游客》中。

顿绝对找不到想结婚的男人。为什么我们不能永远这样简简单单地在一起呢？’听了这句话，我就再也不见他了。”

特鲁迪一回到曼哈顿就翻出她所有的通讯录，给每个她认识的曼哈顿男人打电话。“是的，每个，包括我以前看都不看一眼的男人，那些我觉得是白痴、呆子、蠢货或者秃顶的男人，他们都不想结婚。”

“我丈夫的名字就在那个单子上——而且是最后一个。”特鲁迪说，“我记得我当时还担心，要是连他都不行，我真不知道该怎么办好了。”（这当然是谦虚之言。不管遇到什么情况，纽约的女人都知道她们该怎么办。）特鲁迪和她未来的老公共进了三次晚餐（她那会儿根本没意识到她会嫁给这个人），然后那个男人出差去俄罗斯待了两个月。那时刚刚入夏，特鲁迪去安普顿避暑，完全把他抛在了脑后——事实上，她当时已经开始和另外两个男人约会了。

特鲁迪笑了笑，漫不经心地看着她的指甲，接着说：“他出差一回来就给我打了电话，于是我又开始跟他出去约会了。但这种时候你千万不能抱有任何期待，要做好随时走人的准备。不能让男人觉得你是个既可怜又可悲的小女人，没他们就活不下去——事实本来就不是这样，没有他们你也能活得好好的。”

怎么才能让一个曼哈顿男人心甘情愿地给你戴上戒指呢？有两个基本原则。“首先你一定要贴心。”莉萨说。她三十八岁，是一个新闻节目的通讯记者。布里塔则说：“此外，你还要会钓他们的胃口，不能让他们一得手就跑掉。”

对这些女人来说，年龄其实是一个优势。这些成功在纽约站稳脚跟、年龄已经“奔四”的单身女人，通常都很明了如何才能得到她们想要的东西。年龄给了她们阅历和能力。一旦她们锁定目标，那这个候选丈夫就别想轻易逃脱。

“你要从一开始就有意识地训练自己。”布里塔说，“一开始我并没有确定要嫁给这个男人。我只知道我想要他，不管任何手段我都要得到他。我说得到，就做得到。”

“你也不能像那些一心想嫁大款的蠢丫头一样。”她补充道，“你要看得长远一点儿，别只满足于唾手可得的东西。就拿巴里（她的丈夫）来说吧，他要的可不是那种事事都顺着他的普通女孩儿。谁要是遇到现在的他，那可就走大运了——他现在既聪明又贴心，洗衣服、做饭样样都不在话下。最重要的是，他以前是最讨厌做这些的。”

在嫁给巴里之前，布里塔也曾风流成性。有一次，她支使约会对象去衣帽间帮她拿包烟，然后趁他不注意，偷偷从后门跟别的男人溜了。但遇到巴里之后，她就决定绝对不能错过这个男人。“有一次，我在阿斯彭滑雪场的山顶给巴里打电话，一口气骂了他十分钟，因为他居然约其他女人共度新年夜。当然，那会儿我刚认识他一个月，但那又怎样呢？”

在那之后，巴里就回过味儿来了，对布里塔真是百依百顺。只有两个小问题——他还是喜欢盯着其他女人看；有时候还会抱怨没有私人空间，特别是布里塔搬过去和他一起住之后。“至于这个问题，首先，我总是特意制造生活乐趣，让他喜欢跟我在一起。”布里塔说，“我亲自下厨，我们每个人都胖了至少三十磅。我们一起喝酒，笑话对方大醉的样子，喝吐了也会照顾对方。”

“你还要给他惊喜，不要让他厌倦你。比如，有一次他回家的时候，惊讶地发现到处都摆满了蜡烛，我给他做了一顿美味的大餐。还有，我有时候让他穿上我的衣服，非常滑稽。不过，你还是得盯紧你的男人。这是事实，因为他百分之八十的时间都不在你的身边，只有和你在一起的时间才会真正注意到你，所以他根本就没权利在和你吃饭的时候还想着其他小婊子。有一次，他和我吃饭的时候心不在焉，我很生气，狠狠地打了他脑袋，害得他差点儿从椅子上摔下来。我恶狠狠地对他说：'管好你自己，把舌头收回去，把尾巴乖乖夹好，给我老老实实吃饭！'"

但事实上，留住男人可没有这么简单。"纽约的女人才不管你的男人是结婚了还是订婚了，"布里塔说，"她们照追不误。你得比她们都强，一刻都不要懈怠。"

有些时候比格先生会隐藏起真正的自己。大家看到的是完美无缺的表象——永远衣着得体，对任何人都很亲切，洁白的袖口，金色的袖扣，从不出错的吊裤带（哪怕他从不脱下外套，也对此一丝不苟）。但每次他进入这种状态的时候，凯莉都觉得很棘手。她不善于和保守内向的人打交道。她习惯大家都喝得醉醺醺的，抽点儿小烟，吸点儿大麻，轻轻松松的。比格先生一听到凯莉说"我什么内衣都没穿"之类的话就会很生气，他觉得这话不应该出自一个有教养的女人之口——哪怕她真的没穿内衣。而凯莉觉得比格先生对其他女人太友善，特别是那些讨厌的模特儿。他们一起出门的时候，总会有摄影师凑过来问："你不介意吧？"然后请比格先生和几个模特儿一起合影。这在凯莉看来简直就是一种侮辱。有一次，一个模特儿坐在比格先生的膝盖上，凯莉忍无可忍地转过身说道："咱们得走了！"脸色阴沉得吓人。

"拜托，别这样。"比格先生说。

凯莉盯着那个模特儿说：“不好意思，你坐在我男朋友的身上了。”

“休息，我只是在休息。”模特儿说，“这可是有很大区别的。”

“你该学学怎么处理这类事情。”比格先生沉吟了一下说。

丽贝卡，一个三十九岁的记者，去年刚结婚。有一天，她在男朋友的名片夹里发现了一个女人的电话。

“我拨通这个电话，直截了当地质问这个婊子是怎么回事。”丽贝卡说。果然，这个女人说丽贝卡的男朋友请她一起用晚餐。“我简直气疯了。虽然我没有冲她大吼大叫，但我当时绝对就像深夜节目里那些暴跳如雷的中年妇女一样。最后我警告她别碰我男朋友，她敢给他打电话，我就让她好看！你猜她对我说什么？她说：‘你男朋友人很好，你应该对他好一点儿。’我回敬她道：‘要是他真的那么好的话，他为什么一边跟我同居一边向你献殷勤？’”

“然后我给他打了电话。他非常生气，说什么我‘干涉他的私事’。我说：‘咱们直截了当地说吧，伙计，你既然决定跟我约会，那就不存在什么所谓的私事了！’之后大概过了两天，我以为我们玩完了，但这件事居然就这样过去了，三个月之后他就向我求婚了。”

方法当然不止这一种。莉萨和她未来的丈夫罗伯特约会两个月之后，罗伯特开始不安分了。

“要是我跟其他人出去，你会怎么想？”他试探地问莉萨。

“我就当你是在‘比较购物’。”莉萨看都不看他一眼，高傲地说道，“除此以外，你觉得我会怎么想？我又不是看犯人的狱警。”

这个答案让罗伯特闭口再也不提这件事。

“自尊很重要。”莉萨说，“你要让男人知道有些事情不能过界，而且你不是没了他们就活不了。”

一个很常见的状况是婚前同居，但男人却迟迟没有娶你的打算。要想解决这个问题，就要速战速决。“我最近听说了一件事，”特鲁迪说，“一个姑娘和一个男人同居一年了，一天早上，她在床上问他：‘我们会结婚吗？’男人说‘不’。然后她立刻说：‘那就马上收拾好你的东西，滚出我的家！’结果那个男人周末就向她求婚了。”

“女人们常犯的错误就是一开始同居的时候压根儿不提结婚的事，听之任之。”莉萨补充说道。

“我受不了了！”凯莉早上醒来，躺在床上发呆。她默默地望着比格先生，直到他睁开眼睛。他直接起床去了浴室，亲都没有亲她一下。“就这样了吧。”凯莉失望地想。

他洗完澡回到床上的时候，她开口说：“听着，我最近在想一件事。”

“什么事？”比格先生说。

“如果你没有爱我爱得发疯，没觉得非我不可，也没想过我是你这辈子见过的最美丽的女人，那我想，我是不是该离开了？”

“啊……”比格先生有些茫然。

“真的，我没关系的。”

“好吧。”比格先生迟疑了一下，慎重地说。

“那……这就是你想要的？”

“这是不是你想要的呢？”比格先生反问她。

“不是，并不是。我只是想和真正爱我的人在一起。”凯莉说。

“呃，我现在不能向你承诺什么。但如果我是你的话，我会留下来，看看未来会怎么样。”

凯莉躺回枕头上，心里盘算着：“今天是星期天，要是这会儿走的话，接下来这一天要怎么打发呢？”

“好吧。”她最后说，“但只是现在。我不会永远等着的。你知道的，很有可能我没过多久就死了，比如十五年之后。”她点燃了一支烟。

“嗯。”比格先生说，“不过你能不能先帮我煮点儿咖啡呢，亲爱的？”

内奥米去年结婚了，在她三十七岁的时候。她是一家广告公司的总裁，典型的纽约女人，精明强干。“各种男人我都约会过，各种身材、各种体型的都有。然后有一天，这个男人走进门，而他跟我所设想的未婚夫没有一点儿共同之处。”换句话说，他其貌不扬，也完全没有坏男孩儿的那种迷死人的气质。

刚过三十五岁的第一天，内奥米穿着高跟鞋和套装，站在麦迪逊大街上等出租车。一个长发飘逸的男孩开着摩托车呼啸而过，完全没注意到她的存在。“好像就在那一瞬间，对那种温饱都成问题的艺术家们的迷恋，已经成为我的过去式了。”她说，“该死的，我以前还老请他们吃饭呢！”

凯莉约山姆一起参加在博物馆里举办的读书会。她已经很久没见山姆了，而且最近就连她的闺密们也都见不到她的踪影——因为她一天到晚都和比格先生腻在一起。这天，山姆和她碰巧都穿着黑色的裤子和黑色的漆皮靴。她们正要上台阶的时候，Z.M.——一个媒体巨鳄——和她们打了个照面。

Z.M.看见他们，大笑着说："我还在想是哪两个姑娘把地板跺得这么响呢。"

"我们可没在跺脚，"山姆说，"我们在聊天呢。"

司机殷勤地为Z.M.打开车门，是辆加长的豪华轿车。"有时间给我打电话，好吗？"他说。

"好，我们电话联系。"山姆说，心里清楚谁都不会给对方打电话的。

山姆叹了口气，转头问凯莉："对了，你跟比格先生最近怎么样了？"

凯莉开始支支吾吾，一副"我也不知道"的样子，磨磨叽叽地说他们打算去阿斯彭滑雪场，比格先生还计划明年夏天和她一起买一栋别墅，但她对他一点儿也不确定。

"拜托，"山姆打断了她，"我多希望我也有个男朋友啊！该死的，我现在连一个一起共度周末的人都找不到！"

已婚和单身的纽约女郎之间有很大的不同。"最大的区别就在于心态，"丽贝卡说，"在于你是不是过得了自己这关，是不是还抱着不切实际的幻想，觉得只有莫特·朱克曼那样既帅又多金的钻石王老五才配得上自己。"

"我早就把标准降到这三项了——聪明、成功、贴心。"特鲁迪说。

虽然她们不会轻易把自己交出去，但她们也绝不会选择孤独终老。“我确实不知道要多久才能碰到合适的人，但是我一直相信我总会有披上婚纱的那一天，只是机会还没到而已。”特鲁迪说，“要是没嫁出去的话就太恐怖了。我凭什么嫁不出去呢？”

但曼哈顿始终是曼哈顿。“纽约的男人可不会像其他地方的男人那样乖乖就范，你得认清这一点。”莉萨说，“在纽约的社交圈子里，单身男人会对已婚人士敬而远之，他们对‘家庭’和‘安逸’这个概念嗤之以鼻。所以你必须改变他们的这种心态，帮助他们快点儿长大。”

凯莉和比格先生一起参加了一个慈善晚宴，共度了一个美妙的夜晚。去之前，凯莉又特意去了美发沙龙。最近她去做头发的次数非常频繁，但当她向发型师抱怨说：“我受不了隔三岔五就要过来做头发了！”发型师淡定回答道：“你更受不了不来做。”

晚宴时间，比格先生故意把雪茄掉在桌子上，然后趁机把桌上的席位牌换了一下位置，这样他们就能坐在一起了——他还装模作样地说：“不坐一起也没关系呀，我才不介意呢。”他们整晚都牵着手，另一个专栏作家走过来调侃他们说：“真是一如既往地难舍难分啊。”

接下来的一周，他们相安无事。但一天晚上，他们去了比格先生的朋友家，有一些人是带着孩子去的。凯莉带着这些小朋友在街上开着塑料玩具车，其中一个小女孩儿总是从车上掉下来。大人们从房间里跑出来，呵斥孩子们，让他们回到屋里去。凯莉心想这并不公平，又没有小孩儿受伤。

凯莉突然又犯起了嘀咕。虽然她知道这对比格先生是一种折磨，但她总是忍不住要问。要睡觉的时候，她开口了："你觉得我们算得上亲密无间吗？"

"有时候吧。"比格先生说。

"只是'有时候'？那可不够。"凯莉失望地说。她开始喋喋不休地骚扰他，直到比格先生求她让他睡觉。但第二天早上一起床，她又开始骚扰他了。

"你到底想要干什么？"比格先生问，"你就不能往美好的方面想想吗，就像上周那样？"

他走到床边，故意拉长声调说："哦……快来看看这张悲伤的小脸吧。"凯莉简直想杀了他。

"以后我会给你答案的，我保证。"比格先生说。

"但我连有没有'以后'都不确定！"凯莉说。

莉萨正在东五十区的一幢别墅里参加一个热闹的派对。派对是一个公关界知名的女人举办的。莉萨的老公——一个英俊的生意人——也被她拖了过来。她小啜了一口粉红玛格丽特，解释说："一旦我决定开始寻找目标，那每个有机会的地方我都不会放过。我不是指波威里那样的酒吧，而是这类在别墅里举办的私人派对。我确实把网铺得很开，每个派对我都不会错过。"

她接着说道："如果你看上了一个男人，我建议你刚开始不要选派对当约会场所。那简直就是自掘坟墓。不要过分打扮，也不要花太多心思在那些约会技巧上，有空就花点儿心思装扮你的房间。男人喜欢让他觉得放松的地方，所以你要为他制造一种安逸的气氛，让他们聊聊自己。男人就像长不大的孩子一样，总是会怀念他们的少年时光。"

回到特鲁迪这边，她望着摆在办公室桌子上的家庭照片微笑颔首，照片上的男人惬意地坐在沙滩上。她笑着说："我能找到我的老公简直是太幸运了。他真的懂我。一旦你找到那个对的人，一切都会变得很简单。如果总是吵架、闹分手什么的，那一定是有问题，哪里不合适了。我的老公从不跟我争论。我们几乎就没拌过嘴。他几乎在百分之九十九的情况下都会让着我，而偶尔那几次他想按他的想法来，我也会让步，由着他来。"

于是不可思议地，一切又重新回到了正常的轨道。

比格先生打电话来问："你在干什么呢？"

"哦，没什么特别的，"凯莉说，"我在写一个故事。"

"关于什么的？"

"你还记得我们说过，有一天要搬到科罗拉多去住，还要养马什么的吗？我在写这个呢。"

"哦，"比格先生说，"那一定是个美丽的故事。"

第十九章　曼哈顿的妈妈们

比格先生正在中国出差，他给凯莉打来电话，声音听起来有点儿不爽。他通过一家快递公司寄送的行李莫名其妙地被弄丢了，所以他现在只能可怜兮兮地坐在酒店房间里，只有身上穿着的衬衫和牛仔裤，连一件换洗的内衣都没有。“要是在五年前，我早就让他们把那个该死的快递员给开除了，”他说，“但我已经变了。现在的我和以前已经不一样了。要是他们接受不了我穿着这条脏兮兮的牛仔裤去开会，那就让他们都见鬼去吧！”

“我们还是说点儿别的吧。哦，对了，你那个朋友德里克给我打电话了，”凯莉说，“你猜他说了什么？他说劳拉想要孩子了，但他不想。你猜他怎么应付的？每天晚上上床的时候，他都假装已经射了，然后再偷偷跑到洗手间里自己解决。劳拉一点儿都不知道，每天晚上还在那儿看《你和你的宝宝》的录像带呢！”

“真是个窝囊废！”比格先生说。

“他说他的事业刚有起色，现在养不起孩子。”

“你最近怎么样？”比格先生平静地问。

“我还好。”凯莉有点儿忧郁地说，“但我觉得我可能怀孕了。”

“孩子。我们要有孩子了？”比格先生说。

凯莉不知道该作何反应。

纽约人一旦有了孩子之后就会变得很不一样。少数父母会保持正常，但另外一些明显会判若两人。他们变得神经兮兮的。试想一下，当那些原本贯注在事业上的精力、野心、苦恼和情绪化统统转移到孩子身上的时候，谁都会抓狂的。

这一点迅速就被凯莉证实了。她去SOHO区和她的朋友帕卡德和阿曼达夫妇共进午餐。这对夫妇已经为人父母（少数正常的那种），而他们的孩子切斯特正在房间里到处乱跑，把手中的一把雨伞狠狠地敲在地板上。另一个母亲（不太正常的那种）管不了他，只能絮絮叨叨地说这孩子：“非要自己一个人玩儿，不愿意跟其他人分享。不过也没办法，他们家就他一个孩子，没人能跟他一起玩玩具——当然不代表以后会永远这样。”

像很多还未做好准备就突然有了孩子的父母一样，帕卡德和阿曼达迅速打入了“家有儿女”的圈子。但他们是怎么做到的呢？难道他们是在早教班上遇到那些人的？还是那些人早就把他们当作后备人选，只等他们造人成功？不管怎么说，他们的新朋友包括：乔迪——她坚持只收纯白色的儿童衫作为礼物，因为她担心染料会让她的宝宝皮肤过敏；苏姗娜，她家的奶妈绝不能用香水，因为她不想让她的宝宝闻起来有（劣质）古龙水的味道；还有玛丽安，她对保姆挑三拣四，动不动就辞退保姆，直到她不得不自己辞职当全职妈妈。

这种行为并不仅限于妈妈们。你不觉得那种穿着父子登山装、戴着配对的轮滑头盔，这装束实在是太夸张了吗？还有那种握着孩子的小手，不停地亲他的额头，还绕着儿童车跳舞，这些行为太可笑了！（我打赌要是两岁的孩子知道哪种表情叫尴尬的话，他脸上早就写满尴尬了。）更夸张的是这种父亲还振振有词地说："以上所有行为，你只要做了其中一项，就能一劳永逸了！"

当然，"为了孩子发神经"和"一天到晚都疯疯癫癫的"，这二者之间还是有些许不同的。但是说极端点儿，纽约父母这种过分保护孩子的态度只有一个词能形容——"精神病"。你不知道这会传染给谁，也不知道会有什么表现，但正如帕卡德所言："这不叫'爱'或者'关心'，这叫'强迫症'。"

凯莉正坐在沙发上，和贝卡聊天。贝卡看上去很平凡，留着金色直发，又长又窄的鼻子仿佛能从杯子里把马提尼吸上来。她刚搬到东七十街的新公寓，正聊到要不要雇一个室内装潢师——"我有个朋友的装潢师一直在不停地采购，拦都拦不住，太差劲了！"——正说着，一个五岁的小姑娘打断了她的话。"妈咪，我要喝奶！"小朋友要求道。她穿着一条带褶的裙子，戴着黑色缎带发夹。

"亚历山德拉！"（怎么这年头的小孩不是叫亚历山大就是亚历山德拉啊！）贝卡压低声音，又故意让凯莉听到，"现在不行，自己去看会儿电视。"

"但他就有奶奶喝！"小姑娘不满地指着角落里一个正在给小婴儿喂奶的女人说。

"他还只是个小婴儿，一个小宝宝。"贝卡说，"你可以喝点儿果汁。"

“我不想喝果汁！” 亚历山德拉边说边把手放在屁股上。

贝卡转了转眼睛，起身把小女孩儿拉了过来，让她坐在她的膝盖上。小女孩儿立刻开始揪她妈妈的衬衫。

“你还在……喂她母乳？”凯莉竭力搜寻着礼貌的措辞。

“偶尔，”贝卡说，“我丈夫想马上再要一个孩子，但我不想。在纽约要养一个孩子太吃力了。是不是，你这个小家伙？”她低头看着自己的孩子。小亚历山德拉吮着拇指，眼巴巴地望着贝卡，等着她解开扣子喂奶。紧接着，小家伙又突然转向凯莉，邪恶地瞥了她一眼。“喝奶奶，喝奶奶！”她嚷嚷着。

“来吧，亚历山德拉，我带你去盥洗室。”贝卡说，“我们都想赶快解决这件事，对不对?

小家伙心满意足地点了点头。

很多母亲都把握不了和孩子的关系，贝卡是其中之一，而朱莉便是第二个例子。她是一个身材娇小、一头黑发的餐厅经理。她正在卧室里小憩，身边是六岁的儿子巴利。巴利长得很可爱，小脸蛋简直就和他妈妈是一个模子里刻出来的，就连黑色的卷发也一模一样。但他此刻正哭丧着小脸，凶巴巴地爬到朱莉身上——每当有人跟朱莉说话，他就这么干。“喂，离我远点儿！你可真烦人！”朱莉嘴上嘟囔着，但实际什么也没做。巴利从来不和其他小孩一起玩，也从来不让朱莉跟其他人说话。凯莉后来发现这对母子永远都是这样——连在派对上也是——朱莉总是带着她的儿子参加派对，但不管是成年人的宴会还是亲子聚会，这对母子都只跟彼此说话。朱莉甚至放了一个床垫在巴利的房间里，大多数时候，她晚上就睡在这个床垫上，而她的丈夫独自睡在另外一个房间里。

他们正在协议离婚。

“这很正常。”贾尼丝说。她是一个企业律师，也是那些神经质母亲中的一员——但罕见的是，她并不否认这一点。“我爱我的儿子，”她说，“安迪现在已经十一个月大了。他就是我的神——我每天都跟他说这句话。前几天我发现他在婴儿床里叫着‘我，我，我’！”

“我从三十岁开始就非常想要个孩子。”她接着说，“当我终于怀上了的时候（她现在已经三十六了），他就像我冥冥之中的使命一样。我本来想待在家里当个全职母亲，但三个月之后，我意识到我必须回去工作了，不然他一天到晚看见的都是我的脸。带他去公园的时候，我就在他面前跳来跳去，连保姆都觉得我疯了。我每天亲他一千次，每天都盼着给他洗澡的时刻——抚摸他那小小的身体简直让我如痴如醉，我从来没对哪个男人有过这种奇妙的感觉。”

贾尼丝还说，只要她看到安迪瞥了一眼哪个孩子的玩具，她就会立刻冲进商店买给他。有一天，她觉得安迪似乎在看一个摇篮蹦床，于是她立刻出门，找了好久，终于在第十四街买到了一个。她想赶快把这个小摇篮床拿到安迪面前，却怎么也打不到车。于是贾尼丝把这个花枝招展的摇篮蹦床顶在头上，开始往回跑。“好多人就站在那儿对我指指点点，真的，”她说，“所有人都觉得我的精神不正常。结果等我终于回到了家，把这个大玩具给安迪的时候，他竟然号啕大哭。”

她为什么非得这样呢？“都是因为纽约。”她耸了耸肩，“这里的竞争太激烈了。别人有的，我也要给我的儿子；别人没有的，我更要给他。何况我一直都想要个男孩。儿子总是会保护妈妈的。”

换句话说，这年头，男人早就靠不住了，于是儿子就变成了可以依靠的替代品。“那当然，”贾尼丝说，“你不能相信男人。除了和你有血缘关系的人以外，你不能相信任何人。”

“我丈夫现在已经变成我们家的二等公民了。”她接着说，“我以前爱他爱得发疯，但有了孩子之后就大不一样了。现在他要是说什么‘你能帮我拿一瓶健怡可乐吗’，我就会让他滚蛋！”

这时，一小群人小心翼翼地聚集到了房间中央。这些大人的中间站着一个摇摇晃晃的小女孩儿，穿着粉色的芭蕾鞋和小芭蕾舞裙。“布鲁克今天非要穿她的芭蕾舞裙。是不是超可爱？”一个瘦高的女人得意扬扬地说，“早上我要给她穿裤子的时候她开始哭。其实她什么都知道。她知道她今天应该穿上芭蕾舞裙，这样她就能给大家表演了。对不对，小甜心？”这个女人弯下腰，双手紧扣在胸前，翘首盯着她的孩子。夸张地假笑着，一张大脸都快贴到孩子的脸上了。

“来个飞吻，来个飞吻——”她命令着孩子。小姑娘把小手放在嘴边，飞快地亲了一下，脸上挂着僵硬的微笑。她母亲开心地尖叫起来。

“这孩子还会行屈膝礼呢！”阿曼达嘲讽地跟凯莉说，“都是这些小把戏。她让布鲁克上了一个婴儿杂志的封面，从那之后她简直疯了。每次我们给她打电话，她都在带着布鲁克去‘试镜’的路上。布鲁克现在和一个模特儿经纪公司签约了。我的意思是她确实很可爱，但是……”

就在这时，另一个母亲领着一个两岁的小男孩走了过来。“看，加里克，桌子。这是桌子，加里克。你会不会说‘桌子’？我们用桌子干什么呢？吃东西，加里克。我们在桌子旁边吃东西。你会不会拼‘桌子’？‘桌——子’，加里克。这是毯子，‘毯——子’，加里克……”

阿曼达开始做洋葱酱。“不好意思。”一个叫乔治亚的女人走了过来，她穿着格子套装。“这是洋葱酱吗？注意别让孩子们碰这玩意儿。盐和脂肪会让他们上瘾的，这对他们可没好处。”她一边说着，一边言行不一地用手指沾了沾洋葱酱，送到自己嘴边。

“嘿，你们有没有去过萨顿健身中心？”乔治亚问，“那儿棒极了，简直就是儿童版的大卫·巴顿健身房。你应该带切斯特去萨顿。切斯特会说话了吗？要是他会，那我们应该多在一起玩。罗齐快满周岁了，我觉得该给她换个玩伴了。”

“还有第九十二街的儿童按摩课也相当不错，很贴近孩子们的需求，我推荐你们带着小家伙们去。你已经停母乳了吧？我觉得你已经停了。”乔治亚又伸手沾了一点儿洋葱酱，接着问，“对了，你们家保姆怎么样？”

“挺好的。”阿曼达边说边向帕卡德使了个眼色。

“她是从牙买加来的，我们很幸运能有她帮忙。”帕卡德赶忙接道。

“嗯，不过你们确定她有好好照顾小切斯特吗？”乔治亚追问。

“我觉得切斯特一切正常啊。”帕卡德说。

“是啊。我的意思是说她有没有尽心尽力地照顾切斯特。”乔治亚仍不肯善罢甘休，意味深长地盯着阿曼达。帕卡德赶紧悄悄地溜走了。

“你不能对那些保姆太和善，”乔治亚说，往阿曼达身边凑了凑，“我都换过十一个保姆了。最后我不得不搞了个间谍摄像头。”

“间谍摄像头？”凯莉不解地问。

乔治亚就像是看外星人一样看着凯莉，不可思议地问：“你肯定没孩子吧？不管怎么说，我本来以为这东西会很贵，但其实没花几个钱。我朋友在奥普拉的节目上看到了这种摄像头。只需要工作人员到你家里帮你装上，你就可以连续监视你的保姆五个小时。我给我家保姆打电话，问她：‘你今天都做什么了？’她说：‘哦，我带琼斯去了公园，陪他玩了一会儿。’她在撒谎！她根本没出房门半步！她一整天都坐在那儿看电视，要不就是打电话，把琼斯撇在一边，一整天都没管，所以我让我所有的闺密都在家里装了摄像头。其中有一家的保姆居然想把摄像头给拆了！”

“哦。”阿曼达心不在焉地应了一句。

“我快疯了！”凯莉心想。

凯莉去洗手间的时候，发现朱莉还在阿曼达的卧室里。她的儿子巴利就躺在床上，头枕着她的膝盖。贝卡和贾尼丝也在，闲聊着她们的丈夫。

“你们说，”贝卡抱怨道，“结婚之后做爱究竟有什么意义？”

“老公的存在又有什么意义？”朱莉说，“男人就跟孩子似的，但谁需要两个孩子啊？”

“太有道理了！”贾尼丝说，“但我现在还想再生个孩子。我本来想甩了我的男人，但至少我现在还需要他——在下一个宝宝诞生之前。”

朱莉低下头，看着她的儿子：“你什么时候才能长大呢，宝宝？”

凯莉回到客厅，走到窗边。她急需新鲜空气。不知为什么，那个叫加里克的小男孩正不知所措地站在角落里，他那个絮叨的“单词妈妈”去哪儿了？

凯莉弯下身子，从钱包里拿出一个东西。“嘿，孩子，”凯莉打着手势招呼加里克，“到这儿来。”

加里克好奇地靠近她。凯莉举起一个小小的塑料包装晃了晃。“安全套，加里克，”她轻声说，“你会说‘安全套’吗？‘安——全——套’，你爸爸妈妈要是用了这个，你就不会出现在这儿了。”

加里克伸手去够那个小小的塑料包装。“安——全——套。”他牙牙地学着。

两天后，凯莉接到阿曼达的电话。“今天简直是我有生以来最倒霉的一天了。”阿曼达抱怨说，“我家保姆有个儿子，比切斯特大三个月。结果她儿子生病了，搞得我必须待在家陪切斯特。”

“我本来想先带他去公园玩儿，结果我居然找不着公园门在哪儿。其他保姆就在公园里面，而我居然不知道怎么进去，别提多尴尬了。她们用那种奇怪的眼神盯着我看，好像在问：‘你是这孩子的什么人啊？’然后切斯特跑去玩滑梯。我总是忍不住看第五大道上的那个钟，发现他滑了二十次滑梯才过了五分钟。我又带着他玩儿秋千玩儿了五分钟，然后让他自己在沙堆里玩儿。接着他又去滑滑梯。就这么着总共玩儿了一刻钟之后，我终于忍不住了。‘你玩儿够了吧？’我一边说一边把切斯特塞到婴儿车里，他又叫又闹的。我告诉他我们得去办点儿正事了！”

阿曼达接着说：“可怜的小切斯特。我推着婴儿车沿着人行道跑，他就在车里上下颠着，完全不知道怎么回事。我想去购物，但婴儿车不能进试衣间。于是我带他去了银行，结果婴儿车卡在旋转门里不能动了。我怎么知道婴儿车不能走旋转门呢？我们就困在那儿，等着几个男人一寸一寸地使劲推门把我们弄出来。

“最后终于挨到了十一点半。我带他回家，给他做了午饭——其实就煎了个蛋而已。”

这天晚上，凯莉给比格先生打了电话。她忘了和中的时差，而此时比格先生正在睡觉。“我只是想告诉你，”她说，“我来大姨妈了。”

“哦。所以说……你没有怀孕。”他说。

他们挂了电话。但两分钟之后比格先生又打了过来。

“我突然想起来我刚做的梦，”他说，“我梦见我们有孩子了。”

“孩子？”凯莉问，“什么样的孩子？”

“一个很小的宝宝，”比格先生说，“你知道的，一个小婴儿。他就躺在床上，和我们俩躺在一起。”

第二十章　寂寞女孩儿找上门

凯莉在夜店的洗手间里遇到那个女孩儿，完全是场意外。

凯莉正和茜茜在洗手间的小隔间里聊天的时候，有人敲了敲隔间的门。凯莉当时心情不错，所以她很反常地没嚷嚷着让她滚开，而是把门开了道缝。那个女孩儿站在那儿，深色头发，长得似乎还不错。她突兀地问："我能进来吗？"

"哦，当然。"凯莉说。

"咦，"茜茜说，"我们认识你吗？"

"不，我们不认识她。"凯莉替她回答了。

"你们有什么？"女孩儿问。

"你想要什么？"凯莉反问她。

"我带了些很棒的大麻。"那个女孩儿说。

"好啊。"凯莉说。

那个女孩儿点了一支大麻烟卷，递给凯莉，"这绝对是你抽过的最好的大麻。"

“那可不一定。”凯莉边说边深深地吸了一口。

夜店里又挤又吵，所以在洗手间隔间里待着反倒很轻松。那个女孩儿靠在墙上，吸着大麻。她说她二十七岁了，凯莉不相信，但她并不介意。毕竟她只是洗手间里遇见的一个路人。这种事很常见。

“那，你是做什么的？”茜茜问。

“我开了一家皮肤保养公司。”那个女孩儿说。

“是吗？”凯莉说。

“是一种科研产品。如果你愿意的话，我可以帮你保养。”

“真的吗？”凯莉边说边点了支烟。她们已经占用洗手间很久了，其他人已经开始砸门了。

“我们得出去了。”茜茜说。

“我很乐意有人帮我保养。”凯莉对那个女孩儿说，“最近我的皮肤状态不太好。”

“我们出去吧！” 茜茜不耐烦地重复了一遍。

“我会帮你改善的。”那个女孩儿说道。

那个女孩儿不高，但气场十足。她的样子很酷，声音很低，脸庞介于漂亮和平庸之间，会让人忍不住多看几眼。她穿着皮裤和靴子，都是昂贵的高级货。

“外面等着的人中有我认识的。”茜茜心烦意乱地抱怨道。

“嘿，放轻松点儿。”凯莉说。

“我想和你在一起。”那个女孩儿说，“我想今天晚上和你待在一起。我觉得你很美。你知道的。”

“嗯，当然。”凯莉说，但她的心里很讶异。

八年级的时候，凯莉认识了一个名叫夏洛特 · 奈特的女孩儿。夏洛特在学校里很受欢迎，当然，这也就意味着她发育很早。夏洛特经常写卡片给其他女孩儿，邀请她们去她家过夜。有一天，凯莉的朋友杰姬也被邀请了。但在夏洛特家待到半夜的时候，杰姬突然打电话给她父亲，让他来接她回家。第二天，杰姬跟凯莉说夏洛特"袭击"了她。夏洛特吻了她，摸了她的胸部，还想让杰姬也这样爱抚她。夏洛特说这是"跟男孩约会前的热身"。在那之后，她们就绝交了。

这件事给凯莉也留下了阴影。之后的几年里，凯莉从不在其他女孩儿面前更衣，也不和她们同睡一张床。这些行为本来是理所当然的，毕竟大家都是女生。所以凯莉总在想，自己到底是怎么了，为什么不能消除紧张，像其他人那样以平常心看待。

然而问题接踵而来。试想一下，如果你的闺密提出跟你上床，会是怎样一番恐怖的情景？几年前，凯莉的两个闺密喝醉了，晚上睡在了一起。第二天，她们分别给凯莉打电话，抱怨另外一个人想跟自己做爱，警告凯莉最好也当心点儿。凯莉不知道该相信谁，但这两个女人之后再也不来往了。

比格先生整个十月都不在，于是一切事情仿佛都安静下来。上东区的街上，人们已经换上了秋装，但天气还是很温暖，阳光和煦。起初，凯莉每晚都待在家里，读简 · 奥斯汀的《劝导》，不出门喝酒，也不看电影。这本小说她已经读过两遍了，但这一次，她突然觉得这部小说很无聊，对白太长。缺少酒精和派对让她感到很低落。于是她重新开始了外面的生活，但发现似乎没有什么新鲜的人或者事能够提起她的兴趣。

一天夜里，凯莉正在瓦科斯，SOHO 区一家新开的夜店。斯坦福 · 布拉奇走了进来，脖子上绑着一条男人的手帕。

“你这是怎么了？”凯莉问他。斯坦福说：“你说这个？都怪那个笨蛋。”他是指一个喜欢做爱的时候被人扼颈的男人。“我倒不介意掐他脖子，”斯坦福说，“但他也别反过来弄我啊！不过我估计还会再见他的。没错，我就是这么变态。”

第二天晚上，凯莉和洛克 · 麦奎尔一起吃饭，他是个电视明星。“我想找个男朋友，”她说，“我想我终于准备好开始一段感情了。”

“你人这么好，聪明、有趣、事业成功，”凯莉说，“绝对没问题的。”

“哪有这么容易啊！”洛克说，“我不想和那种二十岁出头，靠脸蛋混饭吃的小男孩约会。哪怕是三十多岁的，我也希望他们是事业有成的人。问题是现在还有几个男人符合这种标准？所以我只好去俱乐部解决问题，一夜风流然后回家。至少这样不至于让我的感情一团糟。”

第二天早上，米兰达打来电话。“你绝对猜不到我干了些什么！”她兴奋地说。“你干什么了，亲爱的？”凯莉边问，右手边不由自主地握拳，最近她经常会这样。

“有时间吗？你绝对会喜欢的。”

“呃，我有点儿忙，不过我超想听你说。”

“我跟约瑟芬去了一个派对。你知道约瑟芬吧？”

“不知道，不过……”

“我之前跟你介绍过的。那个派对是我朋友萨莉开的。你记得萨莉吧？那个‘机车萨莉’。”

“哦，‘机车萨莉’啊。”

“没错。昨天所有有名的棒球明星都在那儿。猜猜怎么着？我跟其中一个上床了，紧接着我又跟另外一个进了卧室，又搞了一次。就在派对上！”

“不可思议！”凯莉说，“感觉怎么样？”

“太爽了！”米兰达说。

“我得做点儿什么了。”凯莉暗自想道。

“我们去夜店吧。”那个女孩儿建议道。凯莉和她坐在汽车后座上，一起来的还有那个女孩儿的朋友，几个二十岁出头的毛头小子，在凯莉看来毫无吸引力可言。“他们比你认识的任何人都有钱。”那个女孩儿对凯莉耳语。但凯莉觉得他们唯一的特点就是让人过目就忘。

那个女孩儿拽着凯莉的胳膊，试图把她拉起来。她踢了踢坐她旁边的那个男孩儿，说：“嘿，浑蛋，我们要出去玩。”

“我正要去特朗普大厦的一个派对呢！”那个男孩儿装出一副欧洲口音说。

“说得跟真的似的。”她说。

“来吧，亲爱的，跟我们一起去吧。”她转过头，小声对凯莉说。

凯莉和那个女孩儿一起挤到这辆路虎的前座里。车往上城开着，那个女孩儿突然大叫：“在这儿停车，你这个白痴！”她侧过身，打开车门，把凯莉拉下车。“我们走了。”她说。

于是这两个姑娘快活地沿着西八街跑着。她们发现了路边的一家俱乐部，径直走了进去。她们手拉着手，那个女孩儿认识俱乐部里的一些人，而凯莉谁都不认识，但她喜欢这种感觉。男人们的目光都聚集到她们身上，但她们并不回头看。她们并不像是两个出来寻欢作乐的女孩儿。仿佛有一堵墙把她们和外边的世界隔开了，而墙的这边，是自由和力量。“这种感觉真好。”凯莉想。从现在开始，告别紧张，告别焦虑。其实一切并没有那么困难。

凯莉想起来，前几天她去参加派对的时候，一个叫亚历克斯的女人跟她讲了她朋友的故事。那个朋友是个双性恋，既不排斥男人，也不排斥女人。她会跟她喜欢的男人约会，可一旦遇到她喜欢的女人，她就会眼也不眨地甩了那个男的，转身投入那个女人的怀抱。

“我从来没跟女的在一起过，”亚历克斯说，“也许是我比较奇怪吧。所有女人都会想，我要是‘拉拉’就好了，这样就不用跟臭男人打交道了。但好笑的是，我那个朋友说，其实跟同性在一起的时候，关系会变得很紧张——毕竟两个都是女人。你想想，一个女人就等于五百只鸭子啊，一千只鸭子凑到一起还了得？两个女人在一起就会一天到晚说个不停——闲扯、交心、聊各种八卦——直到凌晨四点。过了一阵子，我那个朋友终于受不了了，找男人去了。她烦透了这样叽叽喳喳地说个没完。”

“你和女人在一起过吗？”那个女孩儿问凯莉，“你绝对会喜欢的。”

“好啊。”凯莉说。她觉得她准备好了。是时候了。凯莉想：“也许我一直都是个同性恋，只是我自己没发现吧。”她想象着和那个女孩儿接吻的样子。她的嘴唇一定比男人更柔软、更有弹性。应该没关系吧。

于是凯莉跟那个女孩儿回了家。那个女孩儿住在上东区昂贵的高层公寓里，装饰奢华的两室一厅，家具都是丹麦进口的，地上铺着东方的针织毛毯，边桌上摆着精致的小瓷猫。厨房的桌子上放着一个陶制的小碗，里面放满了大麻烟卷。那个女孩儿点了一支，又倒了些红酒，递给凯莉一杯。

“我有时候还是会跟男人上床，”那个女孩儿说，“但他们让我很抓狂。”

“是吗？”凯莉说。她满脑子想的都是那个女孩儿什么时候会开始，而她应该做些什么。

“跟我上床的男女都有，”那个女孩儿说，“不过我更喜欢女人。”

“那你为什么还跟男人睡？”凯莉问。

女孩儿耸了耸肩说：“物质需求。”

“又是这套，本质都一样。”凯莉说。她点了支烟，靠在吧台上，扫视着公寓。“那么，你到底是干什么的？”她开口问，“我是说，你自己应该也很有钱才能租得起这地方。要不就是你还在干着别的什么事。”

那个女孩儿啜了一口红酒。“嗯，我还跳舞。”她说。

“哦，这样啊。”凯莉说，“在哪儿？”

“丝崇弗勒俱乐部。我在那儿干得不错，一晚上能挣一千多。”

“原来这才是根本原因。”

“能给我支烟吗？”那个女孩儿问。

“脱衣舞女恨男人，所以她们只跟彼此上床。”

“是的，”那个女孩儿说，“因为男人都是败类。”

“只有你认识的那些是。只有那些去脱衣舞店的男人才是。”凯莉说。

“呵，还有其他的吗？男人都差不多。”那个女孩儿说。在厨房的灯光下，凯莉发现她的肤质并不是很好，厚厚的妆容下依稀能看到痘疤的痕迹。“我累了。”那个女孩儿说，“我们去躺会儿吧。”

“走吧。”凯莉说。

她们进了卧室。凯莉坐在床边，正搜肠刮肚地找着话题。“我换件舒服的衣服。”那个女孩儿边说边打开衣柜。她脱下皮裤，换了条宽松的灰色运动裤，又拿出一件T恤。她转过身，背对着凯莉解开内衣扣。凯莉发现她不穿衣服的时候显得既矮又胖。

她们躺在床上，时间一分一秒地过去。“你有男朋友吗？”那个女孩儿突然问。

“有，”凯莉说，“我很爱他。”

她们又安静地躺了几分钟。凯莉开始强烈地想念比格先生。

“听着，”凯莉说，“我得回家了。但我很高兴认识你。”

“我也很高兴能认识你。”那个女孩儿说。她转向墙，背对着凯莉，闭上眼睛。“出去的时候帮我把门关上好吗？我会给你打电话的。”

两天后，凯莉接到了那个女孩儿的电话。凯莉心想：“我当时干吗要给她留电话啊？”那个女孩儿说：“嗨，凯莉，是我。你最近怎么样？”

“我很好。”凯莉敷衍地回应道。她停顿了一下，说，“听着，我等一会儿再给你打回去。你的电话号码是多少？”

她记下那个女孩儿的电话——尽管她早就有她的号码了。她没再打回去。电话持续响着，她置之不理，任由电话自动转到答录机。两小时之后，她出了门。

几天之后，凯莉去布莱恩公园看拉夫 · 劳伦的服装秀。那些瘦弱高挑的女孩儿一个接一个地走过T台，长长的金发飘曳至香肩，美丽得让人产生幻觉，仿佛身处一个完美的世界。而那些女孩儿经过彼此的时候，眼神交汇，诡秘地相视一笑。

第二十一章 拜拜，钻石王老五

最近几周，几件毫无关联却又性质相同的事情接二连三地发生了。

西蒙·派珀·斯托克，一家软件公司的总裁，正躺在自家的豪华公寓中养病。电话突然响了。

“你这个王八蛋！”一个女人的声音。

“什么？”西蒙说，“你是哪位？”

“是我！”

“哦，M.K.啊！我正要给你打电话呢，但我感冒了。那天晚上的派对真棒。”

“很高兴至少还有一个人觉得不错，”M.K.说，“因为除了你之外，所有人都很不高兴。”

“真的吗？”西蒙从床上坐了起来。

“就是因为你，西蒙。你的行为太过分了。简直就是恶心！”

“我干什么了？”西蒙问。

“你带了一个妓女过来——你每次都带一个妓女来。没人受得了你！”

“嘿，等等，”西蒙说，“蒂西不是妓女啊。她很可爱的。”

“好吧，西蒙。”M.K.说，“你什么时候能像正常人那样生活啊？你怎么还不结婚？”她挂掉了电话。

四十六岁的哈利·萨姆森是一个有名的艺术品经纪人。这天晚上，他像往常一样，正在弗雷德里克悠闲地喝酒，有人给他介绍了一个很迷人的二十岁女孩儿。

她刚搬来纽约，给一个艺术家当助理，而哈利和那个艺术家很熟。

“嗨，我是哈利·萨姆森。”他的声音听起来很慵懒，典型的东海岸口音，当然，也可能是因为他正叼着一支烟的缘故。

“我知道你是谁。”那个女孩儿说。

“能一起喝一杯吗？”哈利问。

那个女孩儿和她的女伴交换了一下眼色。“你就是那个男的吧，是不是？”她说，“不用麻烦了，谢谢。你的名声我可清楚得很。”

“这地方真是糟透了。”哈利自言自语地说。

纽约的某个物种早已江河日下。他们早就已经变质了——而此前，这个物种曾被尊称为“钻石王老五”。

这可不是夸大其词。现如今，那些从不考虑结婚，连个固定女朋友都没有的单身老男人已经声名狼藉了。你要看证据吗？比比皆是。

米兰达·霍布斯在圣诞派对上又碰见了帕卡德和阿曼达。她之前和那个投资银行家山姆约会的时候，曾经在他的介绍下认识了这对夫妇。而她自己的这段恋情只撑了三个月就匆匆结束了。

“你最近在忙什么呢？一点儿音讯都没有。”阿曼达问，“我们给你打过好多次电话，请你来我家参加派对，但从来没收到过你的回复。”

“抱歉，我也没办法啊。”米兰达说，“我知道你们和山姆是朋友，但说实话，我再也无法忍受他了。有他在的派对我宁可不去，我看都不想再看他一眼。他这个人绝对有毛病。我估计他恨女人——他引诱你，跟你说他想娶你，然后莫名其妙就蒸发了，转头去钓二十几岁的小姑娘。”

帕卡德凑近了一些，对米兰达说：“我们和他也已经不再是朋友了。阿曼达也受不了他，我也够呛了。他最近和一个叫巴里的家伙走得很近。他们每天晚上都去 SOHO 区的餐厅钓女人。”

“两个四十多岁的老男人！”阿曼达说，“实在是太恶心了！”

“他们到底什么时候才能长大？”米兰达说。

“或者他们直接凑一对好了。”帕卡德接了一句。

十一月的初冬，一个灰蒙蒙的下午，一个叫柯里 · 温特沃斯的男人正在滔滔不绝地调侃着纽约社会——他最喜欢的话题。“那些常年单身的家伙啊，”他列举出一串钻石王老五的名字，“老实说，亲爱的，他们早就过气了。”

柯里叫了第二杯苏格兰威士忌。“男人不结婚有很多原因，”他说，“要么不愿意跟炮友发展出感情，要么觉得婚姻会糟蹋好事。还有就是有时候确实挺难选择的——你是应该娶一个三十多岁能给你生孩子的呢，还是娶一个能帮你打理生活、规划事业的呢——

就像卡罗尔·皮特里[1]那样的。"

"婆媳关系也是个问题，比如某人就是。"柯里说出了一个亿万富翁的名字，解释说，"都快六十了还不结婚，一天到晚都和胸大无脑的女人混在一起。但如果你是他，你敢找个能干的女人吗？你要是领一个厉害的女人回家挑战你妈的权威，你就等着家里鸡飞狗跳吧！"

"更何况，这些男人说话从来都不算数，姑娘们早就厌倦他们了。"柯里往前凑了凑，说，"如果我是一个单身姑娘，我肯定想，为什么非得在这些男人身上耽误工夫？还有三亿男人等着我呢！我宁愿和一个聊得来的男同性恋出去玩儿，也不愿意为某个这样的老男人浪费时间。谁愿意坐在那儿听他唠叨他的生意经？还得装出一副很崇拜的样子拍他马屁。他都那么老了，也就那样了。真的，像他那样的人已经不值得你花精力去讨好他了。他们已经喊了成百上千次'狼来了'，再也没人相信了。"

"毕竟是女人来决定男人是否值得交往。要是一个男人老是不提结婚，不想付出，那女人就无须再忍了，让他自作自受吧。他活该。"

"我一解释你就明白了，"摄影师诺曼说，"拿杰克来说吧。你认识杰克对吧，人人都认识他。前几天我还在琢磨，我认识他都十年了，但从来没见这家伙和谁在一起超过一个半月——而我都结婚三年了。感恩节的时候，我们照老规矩去朋友家聚餐，去的都是老朋友，大家都互相认识很多年了，大部分都跟我一样早

[1] 卡罗尔·皮特里（Carroll Petrie）：社会活动家、慈善家，前超模，精明强干。离异后嫁给了年长她二十五岁的商业巨贾弥尔顿·皮特里，成为后者的第四任妻子。

就结婚了，没结婚的也快谈婚论嫁了。结果杰克出现的时候又带了一个陌生姑娘，二十多岁，金发碧眼，一问果然是一周前他在餐厅认识的女服务员。我们已经见怪不怪了，但问题是这样合适吗？首先，那个姑娘一看就不是什么好女人，又是一个陌生人，整个聚会的气氛全被她破坏了。而杰克也不是什么好东西，他满脑子想的都是和那个女人上床。不管谁在哪里碰见他，都是这种状况。那我们干吗要和他在一起玩儿？感恩节之后，我们这个圈子里的女人一致决定把杰克踢出去。我们这个圈子不需要他。”

萨曼莎·琼斯和玛格达在契尔思克餐厅吃饭的时候也聊到了那些单身汉，特别是杰克和哈利。

“听说杰克到现在还在炫耀他得手的那些姑娘，”玛格达说，“和十五年前他说的话一模一样。男人总觉得只有名声不好的女人，没有声名狼藉的男人——他们真是大错特错。他们怎么就不明白呢，要是哪个姑娘看见他和一个贱人在一起，她怎么可能再自贬身价和他一起出去呢？”

“杰克还好一些，我能理解他只想着挣大钱，把精力都放在事业上了，”萨曼莎说，“但我就搞不懂哈利了。他号称一点儿都不在乎权力和金钱，可谁都知道他更不在乎感情。那你说他到底有什么价值？这种人活着还有什么意义？”

“更何况，”玛格达说，“谁都知道这些肮脏的男人和什么货色上过床！”

“真没有比这更恶心的了。”萨曼莎说。

“前两天我在莫蒂默碰见罗杰了，一点儿都不意外。”玛格达说。

“他都五十岁了吧？”萨曼莎说。

“差不多。你知道的，我二十多岁的时候和他约会过，那会儿《城里城外》杂志还把他评为纽约最抢手的黄金单身汉呢，现在想想可真是荒谬。他确实有一栋大别墅，但问题是他的妈妈也和他一起住在那栋别墅里；他也确实在南安普顿和棕榈海滩都有海景房，还有水疗沙龙与网球俱乐部的高级贵宾卡。但你知道吗？这就是他的全部了，他生活的全部。此外，除了一个‘黄金单身汉’名号，他什么都没有。”

“那他现在在干些什么？”萨曼莎问。

“和以前一样，”玛格达说，“玩遍了纽约的所有女人。等她们费尽心思搞到他的手机号码之后，他早就搬到洛杉矶去了。然后又去了伦敦，现在在巴黎。他说他回纽约待过两个月，我问他打算干些什么，他说——他要陪他妈妈！”

两个女人对视了一眼，大笑起来。

“还有更带劲儿的呢，”玛格达说，“他告诉我，他特别喜欢法国女孩儿。他去一个大人物家做客，那个法国人有三个女儿。他说那三个姑娘给他任何一个他都乐意。和她们一起吃晚饭的时候，他觉得自己表现得挺不错，就故意给她们讲了他一个朋友的故事。他那个朋友是一个阿拉伯王子，有三个老婆，而且是亲姐妹。结果那三个法国女孩儿立刻拉下脸愤然离席。”

“问题是你觉得这些男人明白吗？他们到底知不知道自己有多可悲？”萨曼莎说。

“我看是不知道。”玛格达耸了耸肩。

第二天，西蒙·派珀·斯托克在肯尼迪国际机场的VIP候机室打了几个电话。其中一个电话是打给几年前和他约会过的一个年轻姑娘。

“我要去西雅图了，”西蒙说，“我感觉一点儿都不好。”

“哦，真的吗？”听到他过得不好，那女人似乎很开心。

“不知道为什么，人人都批评我的某些作为。他们说觉得我很恶心。”

“那你自己觉得呢？”

“可能有点儿吧。”

“我明白了。”

“我和玛丽的关系没有持续多久，所以我带了个朋友去聚会，一个年轻漂亮的姑娘。她人很好，而且是我的朋友。结果人人都和我过不去。”

“你跟谁的关系都维持不了多久，西蒙。”

“但我后来在电影院碰见了一个几年前认识的女人。我那会儿对她不是很感兴趣，所以我们只是朋友。结果她走过来对我说：‘我从来没想和你扯上任何关系。我也不想我的任何朋友和你扯上关系，你伤害过太多女人了！’”

“她说的是事实。”

“那我到底应该怎么做？我很痛苦，总是遇不到对的人，所以我才和不同的人约会——拜托，所有人都这样做。”他迟疑了一下，继续说，“我昨天生病了。”

“真可怜，”那个女人说，“你是不是在想有个人在你身边照顾你就好了？”

“也没有，”西蒙说，“也不是什么大病……该死的，算了！你说对了，我确实这么想了。你觉不觉得我有问题？我想见你，想和你聊聊，你一定能帮我。”

“我有男朋友了，”那个女人说，“我们快结婚了。我觉得他并不愿意让我见你。”

“哦，”西蒙说，“那好吧。”

“但如果你想给我打电话，请自便。”

第二十二章　圣诞之夜

正值圣诞假日，纽约到处都是节日景象。派对、松柏树、五十七号大街上的炫目灯火。大多数时间，世界运转的脚步都不会为你而有些许改变；但有些时候，它却会依你的心愿而行。

凯莉正在洛克菲勒中心，脑海中萦绕着昔日的圣诞场景。她一边穿着溜冰鞋，一边想："我上次来这儿是什么时候？"绑鞋带的时候，她的指尖微微颤抖——奇怪的预感。希望这冰场足够结实。

而萨曼莎 · 琼斯提醒了她。最近她一直在抱怨没有男朋友。年复一年，每次节日的时候都没有人陪。"你现在可真幸福！"她对凯莉说，她们都知道这话不假。"我怀疑这种好事儿能不能落到我的头上。"萨曼莎说。她们心里也都很清楚"这种好事儿"指的是什么。"每次当我孤零零地路过圣诞树的时候，我都觉得很难过。"萨曼莎说。

萨曼莎散着步，凯莉滑着冰。滑过圣诞树下时，她突然记起来了。

这是斯基普 · 约翰逊在纽约度过的第二个圣诞，他把每个人都弄得很抓狂。一天晚上，他接连去了三个鸡尾酒派对。

在第一个派对上，他碰到了詹姆斯，一个化妆师。紧接着，他又在接下来的两个派对上见到了他。于是斯基普和他聊了一会儿——他当时非常亢奋，逮到谁就和谁聊。过了一会儿，发型师雷米走了过来，问斯基普："你为什么和他在一起？就是那个詹姆斯。你绝对能找到更好的同伴。"

"什么意思？"斯基普问。

"你们简直是形影不离，我在哪儿都能看见你们。但实话告诉你，那个人是个人渣，只会利用别人。找个好点儿的同伴吧。"

"我不是同性恋！"斯基普赶紧辩白道。

"哦，你当然不是，亲爱的。"雷米笑了笑，看起来很善解人意。

第二天一早，斯坦福 · 布拉奇就接到了斯基普的电话。"大家居然以为我是同性恋！这不是在毁我名声吗？"斯基普抱怨道。

"拜托，你管他们呢！"斯坦福说，"名声就像猫砂，天天都在换。要是一成不变的话，你才需要担心呢！更何况，最近我自己的麻烦已经够多了。"

斯基普又给里弗 · 王尔德打了电话，他是一个小说作家。

"不行！"

"为什么？"

"因为我很忙。"

“你在忙什么？”

“马克的事情，我的新男朋友。”

“我不明白，”斯基普说，“我以为我是你的朋友。”

“他为我做的事情，你是做不到的。”

短暂的沉默过后，斯基普说：“但是也有些事情我做得到他做不到啊！”

“比如？”

又是一阵沉默。

“那也不代表你要二十四小时都和他待在一起吧？”斯基普说。

“你还不明白吗，斯基普？”里弗说，“他就在我这儿，他的内衣、CD、小毛球……所有东西都在我这儿。”

“小毛球？”

“他有只猫。”

“哦……”斯基普说。他又锲而不舍地问，“你居然让猫进你的家？”

接着斯基普又打给凯莉，一上来就抱怨道：“我受不了了！这可是圣诞节啊！每个人都有伴儿，就我没有。你今天晚上有什么安排吗？”

“比格和我想待在家里，”凯莉说，“我下厨。”

“我也想有个家啊，”斯基普说，“我要在康涅狄格买座房子。我需要一个窝。”

“斯基普，”凯莉说，“你才二十五岁！”

“为什么就不能像去年那样呢？那会儿多好啊，大家都是单身。”斯基普闷闷不乐地说，“昨天晚上我梦见盖登了。”他说起那个社交名媛，一个年近四旬的冰美人。“她简直是太、太、太美了！我梦见我们牵着手，深爱着对方……醒了之后我非常沮丧。梦里的那种感觉美好得太不真实了。你觉得在现实中可能会有这种感觉吗？”

一年前的圣诞，斯基普、凯莉和里弗·王尔德去了贝拉在郊外的豪宅。斯基普开着他的奔驰，而立瓦就像一个皇帝一样坐在后座上发号施令，不停地让斯基普换台，抱怨电台音乐都太难听了。聚会之后，他们回到立瓦的公寓。斯基普不停地抱怨他的车停在楼下不合法，而凯莉和立瓦只顾着聊天。他一边嘟囔一边走到窗前，果然看见他的车正在被拖走。斯基普立刻大喊大叫起来。凯莉和立瓦觉得他简直是歇斯底里，嚷嚷着让他闭嘴，建议他一起喝一杯。

第二天，斯坦福·布拉奇陪斯基普去把车取回来。车子爆胎了，当斯基普蹲在外面满头大汗地换轮胎的时候，斯坦福就坐在车里优哉游哉地读报纸。

“帮我个忙吧！”斯坦福·布拉奇说。

凯莉正和他在哈里·奇普里亚尼餐厅共进圣诞午餐，这是他们的老惯例了。“我要在苏富比拍卖会上卖几幅画，我想让你坐在观众席上拍下它们。”斯坦福说。

“没问题。”凯莉说。

“老实说，我破产了。”斯坦福说。他把所有的钱都投资给了一个摇滚乐队，结果全打了水漂，他家里为此断了他的生活费。现在他不得不靠剧本收入勉强维持日常生活。“我真是愚蠢到家了。”他说。

雪上加霜的是博恩。斯坦福之前在给他写剧本，还为他付表演课的钱。“当然，他说他不是同性恋，”斯坦福说，“我才不信呢。但没人理解我为什么这么罩着那孩子。你知道吗？我们晚上打电话的时候他经常说着说着就睡着了，电话掉下来，就在他的胳膊上晃来晃去。我从没见过这么惹人怜爱的男孩，他是这么不知所措。”

一个星期前，斯坦福问博恩要不要去大都会博物馆参加时装学院的庆典，然而博恩却崩溃了。“我跟他说，这对他的职业发展大有好处，结果他却对我大喊大叫，”斯坦福说，“坚持说他不是同性恋，还说让我离他远点儿，他再也不想和我说话了。”

斯坦福啜了一口他的贝利尼酒。“别人觉得我爱上他了，但我觉得我没有。”

“有一天，他还揍了我一顿呢！那天我去他的公寓，跟他说我帮他安排了一次试镜。他说他太累了，让我走。我说：‘让我们好好谈谈。’结果他把我按在墙上，拎了起来，然后把我摔下了楼梯。他就住在一个廉价的破楼里。那么漂亮的一个男孩，住在那么破的一栋楼里。话说回来，那之后我的肩膀就一直不太对劲儿。”

最近有很多女人向凯莉抱怨斯基普对她们动手动脚，从他的经纪人到杂志的编辑无一幸免。一起吃饭的时候，斯基普总是偷偷把手放在她们的大腿上——而这些女人都比斯基普年长得多。

时装学院庆典的那天晚上，凯莉正待在家，一边做头发一边在电话里痛骂斯基普。比格先生回来了，胳膊夹着一个大包裹。“那是什么？”凯莉问。

“给你的礼物。”比格先生说。

他进了卧室，过了一会儿，举着一件白色貂皮大衣出来了。他笑着说：“圣诞快乐。”

凯莉喃喃地对着电话说：“斯基普，我得挂了。”

三年前的那个圣诞节，凯莉还孤单地窝在一个破旧的小公寓里——两个月前，一个老妇人刚在那间公寓里死掉。那会儿凯莉很穷，连床垫都是朋友借给她的泡沫垫子。她的全部资产只有一件貂皮大衣和一个 LV 的行李箱。在公寓失窃之前，她每晚就盖着貂皮衣，睡在那个泡沫垫子上。但即使没钱，她也会出去玩儿。大家都喜欢她，没人问她难堪的问题。一天晚上，她被邀请参加一个派对，在派克大街的一个高级公寓里。她知道她不属于那里，而且抵制诱惑是很痛苦的事——眼睁睁地看着各种免费食物放在你面前，但你就是不敢放开了吃。在那个聚会上，她认识了一个有头有脸的男人。他邀请她共进晚餐，她答应了，但心里想：“去他妈的，你们都不是什么好东西！”

那个男人请她去埃利奥餐厅吃饭，一边吃一边跟凯莉聊天，笑得很爽朗。他一边用餐刀往面包上抹黄油，一边问凯莉：“你这个作家当得怎么样？成功吗？”

“哦，我下个月会在《女性挚友》发表一篇故事。”凯莉说。

“《女性挚友》？现在谁还看《女性挚友》啊？”

紧接着他说：“圣诞节我要去圣巴茨岛。你去过圣巴茨岛吗？”

“没有。”

“你应该去看看，真的。我每次去都租个别墅。大家都去那儿。”

“嗯，当然。”凯莉说。

第二次他们共进晚餐的时候，他又改了主意，拿不准是去格斯塔德滑雪还是去圣巴茨，或者去阿斯彭。他问凯莉在哪儿念的高中。

“纳扬格高中，”凯莉说，“在康涅狄克州。”

“纳扬格？”他问，“没听说过。唉，你说我要不要给我的前女友送一份圣诞礼物？她说她会送我。算了，管她呢。”

凯莉什么都没说，只是边吃边看着他。

就这样，凯莉的贫困生活大大改善了好几天，直到有一天，她意识到那个男的不会再给她打电话了。

圣诞节前两天，凯莉主动打给他。“哦，我正要登机呢！”他说。

“你最后决定去哪儿了？”

“圣巴茨岛。终于定下来了。我们会在别墅开一个很棒的派对。那个电影导演贾森 · 莫尔德还有他女朋友斯黛丽 · 斯特恩都会从洛杉矶过来。你圣诞节也要玩得开心点儿，好吧？我希望圣诞老人带给你好运。”

“也祝你圣诞快乐。”凯莉说。

那天下午，凯莉独自去滑冰，在滑冰场中央一圈又一圈地旋转着。直到冰场关门、开始轰人，她才默默地离开。凯莉拿出电话，拨给她妈妈。“我要回家。”她说。外面开始下雪了。她在市中心的宾州车站上了火车。车上熙熙攘攘的，一个空位也没有，凯莉不得不站在车厢中间的过道里。

火车经过格林威治，暴风席卷着雪花，落在车窗上。他们经过格林农场和西港，路过小而脏的工业城镇。雪越下越大，列车不得不暂时停靠在小站，等待暴风雪过去。陌生人开始互相交谈。此刻，就是圣诞节。

凯莉点了一支烟。她的脑海中全是圣巴茨岛。她想象着那个男人，还有贾森 · 莫尔 和他女朋友（管她是谁呢），三个人躺在别墅的游泳池边，头顶就是湛蓝的天空。贾森 · 莫尔 的女朋友会穿着白色的比基尼，戴着黑色的遮阳帽，用吸管啜着饮料。午餐的时候，人们都陆续来了，每个人都身材修长，面容姣好，肤色是很美的小麦色。

雪花从车门的裂缝里飘进来，凯莉打了个哆嗦。她默然地想，是不是这辈子永远都不可能做对任何事情。

午夜时分，斯基普正在家里，给加州那边打着长途电话。他站在窗前，看到一辆出租车驶过来，停在街对面。他能清楚地看到车后座的一对情侣在卿卿我我。之后那个女人下了车，身上穿着一件厚重的毛皮大衣，连头颈也裹得严严实实的，就像是穿了十二件羊毛衫一样臃肿——是萨曼莎 · 琼斯。

两分钟后，斯基普家的门铃响了。

“萨曼莎，”斯基普说，“我正等着你呢！”

“拜托，斯基普，别这么幼稚，我是来借洗发水的。”她说。

“洗发水？先来喝一杯吧！”斯基普问。

“一小杯。”萨曼莎说，“别跟我耍花招，别放什么东西进去。”

“我从不嗑药，我连可卡因都不碰。我的天啊，我简直不敢相信你居然会出现在我的家里。”

“我也觉得难以置信。”萨曼莎说。她在客厅里溜达着，东摸摸、西看看。“你知道的，虽然别人都觉得我很有条理，但其实我挺‘随性’的。”

“你为什么不先把外套脱了呢？”斯基普说，“坐下吧。你想上床吗？”

“我真的很想洗洗头发。”萨曼莎说。

“你可以在这儿洗啊，”斯基普说，“上床之后。”

“我不想。”

“在出租车里亲你的那个男人是谁？”斯基普问。

“一个我对他没兴趣或者要不到的男人，”萨曼莎说，“就像你一样。”

“但你可以要我啊，”斯基普说，“我单身呢。”

“是，你当然‘单身’了。”萨曼莎笑了笑。

“谢利，”一个男人的声音从客厅里传来，“我真高兴你来看我。”

“你知道的，我一直想来看看你。”博恩说。

“过来，我有礼物送给你。”

博恩在富丽堂皇的前厅照了照镜子，然后走进客厅。一个中年男人坐在沙发上，喝着茶，腿抵着咖啡桌，脚上穿着意大利拖鞋。

“来这边，让我看看你，看看你这两个月有没有变老。上次我们去爱琴海，没有把你晒伤吧？”

“你可是一点儿都没老，”博恩说，“看起来永远这么年轻。有什么秘诀吗？”

“秘诀就是你上次给我的面霜，”那个男人说，“什么牌子来着？”

“契尔氏。”博恩在旁边的椅子上坐下来。

“帮我再带几瓶吧。”男人说，“那块表还在吗？”

“表？”博恩说，“哦，我送给一个流浪汉了。他一直在问我时间，所以我觉得他比我更需要它。”

“呵，你可真调皮，”那个男人说，“老跟我开这种玩笑。”

“我有把你送我的东西给过别人吗？”

“没有。”那个男人说，“来看看我给你买了什么。开司米外套，每个颜色一件。要不要试试？”

“好啊，每一件我都要。”博恩说。

里弗·王尔德家一年一度的圣诞派对总是热闹非凡，音乐放得震天响，到处都是人。在楼梯里不知道干些什么的，瞄准楼下的警察从阳台往下撒尿的……斯坦福带着一对刚来纽约的双胞胎男模过来了；博恩也在，但对斯坦福·布拉奇却视而不见；斯基普正和一个女人在角落里调情；圣诞树早就不知道被谁弄倒了。

斯基普好不容易抽了身，走过来跟凯莉打招呼。凯莉揶揄他，问他为什么老想亲吻女人。“我觉得这是我的责任啊。”斯基普说，然后转头问比格先生，“难道你不觉得我的进展很神速吗？”

斯基普又跑到里弗身边。“你怎么最近都不找我了？好像所有的朋友都在笑话我。是因为马克吗，是不是？因为他不喜欢我？”

“你如果一直这样的话，没人会喜欢你。”立瓦说。紧接着洗手间里传来呕吐的声音。

凌晨一点，聚会一片狼藉。地板就像是被酒精洗过一遍似的，一群瘾君子霸占洗手间不出来，圣诞树倒了三次了，大家都找不到自己的外套了。

斯坦福对里弗说："我终于放弃博恩了。我以前从来没有看错过人，但没准他真的是个异性恋。" 里弗茫然地看着斯坦福。

"嘿，过来！"斯坦福突然又开心起来，叫着里弗，"过来看看你的圣诞树成什么样子了。哈哈，可真漂亮！"

第二十三章　交际女王的悲哀

凯莉走出波道夫购物中心的时候碰到了邦妮 · 恩特斯威尔。

“亲爱的！”邦妮叫道，“我好多年没见到你了。你看起来气色真好！”

“你也是啊。”凯莉说。

“你得陪我一起吃午饭，现在就去！我刚被爱玛丽塔放鸽子了。对了，她也在城里呢，我们还是朋友。”

“估计她在等杰克的电话吧。”

“啊，她还跟他在一块儿啊？”邦妮拂了一下头发，说，“我在二十一号餐厅预订了位子。拜托，你一定要跟我一起吃饭，我都一年没回纽约了，我们得好好聊聊。”

邦妮很漂亮，一点儿都看不出已经四十多岁了。黑色貂皮外套衬着她浅金色的长发，肤色在洛杉矶的海边被晒成了健康的小麦色。她最近在演电视剧，但之前她可是纽约远近闻名的交际花，就是夜店里玩得最疯的那种姑娘。男人们觉得她太野了，没人想把她娶回家，但想跟她上床的男人却不计其数。

“我要后面的那桌，那边比较清静，我们可以抽抽烟、聊聊天。”邦妮说。刚一落座，邦妮就点了一支古巴雪茄。“赶紧跟我说说那个结婚启事的事，我迫不及待想听了。”她指的是克洛伊和贾森·金斯利在加拉帕戈斯群岛宣布结婚的事情。克洛伊三十六岁，依然是个倾城美女；而她嫁的男人却是个相貌平平的普通人。

“呃，贾森很聪明，人很好，家境也不错，”凯莉说，“他对我一直很友善。”

“拜托，亲爱的。”邦妮说，“像金斯利那样的男人可不是适合结婚的类型。纽约有好多这种男人，对你很好、关心你，你需要人帮忙的时候，他会立刻出现在你的身边，这也就算是个不错的朋友了。当你晚上孤孤单单一个人难过的时候，你可以安慰自己说，至少还有一个像金斯利这样的人可以当备胎，嫁给他至少不用担心房租了。但问题是你仔细想一下，你真能忍受晚上跟他睡一张床，早上看着他刷牙吗？”

“桑德拉说他有一次想亲她，”凯莉说，“她跟他说：‘我要是真的那么需要人陪的话，我会养只猫或者买个抱枕。’”

邦妮突然打开她的粉饼盒，假装看她的眼妆有没有花，但凯莉觉得她是在看男人有没有注意到她。“我想直接给克洛伊打电话问问她，但不行，她已经好几年没和我说话了。”邦妮说，“奇怪的是，上东区那些博物馆的慈善活动最近一个都没邀请我——我敢打包票是因为克洛伊成了主席。我好几年没去那些晚宴了，大不了交三百五十美元自己去一次好了。我就想看看她现在究竟变成什么样子了！”

邦妮哈哈大笑着，好几个人转过头看她。“几年前，我人生最低谷的那阵子，生活简直是一团糟，有时候脸上还带着可卡因粉末就出门了。我爸给我打电话叫我回家，我问他为什么。‘你回家我就能看见你了，’我爸说，‘我只有见到你才能知道你过得好还是不好。’所以我想见克洛伊。我一见到她就能知道她过得怎么样。她是不是得了抑郁症啊？很厌恶自己？她是不是开始吃百忧解[1]了？”

“没有吧。”凯莉终于说了句话。

“那她是被什么宗教给洗礼了？精神力量什么的？”邦妮追问着，“最近好像好多人都在干这个，很时髦。”

“我之所以想知道这个，是有我自己的原因的。几年前，我差点儿就嫁了一个像金斯利那样的男人，”邦妮缓缓地说，“那件事到现在都没解决。也许永远都解决不了吧。”

“服务生，给我们开瓶香槟。”邦妮打了个响指召唤侍者。她深吸了一口气，接着说：“那个时候我刚和一个恶心的男人分手。那人叫多米尼克，是个意大利的银行家。他跟他妈一样蛇蝎心肠，典型的欧洲垃圾，但他自己还挺得意的。他那会儿对我一点儿也不好，但我当时居然一点儿也不介意，全都忍了。当然，后来有一天晚上，我在牙买加喝迷幻茶喝多了，才醒悟过来他其实根本不爱我。但那都是后话了。在那之前，我完全就是另一个人——在缅因州的小镇长大，长得挺标志，还算有教养，一天到晚都有陌生人跟我搭讪。但其实我挺坏的，内心挺冷的。我对谁都没有感情，也从来没真的爱过谁。”

“可我还是和多米尼克同居了三年。一个原因是他和我约

---

[1] 百忧解（Prozac）：治疗抑郁的药物。

会的第一天就这么提出来了；另一个原因是他的公寓很高级，打开窗子就是东河，他还在东安普顿有一栋大别墅。我当时既没钱又没工作，平时只能靠给电视广告配音、唱歌之类的杂事过活。

“后来我终于跟他分手了——我跟其他人偷情被他发现了，他还非让我把他给我买的那些珠宝都还给他。所以我当时就想，我得马上找个人结婚，越快越好。”

“我搬到朋友家里，”邦妮说，“两个礼拜之后，我在切斯特酒吧认识了达德利。你知道的，东区的酒吧里到处都是‘富二代’。刚看到他时，我觉得他挺讨厌的——他穿着拉夫劳伦的套装和牛津低帮皮鞋，戴着一顶软毡帽，嘴唇潮乎乎的。他长得像根竹竿，又瘦又高，没有下巴，眼睛像颗水煮蛋，喉结还特别大。没人邀请他，他就在我们这桌坐了下来，坚持给每个人都点了一杯马提尼酒。他讲很冷的笑话，还嘲笑我那天穿的斑马纹的时装鞋。‘我是奶牛——哞哞——穿上我吧！’他学着牛的叫声。‘拜托！你的脑子有问题吗？’我反击他道。唉，和他说话真让我觉得丢人。”

“第二天，他果然给我打电话了。他说他从谢尔比那里要到了我的电话。谢尔比是我的一个朋友，他家跟乔治·华盛顿还有点儿什么关系，所以我就冷嘲热讽地说：‘哟，你还认识谢尔比呀。’他说：‘嗯，我们从幼儿园就认识了，但那会儿他就是个小笨蛋。’‘他是个小笨蛋？那你呢？’我又揶揄他。”

邦妮顿了顿，接着说：“其实是我的错，我根本就不应该和他扯上关系的。但在我意识到这一点之前，我已经把我和多米尼克分手的事一股脑儿地全跟他讲了。结果第二天我就收到了他送的花，上面写着：‘漂亮的姑娘不应该为分手而伤心。’谢尔比也给我打电话说：‘达德利是个好男人。’我当时就反问他：‘是吗？他哪儿好？’他告诉我：‘半个南塔克特岛[1]都是他家的。’”

“达德利特别有耐心。他不停地给我送礼物，都是什么毛毛熊或者佛蒙特的奶酪大礼包之类的。他还一天给我打三四次电话。一开始我烦得要命，但过了一阵子，我习惯了他那种冷幽默，甚至开始期待他的电话了。他认真地听我说话，对我说的一切鸡毛蒜皮小事都感兴趣，比如谁新买了一套香奈儿的套装，我很嫉妒她，因为我自己买不起啦；或者我在出租车上抽烟，被司机扔出去了；或者我除毛的时候又把脚踝给刮伤了之类的。我知道这是他的圈套，但我以为我不会中计的。”

“周末的时候，谢尔比给我打电话：‘达德利请我们去他在南塔克特岛的别墅。’”

“‘门儿都没有。’我很干脆地回答他。”

“他家很漂亮的，是一幢缅因大街上的老房子！”

“‘哪一幢？’我问他。”

“我记得好像是那排砖房子，好像是吧。我挺确定的。不过我每次去的时候都喝得烂醉，所以记不太清楚了。”

“‘要真是砖房的话，我会考虑的。’我对他说。”

“十分钟后，达德利自己给我打了电话。‘我已经为你买好机票了，’他说，‘对了，是去我的古砖房。’”

“我到现在都解释不清那个周末到底发生了什么。可能是酒

[1] 南塔克特岛（Nantucket）：大西洋岛屿，有广阔沙滩，港湾宽阔，气候温和。

精和大麻的作用，或者是因为那幢砖房。我跟别人说，从我还是小孩的时候，我家就喜欢去南塔克特岛消夏。但事实上我们只是待了两个礼拜，住在廉价的分租屋里，我跟我的哥哥们住一间，我父母用电炉煮龙虾给我们当晚饭。”

“所以那个周末我和达德利上床了。我本来一点儿都不想的。我们在旋转楼梯上说晚安的时候，他突然俯下身子吻我。我没有拒绝，我们进了他的卧室。他压在我的身上。一开始，我觉得自己都快要窒息了。那有可能不是幻觉，毕竟达德利身高有六点二英尺[1]。但紧接着，我又感觉他是个小男孩，因为他的体重连一百六十磅[2]都不到，身上也没有体毛之类的。”

“这是我人生中第一次觉得上床是一种享受。也许是因为我之前交往的男人中从来没有人真正地对我好过吧。但不管怎么说，第二天早上起床的时候，我还是不敢看他。我怕我会被恶心到。”

“两个礼拜之后，我们在纽约一起参加了上东区的一次博物馆晚宴。这是我们交往之后第一次公开亮相。结果那天一连串的不顺利。他先是晚到了一小时，然后我们死活打不到车，只好走着去。那天非常炎热，达德利又一整天都没吃过东西（他总是不吃饭），到那儿之后差点儿晕倒，有人给他拿了杯冰水他才好了点儿。他还非要和我跳舞，跳的时候不停地撞到其他情侣。紧接着他抽了支雪茄，结果居然吐了！从那次开始，我们的约会就没有一次顺心的。但即使那样，所有人都跟我说他是绝世好男人。”

---

[1] 6.2 英尺约为 1.9 米。

[2] 160 磅约为 72 千克。

“哦，除了我的朋友们。爱玛丽塔会说：‘这也太荒唐了，你能找到比这好得多的啊！’”

“我说：‘但他的床上功夫很棒啊！’”

“她却和我说：‘拜托，再说下去我也要吐了。’”

“一个月之后，达德利向我求婚了，非正式的那种。我答应了。跟他在一块儿我还是会觉得挺丢脸的，但我对自己说很快就会习惯的。何况我一直忙得没工夫仔细想。他一直带我去购物，公寓的家具、订婚戒指、古玩、东方地毯、银饰、酒……周末还要去南塔克特岛和缅因州见我父母。不过达德利这人天生没有时间观念，每次都迟到，所以我们总是错过班车。”

“当我们第四次错过去南塔克特岛的船时，导火索终于被点燃了。那天晚上，我们不得不住在汽车旅馆里。我饿得饥肠辘辘，让他出去买点儿中餐外卖，但他回来的时候只带了一颗生卷心菜和一个长得奇形怪状的番茄。我躺在床上，试着不去想隔壁叫床的声音。而达德利却只穿一条内裤坐在塑料桌子旁边，认真地用他那柄银色的蒂凡尼瑞士军刀削那个番茄。他只有三十岁，却有一些七十五岁的老头子才有的小气的怪癖。”

“第二天早上，我开始宣战了：‘你不觉得你应该去健身房锻炼一下吗？好歹增加一点儿体重吧！’”

“从那以后，我怎么看他都不顺眼了。他那些俗气的衣服、他的气味、他喉结上的那三根金毛，还有他对人的态度，搞得就像每个人都是他的哥们儿一样。”

“我每天都逼他去健身房。我就站在那儿看他做卧推，他只能举起五磅重的杠铃。他那段时间增重了十磅，但我一不看着他，很快又都减掉了。一天晚上，我们一起去第五大道，拜访他的父母。

他家的厨子做了羊排，但达德利说他只吃素菜，还对他的父母大喊大叫，说他们根本不考虑他的饮食习惯。厨子不得不为了他跑出去买糙米和西蓝花。晚餐整整耽误了两个小时，而饭桌上达德利还一直在抱怨他的失误。我觉得非常丢人，真恨不得找个地洞钻进去。吃晚饭的时候，他爸爸对我说：‘我们随时欢迎你过来一起吃饭，但别带达德利。’”

“我当时就该快刀斩乱麻的，但那会儿离圣诞节只有两个星期了。平安夜，达德利当着我们全家的面正式向我求婚了，用一枚八克拉的钻戒。但他老是干那种只有他才能干得出来的事，让人哭笑不得。他事先把戒指藏在了一颗歌蒂梵巧克力里，然后当礼物给了我。‘这是你的圣诞节礼物，现在就吃了吧。’”

“‘我现在不想吃巧克力。’我一边说一边狠狠地瞪了他一眼，平常这个时候他都会识趣地闭上嘴。”

“‘我觉得你应该现在就吃掉。’他不由分说地要求道，所以我还是吃了。我们全家都紧张兮兮地看着我，怕我崩掉一颗牙或者被噎死。而我再一次答应了他的求婚。”

“我不知道你有没有和错误的人订过婚。一旦你答应了，就像是上了一辆停不下来的列车，只能硬着头皮往前走。在派克大街上一轮又一轮地派对，在莫蒂默餐厅和比博凯特一次又一次地聚餐。好多我不认识的女人都听说了那枚戒指，求我让她们开开眼界。人人都说他是个好男人。”

“‘没错，他是很好。’我附和着她们，但心里觉得像身处地狱中一样。”

“这天终于来了。我本来要搬到刚买的公寓里。很奢华的六室一厅，就在曼哈顿东七十二街。行李已经装好了，而搬家工人就在楼下等。我拿出手机，拨给达德利。‘我办不到。’我对着电话说。‘办不到什么？’他不解地问。我只是挂掉了电话。”

“他又给我打电话。他过来找我，然后离开了。他的朋友们不停地给我打电话。我出门去喝得大醉。达德利在上东区的那些朋友们都气得要死，恨不得立刻来要我的命。他们编排了一大堆流言蜚语，说有人看见我凌晨四点出现在某个人的家里，只穿了一双牛仔靴子；说我在夜店给人口交；说我把订婚戒指当掉了；说我只是看上了达德利的钱，一直在利用他……”

“这些谣言没完没了，我也不知道该怎么办。我搬到了约克街上一个狭小的旧公寓——我只租得起这样的房子，然后开始找工作。而达德利那边更糟。那年的房地产市场崩盘了，他的那栋公寓卖不出去——都怪我。他离开了纽约，搬到了伦敦——这也是因为我。但我听说他现在过得很好，和一个公爵的女儿在一起——一个很平凡的女人。”

“没人知道那之后的三年我是怎么熬过来的。比地狱还惨。我没钱，只能在街上的小摊买热狗充饥。我总是想自杀——我还真给自杀救助热线打过电话，但巧的是刚好有人给我留言，邀请我去参加一个派对。我发誓我再也不会搞成那个样子了。再也不会花男人一个铜板。伤害别人比受伤还难受。”

“但你真觉得问题出在他的长相上吗？”凯莉问。

“我也一直在琢磨这个问题呢！有件事我刚才忘了提，每次我坐他开的车都会睡着。我就是没法睁开眼睛。事实上，他这个人让我觉得很无聊。”

也许是因为喝了太多香槟的原因，邦妮很没信心地笑了笑。“你不觉得这很糟糕吗？”她淡淡地说。

第二十四章　阿斯彭之旅

凯莉在去阿斯彭的路上。她坐着里尔喷气式飞机，穿着比格先生送她的那件白色貂皮大衣和白色漆皮靴，里面是一件很短的小礼服裙。凯莉觉得坐私人飞机就该穿成这样；但其实不是。跟她坐同一架飞机的乘客，这个私人飞机的拥有者们，都穿着绣花毛衣和牛仔裤，还有最合时宜的雪靴——多明智的选择。凯莉宿醉未醒，飞机停在内布拉斯加州的林肯市加油的时候，她是被驾驶员扶下来的。天气很暖，凯莉裹在厚重的貂皮大衣里，戴着墨镜，抽着烟发呆。窗外是一望无际的金黄色原野。

比格先生正在阿斯彭的机场等她。他穿着很拉风的棕色麂皮外套，戴着配套的帽子，坐在外面抽着雪茄。他穿过停机坪，对凯莉说的第一句话是："你飞机晚点了。我都要冻死了。"

"那你干吗不在里面等？"凯莉问。他们开车穿过可爱的小镇，看起来就像是孩子们放在圣诞树下的玩具小城。凯莉按着额头，叹着气说："我要休息一下。也许我应该吃点儿健康的食物。"

与此同时，斯坦福 · 布拉奇也来到了阿斯彭，坐着另一架私人飞机。他和他的发小苏珊娜 · 马丁在一起。在上次里弗 · 王尔德的聚会之后，他跑去跟苏珊娜说："我想重新开始。我们这么要好，不如考虑考虑结婚吧。这样我就能继承我家的财产了。咱俩的钱加起来，足够我们过上想要的生活了。"

苏珊娜是个四十岁的雕塑艺术家，妆化得很夸张，还戴着沉甸甸的珠宝。她从不觉得她会像普通人那样结婚。"分床睡吗？"她问。

"当然。"斯坦福说。

斯基普 · 约翰逊是坐着普通航班来的，不过他用里程数升级到了头等舱。他的父母跟他一起，还有两个妹妹。"这也太荒谬了，我得赶快找个女朋友。"他暗自想。他想象着哪个幸运的女人会被他看上。他喜欢年长一些的熟女，大概三十到三十五岁之间吧；要够聪明，够漂亮，够有趣，这样才能让他一直对她有兴趣。去年他总结出来的经验是，和他同年纪的女孩儿都太无趣了。她们都用仰慕的眼神看他，而斯基普觉得这简直太吓人了。

比格先生准备教凯莉滑雪。他已经给她买了滑雪服、滑雪手套、滑雪帽、保暖内衣，还有一个小巧的可以别在手套上的温度计——最后一个是凯莉求他买的。比格先生本来不想买，直到凯莉噘嘴生气他才妥协——虽然那个温度计只要四块钱。在他们租的别墅里，比格先生帮凯莉拉上滑雪服的拉链，凯莉乖乖地伸出双手，又让比格先生帮她戴上手套。最后，比格先生把迷你温度计别在她的手套上。凯莉说："外面太冷啦，你会很高兴我们有这个的。"

比格先生笑着吻了她。

比格先生在滑雪缆车上一边讲电话一边抽着雪茄。到了坡顶，他跟在凯莉后面，确保没人撞到她。“你没问题的，”他跟凯莉说，保护着她慢慢地往下滑。终于到了山底，凯莉眯着眼睛，遥遥地望着比格先生娴熟地超过那些专业级的人。

晚上回到别墅，他们一起去做按摩，又泡了温泉。夜里，他们一起躺在床上的时候，比格先生说：“我们现在很亲密，不是吗？”

“嗯，当然。”凯莉说。

“记不记得你以前总是说我们得更亲密一些？可是你已经很久没提了。”

凯莉闭上眼睛，觉得没有比此时更幸福的时刻了。

斯坦福 · 布拉奇沿着阿斯彭的山路溜达着，穿着小马皮的滑雪靴，挥着望远镜，打算回旅店和苏珊娜一起吃午饭。突然，他听到了一个熟悉的声音大叫着：“斯坦福！”紧跟着一句：“小心！”斯坦福一个闪躲跳到雪堆后面，回头便看见向他直冲过来的斯基普。“斯基普？”他说。

“度假的时候能撞到朋友的感觉太妙了，不是吗？”斯基普说。他的滑雪服简直就是童子军在暴风雪里穿的——厚重邋遢的黄色滑雪外套，帽子里还直直地伸出来一副耳罩。

“呃，这要看是什么朋友，还有是怎么撞到的……”斯坦福回答道。

斯基普好奇地看着斯坦福的望远镜说：“我都不知道你还爱看鸟。”

“我不是看鸟，我在看尾翼，”斯坦福说，“看看那些私人飞机，这样我好知道该买哪种。”

“你要买私人飞机？”斯基普难以置信地问。

“嗯，快了，”斯坦福说，“我在考虑结婚，所以我要先为我妻子将来的出行做好准备。”

“你老婆？”

“是啊，斯基普，”斯坦福冷静地说，“事实上，我现在正要去和她一起吃饭。你想见见她吗？”

“简直无法相信。”斯基普说，“你看，”他一边脱滑雪板一边说，“我已经钓了三个姑娘了，你怎么不好好玩玩呢？”

斯坦福同情地看着他说：“亲爱的斯基普，你干吗非要装成‘直男’呢？”

凯莉和比格先生正要去松木湾露天餐厅享受浪漫晚餐。他们开车经过群山，然后坐着马拉雪橇到了餐厅。天空是深邃而纯净的暗黑色，比格先生给凯莉指着星座，说着他童年的故事。他小时候很穷，十三岁的时候就不得不辍学工作，后来又加入了空军。

他们拿出宝丽来相机，在餐厅里给对方拍照。他们开了瓶红酒，一点一点慢慢品味着，而自始至终他们都牵着手。凯莉似乎有点儿醉了。“听着，”她开口说，“我想问你件事。”

“问吧。”比格先生说。

“你记得刚入夏的时候吧？我们在一起两个月的时候，你突然说你想跟其他人约会。”

“怎么了？”比格先生小心地问。

“之后你不是和那个模特儿在一起了吗？你们在一起一周之

后，有一天我们在街上碰见了，你对我态度巨差，我也对你大喊大叫的，我们直接就在波威里酒吧门口打起来了。”

“我以为你以后再也不会跟我说话了呢。”

“我只是想知道，”凯莉说，“如果你是我的话，你会怎么做？”

“我估计我就不会理你了。”

“那你心里是这样想的吗？”凯莉问，“你是不是希望我消失？”

“怎么会，”比格先生说，“我希望你在我身边，我希望你等着我。只是那时候我也有点儿混乱。”

“但你那时候有可能真的离开我。”

“我不想让你走。那可能是因为，我不知道，也许算是种测试吧。”比格先生说。

“测试？”

“看你是不是真的喜欢我。喜欢到愿意为我留下来。”

“但你真的伤到我了，”凯莉说，“你怎么忍心那样对我呢？我永远都忘不了那种伤害……你知道吗？”

“嗯，我知道，宝贝。对不起。”他说。

他们回家的时候，听到答录机的留言，是一个叫洛克 · 吉布拉特的演艺圈朋友。“我也在这儿呢，”他说，“跟泰勒 · 基德一起。你们肯定会喜欢他。”

“泰勒 · 基德？那个演员？”比格先生问。

“好像是吧。”凯莉说，装作一副漠不关心的样子。

“这感觉太美好了！”斯坦福说。他和苏珊娜坐在壁炉前的沙发上。苏珊娜穿了件黑色的绸缎旗袍，更显得身材姣好，修长的手指优雅地夹着烟，指甲被精心修剪过，还染成了艳红色。

“谢谢你，亲爱的。”苏珊娜说。

“你绝对会是完美的妻子，你知道吗？”斯坦福说，“我很难想象你为什么不结婚。”

“直男让我觉得很无聊，”苏珊娜说，“不管是谁，最后都一样。一开始什么都好，紧接着他们的要求就会越来越多，你不得不满足他们，但这样一来你却丧失了自己的生活。”

“我不会像那样的，”斯坦福说，“这样已经很完美了。”

“我要去睡觉了，”苏珊娜站起来说，“我想明早早点儿起来去滑雪。你确定你明天不来？”

“上山顶吗？我可不去，”斯坦福说，“但你得答应我一件事，我们明晚也要像今晚一样。”

“你煮的饭绝对是专业级的，在哪儿学的？”

“巴里。”

斯坦福站起来说：“晚安，亲爱的。”

“晚安。”苏珊娜说。斯坦福走近她，轻轻地吻了下她的脸颊。“明天见。”他说，然后挥了挥手。

几分钟之后，斯坦福也回了房间。但他没去睡觉，而是打开电脑查看邮件。正如他所希望的那样，他有一封新邮件。他抓起电话叫了辆出租车，然后就站在窗边等待着。

出租车到了，他一跃而起，悄悄地溜出了别墅。“驯鹿俱乐部。”他吩咐司机。

而接下来的事情对斯坦福来说就像是一场噩梦。出租车把他放在了镇中心的一条鹅卵石小路上。斯坦福沿着狭窄的小巷走着，沿街都是很小的店铺。他推开一扇门，走下楼梯。一个金发的女人站在前台。她看起来应该有四十岁了，但是面部整形和隆胸手术让她看起来年轻了五岁。

“我来这儿见一个人，”斯坦福说，“不过我不知道他的名字。”

那个女人怀疑地看着他。

“我是斯坦福 · 布拉奇，编剧。”他自我介绍着。

“所以？”她问。

斯坦福微微一笑，说：“你看过《时尚牺牲品》吗？”

“哦，天哪！”那个女人说，“我爱死那部电影了！是你写的？”

“正是。”

“那你最近在写些什么？”她饶有兴趣地问。

“我想写关于整容手术的剧本，写写那些整了太多次的人……”他说。

“天哪，我跟你说，”她说，“我一个好朋友就……”

“我看见我朋友了。”斯坦福打断了她。

一个角落里，两男一女正在喝酒说笑。斯坦福朝他们走过去。中间的那个男人抬头看了他一眼。那个男人将近四十岁，肤色做过美黑，头发做过漂白。斯坦福看得出他的鼻子和颧骨也整过，估计还植过发。“赫拉克勒斯[1]？”斯坦福问。

“是我。”那个男人说。

“我是普罗米修斯[2]。”

那个女孩儿来回看着这两个男人，迷惑地问：“赫拉克勒斯？

[1] 赫拉克勒斯（Hercules）：希腊神话中宙斯的儿子，强壮的大力士。

[2] 普罗米修斯（Prometheus）：希腊神话中的英雄，为人类盗火种而被缚于高加索山脉的一块岩石上接受惩罚。

普罗米修斯？你们在说什么？”她那种很嗲的鼻音让人觉得很恶心，身上还穿着一件廉价的毛茸茸的粉外套。“给我奶奶当抹布都抬举它了。”斯坦福心想，决定视她为空气。

“你看起来可一点儿都不像普罗米修斯。”那个赫拉克勒斯上下打量着斯坦福的长发和时尚的装扮。

“你打算请我坐下来喝一杯呢，还是就打算一直这样拿我开涮？”斯坦福直截了当地问。

“我觉得我们应该就这样骂你，”另外一个男的很不客气地说，“你到底是谁啊？”

“我在网上碰见的，又一个笨蛋。”赫拉克勒斯喝着饮料，慢悠悠地说。

“彼此彼此吧。”斯坦福说。

“天啊！我连电脑都不会用。”那个女孩儿插嘴道。

“每个来阿斯彭的男人都是我的目标，”赫拉克勒斯说，“选择权在我，而你已经出局了。”

“没关系，至少我知道哪些人整容跟毁容一样，”斯坦福平静地说，“别人只能记住你失败的整容手术而不是你这个人，还真是可怜得很。”他微微一笑，补了句：“先生，祝你晚上玩得愉快！”

凯莉和比格先生在利特内尔用午餐的时候，遇到了洛克·吉布拉特和泰勒·基德。

泰勒·基德先看到了他们。他没有比格先生那么英俊，但让人觉得很酷——棱角分明的脸庞，修长的身材，金色的头发。“哇。”凯莉的目光立刻被牢牢吸引住了。

比格先生开口跟洛克打招呼：“嘿，哥们儿。”他叼着雪茄，拍了拍洛克的后背，跟他握了握手。

“我还找你们呢，”洛克说，“你们见过泰勒 · 基德了吗？”

“还没，”比格先生说，“但我看过你演的电影。你剧里那角色什么时候才能搞定那个姑娘啊？”他们一起笑起来，落了座。

“比格刚被骑警‘搭讪’了，”凯莉说，“因为他总在缆车里抽雪茄。”

“是啊，我的天！”比格先生说，“我每天都在缆车里抽雪茄，每天那女孩儿都跟我唠叨一遍不能抽烟。我跟她说这东西点不着的。”他跟泰勒说。

“古巴的吧？”泰勒问。

“是啊。”

“上次我在格施塔德滑雪的时候也是这样。”泰勒跟凯莉说。凯莉心想，“萨曼莎 · 琼斯跟他在一起再合适不过了。”

“宝贝儿，把盐递给我好吗？”比格先生拍了拍凯莉的腿。

凯莉侧过去，轻轻吻了一下比格先生。“失陪一下。”她说。

她起身去了洗手间，心怦怦地跳。“如果我没跟比格在一起的话，或许……”她暗自发着呆。不过很快她就回过神来，开始检讨自己这种想法。

她从洗手间出来的时候，看到泰勒和比格一起抽着雪茄。

“嗨，宝贝儿，你肯定猜不到，”比格先生说，“泰勒想请我们一起去玩雪上越野。然后我们可以一起去他家赛车。”

“赛车？”凯莉不解地问。

“我家有一片湖，冰冻得很结实了，可以玩冰上赛车。”

“你不觉得很棒吗？”比格先生问。

“嗯，”凯莉说，“确实很棒！”

那天晚上，比格先生和凯莉与斯坦福和苏珊娜一起聚餐。不管苏珊娜说什么，斯坦福都会凑过来跟比格和凯莉说。“你们不觉得她很完美吗？”他握住苏珊娜的手，苏珊娜抽出手，举起酒杯，笑着说：“斯坦福，你可真是个傻瓜。”

“我很高兴看到你终于弃暗投明了。”比格先生说。

“你确定吗？”苏珊娜说。

“我永远都是个‘小受’，行了吧，满意了没？”斯坦福说。

凯莉走到外面去抽烟。一个女人走过来问她：“能借个火吗？”凯莉发现她是布丽吉特，去年夏天的新娘送礼会上那个讨厌的女人。

“凯莉？”她说，“是你？”

“布丽吉特，”凯莉说，“你在这儿干吗呢？”

“我来滑雪，”布丽吉特边说边小心翼翼地看看四周，好像是怕被人发现似的，“我跟我丈夫一起来的，没带孩子。孩子们交给我母亲照顾呢。”

“但你不是又怀孕了吗？”凯莉问。

“流产了。”布丽吉特说。她又左右看了看，然后开口问凯莉：“你还有多余的烟吗？能来一支吗？”

“当然。”凯莉说。

“我已经好多好多年没抽烟了。但我现在很需要这个，”她深深地吸了一口，继续说，“我没戒烟的时候，只抽红色万宝路。”

凯莉嘲讽地笑了一下，说：“当然。”她把烟蒂扔在过道上，用靴子碾碎。

“你能帮我保守一个秘密吗？”布丽吉特问。

“行啊……”凯莉说。

“呃，”布丽吉特深深地把烟吸到肺里，说，“我昨晚没回家。”

“哦。”凯莉心想，你跟我说这些干吗？

“不是，我的意思是，我没回酒店。”

“哦。”凯莉应道。

“嗯……我昨晚没跟我丈夫在一起，自己在外面过夜了。在斯诺马斯。”

“明白了，”凯莉点点头说，“你是去，呃，去嗑药了？”

“不是不是，”布丽吉特说，“我和一个男人在一起。不是我丈夫。”

“你的意思是你……”

“是，我跟他上床了。”

“真厉害。”凯莉说。她又点了支烟。

“整整十五年我从来没跟别的男人上过床。好吧，也可能是七年，”布丽吉特说，“但我最近想跟我丈夫离婚。我正好认识了这个完美的滑雪教练。我心想，我的人生不能一直这样下去。所以我跟我丈夫说我要出去，然后我就去见他了，那个滑雪教练，叫贾斯廷。我去斯诺马斯的酒吧找他，然后跟他回了他的公寓。”

“呃，那你丈夫知道吗？”凯莉问。

“我今天早上回酒店的时候跟他讲了。但他能拿我怎么样呢？做都做了。”

“天哪！”凯莉说。

“他就在餐厅里面呢，”布丽吉特说，“挺崩溃的。我跟贾斯廷说我晚点儿再去找他。”布丽吉特拿走了烟盒里的最后一支烟。“你知道，我一直都觉得只有你能理解我，”她说，“我本来想一回去就给你打电话的。我们应该一起聚一聚，搞个闺密之夜。”

“好主意。”凯莉边说边想，我正需要这个。

泰勒和洛克带他们一起去玩雪上越野。泰勒和比格先生开得太快了，好多人不满地对他们嚷嚷。之后比格先生让凯莉坐在雪上摩托的后座，带着她狂飙。凯莉害怕会翻车，一直尖叫着让他停下来。

几天后，他们一起去了泰勒家。那是森林里的一座小城堡，以前属于一个色情影星。房间的地上铺着熊皮地毯，墙上挂着动物头颅制成的装饰品。他们喝龙舌兰，射箭，玩赛车。凯莉每次都赢。之后他们出门在森林里溜达。

“我想回去了，脚有点儿冷。”比格先生说。

“谁让你不穿雪靴的？”凯莉说。她站在溪边，用靴子把雪块踢到水里。“别这么弄，”比格先生说，“你会滑倒的。”

“不会啊，”凯莉边说边到处踢着，看着雪在溪水中融化，“我小时候总喜欢这样玩儿。”

泰勒站在他们后面。“总要超越自己，看看极限在哪儿。”他说。凯莉回过头，正对上泰勒的目光。

在泰勒家的最后一晚，他们一起去了鲍勃 · 米洛家的派对。鲍勃是很有名的好莱坞影星。他家在山顶的另一侧，所以宾客们必须把车停在山脚，开雪上摩托过去。虽然正值隆冬，飘着雪花，但别墅和庭院高挂着日本灯笼。进入客厅要走过一座小桥，桥边有锦鲤游动。

鲍勃 · 米洛正在壁炉前高谈阔论。他的女友和很快就要离婚的妻子也都在旁边，看起来就像双生女郎一样，只是那个妻子比女友要年长五岁。鲍勃只有五英尺[1]高，穿着一件外套，里面是保暖内衣；脚上穿着一双尖头毡靴，整个人看起来就像是精灵族的。

“我每天要锻炼六个小时……”他正要往下说，斯坦福却突兀地打断了他。“请问一下，”他说，“你私人飞机的内部装潢是请的哪个设计师设计的？”

鲍勃瞪了他一眼。

“我是认真的，”斯坦福说，“我要买一架私人飞机，想找个合适的设计师。”

凯莉坐在桌边，对着小山一样的石蟹腿和虾子吃得不亦乐乎。她边吃边跟洛克窃窃私语，小声议论着派对上的人，拿他们开涮，就像两个讨人嫌的长舌妇一样。比格先生坐在凯莉的另一边，和泰勒聊着天。有两个女人正为了泰勒争风吃醋。凯莉看着她们，心想：“幸亏我不用应付这种伤神的事儿。”

她把注意力集中到她面前的虾子上。屋内突然出现一阵小小的骚动，一个金发女郎走了进来，和大家招手打着招呼。凯莉觉得她的口音很奇怪，但又似曾相识。“不是吧。”凯莉想，我认得这个声音。她决定视而不见。

那个女孩儿直接走过来，坐在比格先生的腿上。他们大声说笑着，凯莉埋头吃着东西。有人问比格先生：“你们俩认识多久了？”

“不记得。多久了？”那个女孩儿问比格先生。

“有两年了吧？”比格先生说。

---

[1] 5 英尺（Five feet）：约为 1.52 米。

“我们在宫殿酒店认识的，在巴黎。”那个女孩儿说。

凯莉转过头来，微微一笑。“嗨，瑞。你们怎么认识的？在角落里给他做了你的招牌口交吗？”

整个房间安静了几秒，然后每个人都歇斯底里地大笑起来——除了瑞。“你说什么呢？你什么意思？”她用那种做作的蠢口音质问凯莉。

“开玩笑的嘛，”凯利说，“你没懂吗？”

“亲爱的，要是你把这叫幽默的话，我觉得一点儿都不好笑。”

“是吗？”凯莉说，“真遗憾，好像所有人都觉得好笑极了。听着，我也不想跟你闲扯，请你从我男朋友身上挪开。”

“你不应该说这些话的。”比格先生边说边起身离开了。

“妈的！”凯莉暗暗骂了一句。她到处找他，结果又陷入了另外一场骚乱。斯坦福站在房间里大喊大叫着。一个金发男人站在他面前，后面是博恩。

“你这个不要脸的贱人！”斯坦福对博恩说，“没人跟你说过你有多贱吗？连这种垃圾你都肯要？”

“嘿，”博恩说，“我刚刚才认识这个人。他请我来这个派对的。他只是个朋友而已。”

“哦，我求求你闭嘴吧，”斯坦福说，“拜托。谁给我拿杯喝的，我好泼在这个贱人脸上。”

瑞开始缠着斯基普。“我一直想有我自己的电视秀。”她说，“对了，我有没有跟你说我生过孩子了？你想怎样都可以，现在我会很多技巧——任何女人都做不到的那种。”

凯莉和比格先生开始疯狂地跳热舞，人人都过来跟他们说：“你们俩是最好的舞伴。”

他们从聚会出来的时候已经凌晨一点了。大家零零散散地回了家。凯莉回去之后还一直在喝酒，直到站都站不起来了。她在洗手间吐了一阵儿，有气无力地躺在地板上，然后又吐了。比格先生走进来，想扶着她的头，凯莉含混不清地说："别'胖'我。"比格先生好不容易把凯莉弄进卧室，结果她又爬下床，跑到洗手间又吐了一通。最后她爬回卧室，躺在地板上。歇了好一阵儿，她才勉强抬起头，艰难地爬上床。她知道自己头发脏兮兮的，还沾着呕吐物，但她已经管不了那么多了。没过一会儿她就昏过去了。

这个寒冷的冬夜，空气清新而凛冽。斯坦福 · 布拉奇来到阿斯彭机场，绕着私人飞机徘徊。他经过了里尔喷气式飞机，经过了塞斯纳，经过了"湾流"号和"挑战者"号。他抚摸着尾翼上的号码，寻找着他熟悉的飞机，一架能马上带他回家的飞机。

"我又不傻。"比格先生对凯莉说。他们正在回曼哈顿的路上——头等舱。

"我知道。"凯莉说。

比格先生喝了一口血腥玛丽。他拿出一本平装版的书。"你知道，我很敏感的。"

"啊哈，"凯莉说，"觉得这书怎么样？"

"不是很吸引我。"

"当然吸引不了你，"凯莉说，"所以你才能挣那么多钱。"

"我从来不会被表象蒙蔽，其实我对什么都一清二楚，"比格先生说，"我知道你喜欢那个男的。"

凯莉喝了一口她的酒，说："呃，什么男的？"

"你明知道我在说谁——泰勒。"

“泰勒？”凯莉应了一句，拿出了她带的书，“我觉得他人挺好，挺有趣的，你知道的。但那又能说明什么呢？”

“你喜欢他。”比格先生很平淡地说。他也打开了他那本书。

凯莉翻着书，装作在读的样子。“作为朋友的那种喜欢。”

“我在那儿看得清清楚楚。你没必要跟我说谎。”他说。

“好吧，”凯莉说，“他的确很吸引我。但只有一点点。”但话一出口她就后悔了。她突然觉得泰勒一点儿都不吸引人。

“我又不是小孩儿。”比格先生放下书，跷起腿，拿起飞机上的杂志。“我一点儿都不介意。我不会觉得受伤或者怎么的。你回去吧，回去找他，跟他住在他的城堡里。你可以一天到晚住在那儿，玩射箭什么的。”

“但我一点儿都不想住在什么城堡里。”凯莉说。她扭头转向舷窗，手捂着脸开始抽泣。“你干吗这样对我？”她问，“你想甩了我，所以才把这些事儿安在我头上。你就是不想要我了。”

“你自己说的他很吸引你。”

“我说了只有一点点而已，”凯莉抽噎着，“而且是你逼我说的。我就知道会这样，我就知道。”她呜咽着。“我们刚刚认识他的时候，我就知道你肯定会以为我喜欢他，但你要是不那么想的话，我根本就不会琢磨我究竟喜不喜欢他。所以我不得不使劲表现出我不喜欢他的样子，就是为了不让你生气。最蠢的是我根本从一开始就没喜欢过他，完全没有。”

“我不相信。”比格先生说。

“这是事实啊，天啊！”凯莉说。她转过头去，哭得更厉害了。之后她凑过来，大声地在他耳边说：“你知道我爱你爱得发疯。我一点儿都不想跟别的任何人在一起。这不公平！你这样对我不公平！”她再次打开了书。

比格先生拍了拍她的手。“别想了。”他说。

“现在我很生气。”她说。

两天之后,凯莉接到了萨曼莎·琼斯的电话。“怎么样？”她说。

“什么怎么样啊？”凯莉问。

“在阿斯彭有没有什么大进展啊？”萨曼莎的声音温柔得让人直起鸡皮疙瘩。

“你指什么？”凯莉问。

“我以为你们会在那儿订婚呢。”

“怎么可能。”凯莉说。她靠着椅背，把脚放在桌子上，“你想什么呢？”

第二十五章 凯莉的选择

“嘿，赶紧来派对玩儿，”萨曼莎·琼斯在SOHO区的一间画廊打给凯莉，“我都几百年没见过你了。”

“我不知道行不行啊，”凯利说，“我跟比格说了我要给他做晚饭的。他现在不在，去一个鸡尾酒派对了……”

“他出去玩儿，你却在家里等着？拜托，”萨曼莎说，“他是大孩子了，能自己吃饭了。”

“还有植物呢。”

“什么植物？”

“就是家里种的那种盆栽，”凯莉说，“我知道挺奇怪的，但我最近特迷这个。有些植物只长叶子，但我养的不是那种的，我只喜欢花。”

“花呀，”萨曼莎说，“真可爱。”她大笑着，说，“赶紧打个车。只出来半小时就行，顶多四十五分钟。”

凯莉到派对的时候，萨曼莎说：“打扮得真好看，跟个新闻主播似的。”

“谢啦！”凯莉说，“这是我的新造型——小鸟依人百依百顺的娇妻路线。”她穿了一件浅蓝色大衣，裙子到膝盖，脚上是五十年代风靡的绸缎高跟鞋。

一个侍者端着酒杯走过来。“喝香槟吗？”萨曼莎问。

“不了，我最近要戒酒呢。”凯莉说。

“很好，你那杯归我了。”萨曼莎从侍者的盘中拿了两杯。她看着不远处一个高挑的金发女孩儿，向凯莉示意说：“看见那边那个姑娘了吗？她的人生简直就是完美的。二十五岁就跟罗格结婚了，就是她旁边那个男的，一个编剧。他最近写的三部电影都红得发紫了，人特别好，又聪明又风趣，还很性感。那姑娘跟我们一样，不是模特儿但长得很不错。她嫁给罗格之后就完全坐享其成，不用工作，有两个孩子，一个奶妈，在市中心有个高级公寓，在安普顿还有栋别墅……没有任何可烦心的事。”

“所以？”

“所以我恨她，”萨曼莎说，“不过她人挺好的。”

“那当然，人生都这么顺了怎么可能人不好呢？”

她们看着那个女孩儿。她得体地和宾客们打招呼，跟各种人谈笑风生，时不时地说些悄悄话，然后咯咯笑着。她的衣着无懈可击，妆容无懈可击，发饰无懈可击，轻松的心态使得她处处散发着一种优越感。她抬起头，看见了萨曼莎，对她挥了挥手。

她走过来，热情地问萨曼莎：“最近怎么样呀？上次聚会之后就没见你了。”

“你丈夫现在可是大人物了啊！”萨曼莎说。

“是啊，”她说，“昨天晚上我们和那个谁一起吃饭了。”她说出一个重量级的好莱坞导演，“我知道你不是追星族，但这种事可真激动人心。”她边说边看了看凯莉。

“你最近怎么样？”萨曼莎说，“孩子们都还好吧？”

“好极了！我最近还筹到钱去拍我的第一部纪录片呢！”

“真的？”萨曼莎把包包往肩膀上拽了拽，说，“什么题材？”

“政坛今年的那些女性候选人。我已经说服好几个好莱坞有名的女演员给我做旁白了。好几家大电视台也很想买断这部电影的播放权。我估计会去华盛顿待上一段时间了，所以我跟罗格和孩子们说他们得学着习惯没有我在的生活。”

“他们怎么能习惯呢？”

“呃，萨曼莎，这也是我想问你的问题。”那个女孩儿说，“我的意思是，要不是因为结婚，我根本没有能力做这个电影，是罗格让我对自己有信心的。每次出问题的时候，我就跑到他的办公室跟他诉苦。要是没有他帮忙的话我肯定都崩溃了，真不知道自己一个人怎么解决那些问题，或者哪来的勇气冒险。我真想问问你们这些姑娘是怎么做到的，单身这么多年，什么都得自己来。”

那个女孩儿走了之后，萨曼莎迫不及待地抱怨说：“真让人恶心……凭什么她就有钱拍纪录片啊？她什么都不会干！”

“人人都有点过人之处吧。”凯莉说。

“她一走罗格肯定需要人陪，”萨曼莎说，“我好想嫁给那样的男人啊！”

“你想嫁给哪样的男人，”凯莉点了支烟说，“已婚男人？”

“你真烦。”萨曼莎说。

“一会儿干吗去？”凯莉问。

“和人吃饭……”萨曼莎说了个知名艺术家的名字，“你呢？回家吗？”

“我跟比格说了我要给他做晚饭。”

“做晚饭？你可真可爱……”萨曼莎说。

“是啊是啊……”凯莉说。她熄了烟，推开旋转门，走了出去。

这个礼拜对萨曼莎来说意义非凡。“你有没有过这样的经历，我也不知道怎么说，就是你去参加一个聚会，结果每个男的都想追你。”萨曼莎问凯莉。

萨曼莎在派对上碰到了一个七年没见的男人。七年前，上东区的每个女人都视他为梦中情人——英俊，富有，家庭融洽，约会的都是名模。而现在，他说，他想要一段认真的感情。

在聚会上，他把萨曼莎带到角落。他似乎有点儿喝多了。“我一直觉得你很美，”他说，“但我有点儿怕你。”

“怕我？”萨曼莎笑道。

“你很聪明，又很强悍。我怕你把我撕成碎片。”

“你的意思是说你觉得我是个婊子？”

“不是。我只是觉得我留不住你。”

“那现在呢？”

“我不知道。”

“我就喜欢男人觉得我比他们聪明，”萨曼莎说，“因为这是事实。”

他们一起去吃晚饭，又喝了点儿酒。“天哪，萨曼莎，”他说，

“我真不敢相信你就在我身边。”

“怎么了？”萨曼莎举起鸡尾酒杯。

“我一直在报纸上读到你的新闻。我一直都想联系你。但我又想，你现在太有名了。”

“我哪有那么有名，”萨曼莎说，“我一点儿都不想出名。”

他们开始调情。

“那你做了吗？”凯莉问。

“没有，”萨曼莎说，“他说他想回家了。第二天他又打给我，居然说想要认真地开始。你能相信吗？简直蠢到家了！”

凯莉和比格先生一起去凯莉的父母家过周末。大家都在厨房忙碌着，比格先生很快就融入了进来。“我来做调味汁吧。”他说。

“别搞砸了哟。”凯莉走过来，小声对比格先生说。

“我做的调味汁怎么了？我做得挺好的啊。”比格先生说。

“上次你做的时候放了威士忌还是什么的，难吃死了。”

“那是我做的。”她爸爸走过来说。

“哦，不好意思，”凯莉说，“我记错了。”

比格先生什么都没说。第二天，他们回到纽约，和比格先生的几个朋友一起吃饭，他们都是些已婚好几年的夫妇。有人开始聊到鹦鹉，大家都想要只会说话的鹦鹉。

“有一次，我在伍尔沃斯花十块钱买了只长尾小鹦鹉，然后教它说话。”比格先生说。

“长尾鹦鹉不会说话的。”凯莉说。

“它说话了，”比格先生说，“它会说：‘你好，斯尼皮。’

斯尼皮是我养的狗。”

在回家的车上，凯莉说：“那不可能是长尾鹦鹉，肯定是只八哥。”

“我说是长尾鹦鹉就是长尾鹦鹉。”

凯莉轻蔑地“哼”了一声。“真蠢，人人都知道长尾鹦鹉不会说话。”

“它说了。”比格先生点了一支雪茄。一路上，他们再也没说一个字。

凯莉和比格先生去安普顿住了一周。春天还没到，寒冷的天气让人压抑。他们点了篝火，读读书，租影碟回来看。比格先生只看动作片。以前凯莉和他一起看，但她现在已经不想再陪他看了。

“对我来说那就是浪费时间。”凯莉说。

“那就看书吧。”比格先生说。

“看书看烦了。我要出去走走。”

“我跟你一起去，”比格先生说，“等我看完这部片子。”

她在他旁边坐下来，生着闷气。

他们去棕榈餐厅吃晚餐。凯莉谈到什么的时候，比格先生却说：“哦，真傻。”

“是吗？真好笑，你居然说我傻。我可比你聪明多了。”凯莉说。

比格先生大笑起来，“你要真这么想的话，那你可就傻到家了。”

“你最好别惹我。”凯莉怒气冲冲地警告比格先生。她突然气得都不知道自己是谁了。“你要敢惹我的话，我会毁了你。我可乐意得很。”

“跟我玩儿你还太嫩。”比格先生说。

“我可不觉得。你到现在都没发觉吗？”她用餐巾擦了擦嘴。“别这样，”她对自己说，“别这样了。”最后她大声说：“抱歉，我太情绪化了。”

第二天早上，他们回到纽约，比格先生说：“先这样吧，回头再给你打电话。”

“打电话？”凯莉说，“你的意思是今晚不见面了吗？”

“不知道，”比格先生说，“我觉得我们应该冷静几天，等你情绪缓过来再说。”

“我已经缓过来了。”凯莉说。

比格先生上班的时候，凯莉忍不住打电话给他。他说：“我不知道该怎么做。”凯莉说：“拜托，傻瓜，人人都有情绪不好的时候嘛，又不是世界末日。有时候两个人在一起就会这样的。我已经道歉了。”

“我不想再和你吵了。”

“我保证我会乖乖的。我现在就很温柔对不对？看，我不会再发脾气了。”

“好吧，好像是的。”他说。

时间飞逝。比格先生出差了。凯莉自己待在他的公寓里。斯坦福 · 布拉奇来过几次，他们俩就像父母不在家的高中生似的，一起抽大麻，喝威士忌，做布朗尼，看弱智电影。他们把比格先生的公寓弄得一团糟，当然，早上会有清洁阿姨过来打扫，跪在地上吃力地清理掉白色地毯上的果汁污渍。

萨曼莎·琼斯也打过几次电话。她给凯莉讲她最近去的那些好玩儿的派对和晚宴，还有认识的那些有趣又有名的男人。“你干吗呢？”萨曼莎总是这样问，而凯莉总是回答：“工作，一直在工作。”

“我们应该出去玩儿，反正比格不在家……”萨曼莎说。但她从来就只是说说而已，没什么实际行动。几次之后，凯莉就不想接她电话了。之后凯莉又觉得自己一个人很无聊，所以主动约萨曼莎一起吃午饭。刚开始气氛很好，但后来萨曼莎一直在说她最近做的电影，还有那些大名鼎鼎的合作人。凯莉也说了说她目前在做的事情。萨曼莎说：“真可爱。这想法真好玩。”

凯莉说：“什么叫可爱啊？”

“就是很可爱啊，感觉很轻松。你知道的，至少不是托尔斯泰那种风格的。”

“我又没想当托尔斯泰。”凯莉嘴上这么说，但她心里当然想写出有分量的作品。

“那不就得了，”萨曼莎说，“嘿，我都认识你这么久了，我应该对你实话实说，而你不应该因为这个而生气。我又没有对你人身攻击。”

“真的吗？”凯莉说，“我很怀疑。”

“再说了，”萨曼莎说，“估计你很快就要嫁给比格先生了，然后养几个孩子。拜托，这可是人人都嫉妒的。”

“这么说我很幸运了？”凯莉说着，起身准备付账。

比格先生出差回来了，他带凯莉一起去圣巴茨过周末。

到那儿的第一晚，凯莉就梦见比格先生出轨了，和一个黑发女孩儿。凯莉去餐厅吃饭的时候，看见比格先生和那个女孩儿在一起，那个女孩儿坐了凯莉的位置，正在和比格先生接吻。“怎么回事？你们在干吗？”凯莉质问他们。

“没事。”比格先生说。

“我要知道真相。”

“我爱上她了，我们想在一起。”比格先生说。

凯莉再次感觉到那种熟悉的心痛和不安。“那好。”她说。

她走出门，门外是一片原野。高大的金鞍马群从天上奔腾而来，沿着山峦奔跑着。凯莉愣愣地望着那些马，突然意识到比格先生和他究竟怎么想的没那么重要了。

她从梦中惊醒了。

“做噩梦了？”比格先生说，“过来。”

他伸手想抱抱她。“别碰我，”她说，“我觉得很难受。”

之后几天，那个梦一直困扰着凯莉。

“你想让我怎样？”比格先生说，“我不能和一个梦较劲儿吧。”他们坐在游泳池边，双脚在水里晃着。阳光直射着他们，白茫茫的一片。

“你觉得我们聊得够多吗？”凯莉问。

“不够吧，”比格先生说，“也许不够。”

他们开着车去海边，然后又去吃午饭，一路上赞叹着迷人的景色，聊着心情有多放松。任何事情都让他们感到惊奇：他们看到一只母鸡带着两只羽翼未满的幼雏过马路；他们看到一条小鳗鱼在落潮的时候被困在岸边；他们看到高速公路上几只被压扁的老鼠尸体。

“我们算朋友吗？”凯莉问。

“以前真的是朋友。那时候我以为你真的是跟我心灵相通的知己。”比格先生回答。他们正在一条狭窄又蜿蜒的水泥路上。

“刚开始的时候大家都会这样，然后就会觉得疲倦，或者失去兴趣。”凯莉说。

他们沉默了一会儿，之后凯莉说：“为什么你从来都不对我说‘我爱你’？”

“因为我担心，”比格先生说，“我怕一旦我说了‘我爱你’，你会以为我们肯定会结婚。”车子经过了减速带，比格先生慢了下来。旁边是一座公墓，装饰着明艳的塑料花朵，一群光着膀子的年轻人正站在路边抽烟。“我不知道，”比格先生说，“最近究竟是怎么了？”

他们回到酒店，收拾行李准备回家。比格先生问：“你见到我的鞋子了吗？别忘了帮我把洗发水装起来好吗？”

“没看到。嗯，当然。”凯莉轻轻地说。她走进浴室。镜子里面的她看起来很美。健康的肤色，苗条的身材，金色长发。她开始收拾她的化妆品、牙刷和面霜。比格先生的洗发水就在浴缸旁边，但她故意置之不理。“要是我怀孕了怎么办？”她想。估计她会瞒着他，自己去做人工流产，然后再也不理他。或者她会跟他说一声，再去做人工流产，然后再也不理他。要不然就自己把孩子养大，但这有点儿风险——她这么恨他，万一连带着也恨那个孩子怎么办？

她走进卧室，把高跟鞋和草帽收好。草帽是定制的，花了五百多美元。“亲爱的……”她开口对比格先生说。

“怎么了？”他问。他背对着她，正在装行李箱。

她本想说：“就这样吧，亲爱的，我们结束了。跟你在一起的时光很美好，但是我觉得在愉快的时候结束会比较好一点儿。你明白吗？”

比格先生抬头看着她。“怎么了？”他说，“有什么要帮忙的吗，宝贝儿？”

“哦，没什么。”凯莉说，“我忘了帮你拿洗发水了，没别的。”

凯莉在飞机上喝了五杯血腥玛丽，然后他们吵了一路。从飞机上一直吵到下车。凯莉一直喋喋不休地骂着，直到比格先生忍无可忍地说：“你是不是想让我把你扔在你家公寓门口？你是不是想这样？”他们到了比格先生家的时候，凯莉打电话给她父母。“我们大吵了一架，”凯莉说，“他就是个王八蛋，跟所有男人一样。”

“你还好吗？”凯莉的父亲问。

“哦，好得不能再好了。”她说。

之后，比格先生很温柔地走过来，他帮她换了睡衣，陪她坐在沙发上。“我第一次见你的时候就喜欢你，”他说，“之后越来越喜欢。现在……现在我爱上你了。”

“别说这种恶心的话，我都快吐了。”凯莉说。

“那为什么是我，宝贝儿？”他问，“你认识那么多人，为什么偏偏跟我在一起？”

“谁说我选你了？”

“这到底是怎么了，你的习惯吗？”比格先生说，“我现在陷进来了，你倒是想离开了。你这么想走的话，那我也拦不住。”

“不，你可以拦住我，”凯莉说，“这才是重点。”

“我不明白，”比格先生说，“咱们的关系和你之前谈过的其他感情有什么不一样吗？”

“没什么不同，都一样，”凯莉说，“已经足够了。”

第二天早上，比格先生就像什么事儿都没有发生一样愉快，这让凯莉很恼火。“帮我选条领带吧，宝贝儿。”他对凯莉说。像往常一样，他拿了五条领带到床边，开了灯，把眼镜递给凯莉。

凯莉迷迷糊糊地勉强睁开眼睛，迅速地瞥了一眼领带。“就那个吧。”她边说边把眼镜摘下来扔到一边，闭上眼睛把头埋到枕头里。

“但你都没好好看。”比格先生说。

“我已经做好决定了。”她说，“再说了，不是都一样吗？”

“哦，你还在生气，”比格先生说，“我不懂你有什么可气的。你应该放轻松一点。我觉得昨晚之后事情已经好多了。”

“我破产了。保姆走了，孩子们都饿着肚子呢，”爱玛丽塔在电话里说，“帮我带点比萨过来好吗，亲爱的？两三块就行，我晚点还你钱。”

爱玛丽塔正待在上东区一栋破旧的公寓里，是朋友的朋友家。凯莉对那片区域太熟悉了：破旧的砖房，狭窄的门口，地上到处扔的都是中餐外卖的广告；而街上，邋遢的人遛着邋遢的狗，夏天还有肥胖的女人佝偻地坐在台阶上。凯莉身无分文的时候，在那里住了四年——很长一段时间，凯莉都以为自己永远不可能逃离那片地方了。她在以前常去的小店买了比萨，店主还是那个男人，用脏兮兮的手做着比萨，而他的小妻子也如往日一样沉默地站在收银台前。

踏着四层摇摇晃晃的楼梯，凯莉在角落里找到了爱玛丽塔住的地方——煤灰色的墙，阴暗的房间。“呃，这只是暂时的，”爱玛丽塔说，“房租很便宜，一个月才五百块。”

她的女儿，一个黑头发大眼睛的美丽小女孩，坐在旧报纸堆旁边，好奇地翻着杂志。

“上次莱迪说要带我去旅行，之后就再也没联系过我，”爱玛丽塔说，“我还给他寄了一些他想要的书呢。这些男人不想要床上厉害的女人，床上功夫好的也不行。他们就喜欢不会做爱的那种。”

“我懂。”凯莉说。

“快看！是妈妈！”那个小姑娘骄傲地指着杂志说。照片上，爱玛丽塔戴着阔边花式帽，在英国皇家爱斯科赛马会上，身边是某位公爵。

“一个日本商人想包养我，”爱玛丽塔说，“你知道的，我讨厌这种事，但实际上我破产了，所以我在考虑——为了孩子。我想让她去幼儿园，但我得先弄到学费，所以我答应那个男人了。但两个星期了他都没再联系我，连个影子都看不见。估计没戏了。”

爱玛丽塔穿着运动裤坐在沙发上，大口嚼着比萨。凯莉坐在一把小木椅上，穿着牛仔裤和旧T恤，腋下还有汗渍。两个姑娘的头发都油腻腻的。“每次我想到以前的时候，”爱玛丽塔边吃边说，“我都会想，我不应该跟这个男人上床，我也不应该跟那个男人上床……也许我应该走一条不同的路。”

她顿了顿，接着说：“我知道你想跟比格先生分手。听我的，不要。抓住他。当然，你很漂亮，有成千上万的男人等着约你出去。但是你和我，我们都知道真相。我们知道真正的生活是什么样子的，不是吗？”

“妈妈！”那个小姑娘叫着。她举起另一本杂志，指着爱玛丽塔的照片：第一张，她穿着白色的香奈儿滑雪服，站在圣莫里茨的山顶上；第二张，在滚石音乐会上，她穿着黑色套装，戴着珍珠项链，优雅地微笑着，正要在一位参议员的陪伴下从一辆加长豪华车上下来。

“凯灵顿！不要再看了。”爱玛丽塔故作严肃地说。小女孩儿看着她，咯咯笑着。她夺过杂志，扔到墙上。

这是晴朗的一天。阳光透过布满灰尘的窗子洒了进来。“宝贝儿，过来。”爱玛丽塔说，“过来吃点比萨吧。”

“嗨，我回来了。”比格先生说。

“嗨。”凯莉走到门口，亲了亲他，“聚会怎么样？”

“挺好的，挺好的。”

“我来做晚饭吧。”

“好啊，不用出去吃了，真不错。”

“我也这么觉得。”

“喝一杯吗？”比格先生问。

“谢了，”她说，“一小杯红酒就够了。”

他们在餐桌旁坐下，凯莉点亮了蜡烛。比格先生一直在讲生意上的事情，凯莉专心地望着他，不时地点点头，认真地附和着——虽然她并不是真的感兴趣。

比格先生讲完了，凯莉说：“我超开心，我养的朱顶红终于开花了，有四朵呢。”

“哦，四朵，”比格先生说，“我很高兴看到你对养花有兴趣。”

“是啊，多好呀，”凯莉说，“只要一点点耐心和关注，你就会看到很惊人的改变。”

第二十六章　再见，比格先生

“感谢你让比格先生变成了一个好男人。”

在一家价值八千万的高尔夫服装制造公司的收购晚宴的最后，有人对凯莉说道。晚宴定在九点开始。发言人是基米 · 泰隆，一个非美籍投资银行家，在高盛集团工作。他开始发表讲话，他举起酒杯，像在向凯莉祝酒。他喝醉了。不过，比格先生没醉。比格先生从来没喝醉过。他说他不喜欢“失去理智”。演讲结束后的二十秒，比格先生和凯莉还一直手牵着手。随后，大家开始调侃他们。

那时正处六月，这种发言似乎毫无意义。特别是对这两个重要球手来说。

那时，差不多快结束了。

那时，恶心、厌恶、愤怒已经渗入进来了。

那时，职业女高尔夫球手来和比格先生打招呼，但他却说：“我想和‘平凡人’在一起。我想过平凡的生活。”

在那个时刻，表面上的一切似乎都维持着现状，但却都在期待最终的那个场面。

妮可·巴罗并没有打算成为一名球手，可她却一鸣惊人。那是六月的事了。或是五月，还是四月？肯定是五月，因为四月在圣巴茨，凯莉曾有过一次冗长的电话聊天，就是关于妮可·巴罗的。妮可曾经是一档网络午后新闻栏目的主播。打电话的人是一个记者，想从凯莉那里知道妮可的“背景”。可真正的背景却是，这个记者曾经见过妮可，一直希望和她上床，却以想报道她为幌子。

“我已经很长时间没有见过妮可了。”凯莉说。她本可以挂掉电话。但看到比格先生正坐在水池边上打电话，于是她和记者聊了一些细节。比如，事实上，妮可来自得克萨斯州的圣安东尼奥市。“大多数圣安东尼奥人都是墨西哥人的第三或第四代子孙，”她说，“妮可是盎格鲁－撒克逊裔美国人。她在那儿长大纯属意外。”

比格先生走进别墅。“挂掉电话吧，”他说，“我想进城。”她不是特别想进城，但她也不想待在别墅里。她特别不想去那儿；又或许是她想去，但是不想和他一起去。

这种情况，她不是第一次遇到了。和前男友们在一起时，也出现过：在法国南部的杜章酒店，在澳大利亚悉尼，三年前在圣巴茨。第二天早晨，到上飞机前，她一直重复播放着佛利伍麦克合唱团的《你走你的路》。

那也是个四月。

这段恋情一直维持到了阵亡将士纪念日[1]前。他正打算离开去庆祝一个重要的周末。“你要不要一起去？”他问。所有人都劝她不要去。最终，她也没有去。那个周末之后，几天他都没来电话。最终，他打来了。她发现他和另一个女孩儿在一起，那个女孩儿是他前一周在飞机上认识的。这段新恋情只持续了几个月。他觉得很痛苦，他似乎只是那场闹剧里的陪衬。他试图和凯莉成为朋友，他两周打一次电话过来，谈论他的悲惨经历（为什么他不懂怎么去维护一段感情），那个新女友（为什么她不能试图经营感情），他觉得自己应该去看心理医生了。

从圣巴茨回家的那个星期，凯莉让自己认清现实：他和比格先生的感情也许走不过夏天。

不要问为什么。

不要浪费时间。

做你觉得对的事。

让他成为过去。

继续前进。

四月到六月中旬，日子索然无味。但一些重要事件发生了：环球航空公司的800号航班坠毁，飓风，争吵。

这些争吵包括：她想聊聊，他不想。她想要更多的关心；他不愿意花费精力。“你现在特别像我的前妻们，”他说，“总是发号施令。不要对我要求太多，也许你就会得到你想要的。不要告诉我我应该怎么做。”

[1] 美国的阵亡将士纪念日（Memorial Day）：在每年五月的最后一个星期一举行各种纪念活动，向为国捐躯的军人表达哀思和敬意。

为什么她会认为他们结婚了，然后她就能得到更多的关心呢？为什么她就是不明白，如果他们结婚了，她逐渐会成为一个附属品？这是基本惯例。

“夏天过后，我也许不会在你身边了。”

“你到底在说什么？”

“我不知道。”

这是另一个惯例。

七月初的一天，惨淡无日。凯莉在东安普顿的公寓里待了一周，一些朋友来访了。

“明天我要和他分手，我迫切地想要离开这里。”她说。她狠狠地关上柜门。她刚刚挂了电话。又是一次遥远的交谈，聊的也只是家务事。

为什么不在电话里说清楚呢？

那太不方便了。

她开始做家务（为什么要做家务？他们有一个女仆），她在确保厨房里储存好食物（一些他们永远不会吃的食物，就像几袋黄米），她还给菜园浇水。早在蔬菜种出来之前，这段感情就结束了，但是菜园还是很有用的。这就是她和他或他的朋友聊天的谈资。万物都在生长，但是没有收获，也没有阳光的照射。

安普顿周末的夜晚，他们举办了晚宴。每个人都醉了，或快或慢，在十一点前都入睡了。

凯莉发现自己不停地抱怨红马市场的那个人片的烟熏三文鱼不够薄。然后比格先生就会说他拒绝买一块六美元的黄油的故事。

偶尔，她会忍不住喊他“爸爸”。比如，“好的，爸爸，我会把垃圾倒了的。好的，爸爸，我开车会小心的。”

关于妮可 · 巴罗的一个故事曾盛行一时。一次，她穿着睡衣和人字拖去一家糖果店吃早餐。这个故事，可不是凯莉说的。凯莉怎么会告诉那个记者呢?

他永远不会达到目的的。他不能控制自己，却公开指责她，他觉得这是理所当然的。因为那种穿着睡衣去糖果店的女孩儿可不会和他一起吃早饭。他会得到报应的。

所以当妮可打电话过来的时候，凯莉并不感到奇怪。她向凯莉询问意见，要怎么对付那个记者。

“我会处理好的。”凯莉说。

她打电话给那个记者。“这个故事太草率了，”她说，“我根本没有什么故事。”

不久，妮可和她又开始通电话了。尽管这八年来，她们一直住在纽约，但她们已经失去联系好久了。

每当她的绯闻传出，妮可都会出现。

六月初，按照惯例，早晨，凯莉和比格先生就会讨论晚上的活动。

“我今晚有事，我也不知道是什么。”他说。

“好吧。”凯莉说。她忍住好奇心，她知道他不想透露太多。尽管他手里有他一天的日程——她的秘书前一天晚上都会帮她打印出来。他要开一个高尔夫会议。

不要问为什么。

感谢你让比格先生成为一个好男人。

“你在做什么？”他问。

“和妮可碰面。”

“好的，”他说，“那我们大约十一点在这里见。”

那天下午，他说他晚上要和基米 · 泰隆吃饭，那个高盛集团的人。

八点，凯莉进入拉古乐酒店，她看见基米 · 泰隆正和他的女朋友吃饭。妮可 · 泰隆坐在外面。她身边有个男人，正牵着她的手。那是前美国大使英俊潇洒且吸毒的儿子，现在是个律师，为一个电信巨头工作。

“我认识你。”他对凯莉说。

“他想见你。”妮可说。

“我认识你，”他说，他把他的胳膊放在桌上，“我读过你写的文章。”

“太棒了。”

“她或许跟你提到过我。”他说，他是指妮可。

“没有，”凯莉说，“没提过。”

“我以为你想保密呢。”妮可说。据他说，那个电信巨头可是疯狂地爱着妮可，并想要妮可伴其左右。

据妮可说，他们都疯了。

这个前美国大使的儿子离开后，基米 · 泰隆居然过来打招呼，凯莉感到有点儿不自在。他站在桌旁，脚蹬着椅子的横木。“我只是过来告诉你，”他说，“我记得比格先生今天会在市内吃晚餐。和高尔夫公司的一些人。”

“谢谢。”凯莉说。

“没关系，那不重要，这是个陷阱。”当他离开后，妮可说道。

随后，当凯莉到达比格先生的公寓，答录机上有一条语音。她摁下播放键，尽管她很久没有听过他的语音了。因为上一次，她听了之后，他特别生气。“好好好，”她说，“我不会再听你的语音，也不会帮你接任何电话。”

“你可以接电话，但有些人给我留言了，我却没看到。”

她看了她一眼。

那条语音来自基米，她早该猜到的。“我只是想让你知道凯莉今晚看到了我……”她保留了这条语音。当比格先生十二点四十三分到家时，她放给他听。“哦，什么事都没有，”他说，他心情很好，“基米根本不知道发生了什么。”

凯莉没有告诉他他们下午的对话。两天后，她碰到那天和比格先生吃晚餐的一个人，他声称那纯属商务晚餐，尽管有些女孩儿在，但她们肯定也是跟生意有联系的人。

那时，凯莉并不在意。她不在乎。她似乎在逃离，逃进自己的世界。

她不想记得和比格先生一起吃饭的人。

七月的第四个周末，比格先生和马维斯先生开着悍马车一起消失了。他们声称要去商场。他们两天内六次声称要去商场。回来时，只买了咸菜。他们声称要去滑冰。但凯莉毫不在意。

比格先生一离开，她就会把广播声音调高，在屋子里跳舞，伴随着阳光乐团的歌声。

“你想过怎样的人生？”他问。

“我要出名。”

“真可悲，你要是出名了，你肯定会不喜欢的。”

“滚出我们的世界。”

然后他离开了，生气地抽一支烟，或者又和马维斯先生去商场了。

七月的中旬：

“有其他人在吗？”

“你给我打电话，跟别人有什么关系。”

“你没有回答我的问题。”

“跟别人有关系吗？”

“这只是一个是非题。有其他人在吗？”

“没有。”

“你这个骗子。谁教你的。”

“你到底在说什么？”

“有人正在你旁边，教你这么说。”

“我说了这不关别人的事，只跟你我有关。”

“你看，你又来了。”

“你为什么非要把事情弄得这么复杂了。”

“我没有。我要去抽根烟。”

“我要睡觉了，你为什么不让我睡觉？”

“你不配睡觉。”

“我没做错什么。”

“你也没做对什么事。我想到这个说教生意里一探究竟。”

“你到底在说什么？”

“有人在教你这么说。这都是老把戏了。当你处于一个困境时，你总是一遍又一遍地重复同样的话。你根本不是在谈话。”

一个小时以后：

“你在做什么？你在见谁？几点到家？”

“我今天会早点儿回家的。”

“你是不是疯了。”

“我没疯。我十一点到家。”

“不要对我撒谎。”

“不要对我撒谎。”

“我本可以让你一起去的。你怎么知道我想让你去呢？我有能力让你去。”

这是凯莉请求去精神病院看看后的几周的日常。

第二十七章　比格先生，你根本不爱我

九月的某个下午，凯莉正坐在出租车上。麦迪逊大道堵车堵得厉害，于是她下了车，穿着昂贵的套装走在街上。面对现实吧，她想：这是我的城市。

“亲爱的，听我说，”比格先生几周前说道，“人们并不像你想的那样喜欢你。”

“嗯？那又如何？”她从冰箱里拿出一瓶啤酒。

“他们认为你是按日程行事的人。但是他们并不知道日程是什么。”

“所以那是我的错了？”

“那正是我想说的。”

“对了，那些人是指谁？”

“我只是试着给你一些建议，”他说，“我只是在帮你，你太咄咄逼人了。”

凯莉感觉自己又失态了。几个月来，这个不好的自己出现过无数次了。

“如果你想帮我，就不要把你那些娇生惯养的朋友给你的无知建议灌输给我，他们甚至都不敢保持单身，”她嚷道，“他们从未连续吃过一个月的热狗，因为他们根本买不起垃圾食品。所以，不要说我咄咄逼人。”

“不要喊了。”比格先生说。

凯莉用烟指着他：“‘不要喊，不要炫耀，不要日程表’，你认为我在乎这些吗？你的朋友可没有帮我付房租。”

是的，这是我的城市。

那个周末，她并没有打算分手。她本希望维持现状的：讨厌他，也嫌弃自己，按部就班地走着恋爱的过场。

那一周，她已经回到了东安普顿的公寓里，独自一人。每晚十一点，他都会打电话给她。一天夜里，他打电话说，出席一次活动时，一个三十多岁的肥皂剧女明星对他暗送秋波。

“对此，我应该有什么反应呢？”她说。

“我只是跟你说下。”他说。

“你现在越来越骄傲自大了，”她说，“你怎么会变得如此不可一世？”

“我不想继续这个话题了。”

“你压根儿不想跟我说话。”她说。

他挂断了。

某个周五傍晚，他出现在她家门口，她正躺在床上看气象频道飓风的前进路线，她一遍又一遍地看着卫星云图。“太遗憾了，”

她说，“真的太遗憾了。”

“还记得去年吗？”他说。

另外一场飓风，又是一个遗憾。

那个周末，他们过得很开心。尽管她差点儿溺水了。那所谓的飓风过后的一个周日，他们去了海边。海浪已经把沙滩冲刷成了两半。每个人都在逆着海浪游泳，海水很暖和，很诱人。凯莉被一个海浪打倒，被冲向了岸边，她很惊恐，因为她意识到那一瞬间是多么危险——她张着嘴在游泳。

她想到，溺水时，人的嘴会打开，水会灌进去。

她在岸上冲了冲澡，当她出来时，比格先生站在那儿笑。

她差点儿淹死了，他居然认为那很好笑。

他并不知道发生了什么。

他不会仔细揣摩她的情绪变化。他也没必要这么做。他的股东给他报酬，不是让他做这个。他要做的全都是黑白是非的客观判断。

飓风走了的那个周末，他们吃完饭回到家，他说他不知道该怎么办。他停滞不前。他认为他们应该向前走。他哭了起来。不是因为他自己，而是为了她。他把她从糟糕的生活中拯救出来，现在他又把她扔回了这样的生活。他觉得自己是个浑蛋，居然把事情搞成这样。他不能给予凯莉所期待的生活。他最不想做的事，就是伤害她。

这并没有引起她的共鸣，她笑了起来。“跟我分手吧。”她说。

“我知道你很爱我。”他说。

“你认为我很爱你。”她说。

“我了解你。”

“是吗？”

“是的。”

“嗯，”她说，“并不是。”

“面对我时，”他说，“你不必撒谎。”

“我没有。怎么可能。如果你不爱我，我怎么会爱你？这是一条原则。不要破坏原则。”

她走进浴室，摘下隐形眼镜。她想：这是最后一次在这个房子里过夜了。当她从浴室里出来时，他说：“我不希望事情变成这样。”

“都是因为你，”她说，“现实就是如此。”

“我只想和平凡人在一起，”他说，“我想过平凡的生活。”

“抱歉。”她说。

“你有点儿奇怪，”他说，“你的行为太幼稚了。你得成熟起来。你必须学会照顾自己。我很担心你。别人是不会一直照顾你的。”

“所以呢？”她说。

“你不能像个十二岁的孩子，”他说，“你不能凌晨四点才回家。”

“十二岁的孩子才不会凌晨四点回家。”

“你知道我在说什么。我受不了了。没有人能承受这些。凌晨四点你都在外面干吗？”

“聊天，”她叫起来。“和我的朋友聊天，和想要倾诉的人聊天。”

他沉默了。

“不用担心，”她说，“不必焦急。我们会在一起，你我都是有目的的，如今一切都结束了。恋爱的意义就是如此，让你学会一些东西。”

“我不信这些，”他说，“我相信真爱。”

然后她想：也许她没有完全了解他。

妮可 · 巴罗内又重新出现了，因为她离婚了。“我发现婚姻十分枯燥、乏味。”她说。她戴着牙齿清洁器坐在办公室里。她做了个噩梦，梦见鲍勃 · 伍德沃德追着她满地下停车场跑。“我再也不想去那儿了。”她说。

分手之后的几天，比格先生曾打电话来问凯莉想不想来东安普顿的公寓。他们之间并未完全结束。“我想想。”她说道。

然而，凯莉和妮可却一起去了马撒葡萄园。她在那儿过的周末，整天以酒度日。周六晚上，他们去参加一个派对，遇到一个男人，他被人称为“马撒葡萄园的比格先生”。

“你是做什么的？”妮可问他。

“我在俄罗斯的自然资源开发部门工作。”他说。

“在俄罗斯，你是和金矿和石油打交道咯。”妮可说。她又给他们买了一轮酒。用的是一张崭新的一百美元纸币。妮可总是有很多新钱。

“我们必须变得有钱，”凯莉说，“那是唯一的方式。”

“不用担心，亲爱的，”妮可说，“会的。”

当凯莉周一早晨回到家，比格先生留了一条语音。“你在哪儿？一整个周末我都没有你的消息。”

就和真的似的。

下午晚些时候，他打电话来了。他的声音听起来有点儿奇怪。

“这对我不管用。我做不到。为了让我保持理智……我无法继续下去了。这对我是会起反作用的……”

“谢谢你打电话来，”凯莉说，“我能感觉到你的痛苦。”她挂了电话，对妮可 · 巴罗内说：“我现在单身。”

“真的吗？”妮可说。

妮可说话的方式，让凯莉不禁设想自己身边会不会还有其他人，这就是曼哈顿的惯例。

妮可最后一个前夫是德克 · 温斯顿，一个苍白、矮壮的小说家。六年前，他的第一本新书面世后的十分钟内，他被称赞为有潜力的作家。当他从波士顿搬到纽约时，戴克思夫妇围着他团团转，这对年轻的夫妇都是极具野心的记者。在哈佛大学时，他和温妮 · 戴克思就是朋友了。

这两对夫妻要在妮可和德克的家里吃晚餐。他们的家在纽约州的萨格港。温妮坐下来，用叉子指着妮可做的饭。“看起来很美味，”她说，然后她放下叉子，擦了擦嘴，“妮可，你为什么想上电视？”她说，“电视上的新闻都不真实，你应该成为一名厨师。”

“我喜欢电视。”妮可说。

几个月后，妮可和德克走过纽约中央车站时，一个穿着考究的年轻人朝着妮可走来，并问道：“你是不是在美国广播公司工作？”德克立刻转身离开了车站。于是，妮可去了牡蛎酒吧，点了一杯血腥玛丽和六杯蓝点啤酒。那是上午十一点半。

七月末，凯莉正在市中心的一个工作室进行拍摄，一家杂志需要拍她的照片。化妆师用刷子给她上粉底液。摄影师用一种模糊的欧洲口音说："我们想要你全裸出境。你不介意吧？你之前拍过这种吧？"

"我能穿着内衣吗？"凯莉问。

"我们能来点儿音乐吗？"化妆师问道。"你可以把你的T恤脱下来放在椅子后面。"摄影师说。

早晨，凯莉收到一个澳大利亚人发来的消息。她是一个私家侦探，是凯莉朋友的朋友。凯莉在电影首映会后和她见了面。她正站在街角，用一张血色的餐巾纸在吃一块牛排。

"男人都一个样，"她说，"所以我不和他们打交道。"

那天早晨，她告诉凯莉一些事。比如，七月中旬以后，比格先生给棕榈泉（美国加州）的一个二十八岁的职业女高尔夫球手打过数次电话。"他也许想免费给她提供帮助。"这个澳大利亚人说。在那时，结果仍是模糊的，但结果依然存在。

糟糕的日子，那些失去平衡的日子，在六月又重新回来了。就是在比格先生与高尔夫公司的商务晚餐之后不久。那顿晚餐，凯莉听说，那个职业女高尔夫球手也在场。

就是那个晚上，凯莉和妮可的朋友们在上东区的公寓里吃了晚饭。晚饭吃到一半，凯莉变得很"嗨"。她给比格先生留言说今天很累，要回自己家了。

她筋疲力尽，但是晚饭后，她并不想回家。她觉得自己做了一个糟糕的决定，她觉得自己上错了车。她去了市中心，见了一些朋友。他们又去了别的地方，一个地方接一个地方地游走。

早晨八点，她出现在比格先生的公寓里，

“我甚至都不想问。”他说。

她躺在床上，她脑中的思绪开始变得歇斯底里。但当她抬起头，比格先生穿着笔挺的白色衬衫和暗黑色的袜子，坐在卧室的椅子上，盯着她——什么都没说，神情呆滞。

“我不开心。”她说。

他去工作后，她情不自禁地哭了起来。女仆进来，似乎被吓到了。上午十一点，凯莉打到比格先生的办公室：“我想去精神病院看看。”

她想被别人拥抱着。她不想要什么责任。她想躺在白色的房间里看电视或制作防烫锅垫。

“洗个澡吧。”比格先生说。

九月中旬，凯莉正在一家餐馆里，而比格先生也在那儿。他走过来，在她的桌子前坐下。

“我从不知道你在想什么，”他说，“你从不跟我说你的想法。每次我想跟你说话，你就会神游到你脑中的那个地方。你就像个半机械人。

他把手放在桌子上。凯莉碰了碰他的手指。

让我们面对现实吧！凯莉想。

尾声

斯坦福 · 布拉奇的电影《时尚牺牲者》在全球票房超过了两亿。斯坦福买下了一架挑战者号私人飞机，装潢得就像伊丽莎白 · 泰勒在《埃及艳后》中的闺房一样。

里弗 · 王尔德还在写他的小说。在他笔下，比格先生把小孩子烤了吃了。斯坦福 · 布拉奇还在孜孜不倦地参加各种活动，但始终没有什么新进展。

萨曼莎 · 琼斯最终决定离开纽约。她去洛杉矶参加奥斯卡金像奖颁奖晚会，在一个派对上遇到了泰勒 · 基德。他们最近在同居，但泰勒与奥斯卡最佳男演员奖擦肩而过之后，发誓说他永远都不会娶她。萨曼莎说："呃，那是因为那个电影太可爱了。"不过话说回来，萨曼莎是泰勒新片子的制片人，一部艺术电影。

爱玛丽塔 · 阿玛菲的女儿进了曼哈顿有名的吉特芙德幼儿园。爱玛丽塔开了一家自己的咨询公司，有三个雇员——司机、保姆和女仆。最近她刚给女儿买了她的第一件名牌外套。

博恩还是男模。

小说家玛格达去了一个派对，庆祝一本以纽约消防员为主角的年历的出版。三十三岁的塞特伯先生开车送她回家，从那以后他们就如胶似漆了。

帕卡德和阿曼达有了第二个孩子，一个女儿。他们俩正在努力把一双儿女都培养成天才。上次凯莉去他们家吃晚饭的时候，帕卡德对儿子切斯特说："你有没有意识到这些蜜汁烤花生是我们生命的奇迹？"切斯特严肃地点了点头。

布丽吉德离开了她丈夫。最近有人看到她凌晨四点还在塔诺疯狂地跳舞，和巴克利一起。

那些越来越老的钻石王老五都还没结婚。

贝拉和纽博尔特去第五大道参加了一个新生儿送礼会。纽博尔特坚持要带一个滑稽的条纹大礼帽——在餐会上表演跳舞的时候，所有人都喝着龙舌兰笑个不停。纽博尔特从五层楼的窗户跌出去的时候音响也一起爆炸了，幸亏有遮阳棚接住了他。纽博尔特骨折在家休养的那两个月，贝拉升职成了银行的总裁——且仍未怀孕。

和瑞度过了那美妙的一晚之后，斯基普 · 约翰逊回到了纽约，然后消失了两个月。再次露面的时候，他对所有人宣称他"陷入爱河"了。

马维斯先生听说自己有了个私生子。他要求那个妈妈去做 DNA 测试，而结果表明那个孩子不是他的。

比格先生拥有一段幸福的婚姻，凯莉依旧是单身贵族。